作者简介

　　熊　芳　毕业于陕西师范大学文学院，获中国现当代文学博士学位。主要研究方向为电影艺术、电影文学、影视文化传播、网络政治传播等。现为西北政法大学新闻传播学院教师，西北政法大学法学博士后。

西北政法大学国家级新闻学专业综合改革试点项目资助出版

熊　芳◎著

消费时代
从小说到电影改编研究

人民日报学术文库

人民日报出版社·北京

图书在版编目（CIP）数据

消费时代：从小说到电影改编研究／熊芳著．——
北京：人民日报出版社，2020.11
ISBN 978-7-5115-6547-1

Ⅰ.①消… Ⅱ.①熊… Ⅲ.①中国文学—电影改编—
研究 Ⅳ.①I206

中国版本图书馆 CIP 数据核字（2020）第 173527 号

书　　名：**消费时代：从小说到电影改编研究**
　　　　　XIAOFEI SHIDAI CONG XIAOSHUO DAO DIANYING GAIBIAN YANJIU
著　　者：熊　芳

出 版 人：刘华新
责任编辑：程文静　杨晨叶
封面设计：中联学林

出版发行：人民日报出版社
社　　址：北京金台西路 2 号
邮政编码：100733
发行热线：（010）65369509　65363527　65369846　65369828
邮购热线：（010）65369530　65363527
编辑热线：（010）65363530
网　　址：www. peopledailypress. com
经　　销：新华书店
法律顾问：北京科宇律师事务所（010）83622312
印　　刷：三河市华东印刷有限公司

开　　本：710mm×1000mm　1/16
字　　数：210 千字
印　　张：15. 5
版次印次：2020 年 11 月第 1 版　　2020 年 11 月第 1 次印刷

书　　号：ISBN 978-7-5115-6547-1
定　　价：89.00 元

前　言

一、从小说到电影改编研究缘起

改革开放伊始，中国的市场经济进入一个快速发展的阶段，商品化浪潮波及人们日常生活的方方面面。电影、电视剧、广告片、卡通片、MV（音乐短片）……我们从"识字时代"进入了"读图时代"。英国学者约翰·伯杰在其著作《视觉艺术鉴赏》当中写道："历史上也没有任何一种形态的社会，曾经出现过这么集中的影像、这么密集的视觉信息。"[①]

于是，人们固有的消费观念被打破，日新月异的大众文化不断更新人们的接受理念。让·鲍德里亚认为，自20世纪20年代以来，资本主义已经由生产转向了消费。为了促进消费的增长，资本主义借助图形符号，冲破了实在论符号所涉及的物质客体，

---

① ［英］约翰·伯杰. 视觉艺术鉴赏［M］. 戴行钺，译. 北京：商务印书馆，1999：3.

借助符号的抽象关系创造了由一个符号衍生而成的模拟社会，或者可以称为超现实。让·鲍德里亚在其著作《消费社会》当中明确指出："资本主义已经发展为一种全球性的话语模式，在全球景观下，一个消费社会已经形成。"[①] 20 世纪 90 年代中后期，中国逐步呈现生产过剩、符号化明显等消费社会的基本特征。传统工业社会是以生产为中心的，在生产、流通、交换的过程当中，"消费"始终是一种"附属"。但是在消费社会当中，"消费"自然成为社会生产生活的中心。人们的消费方式发生了改变，原先是生产什么就消费什么，现在是需要消费什么再生产什么。"人"的主体地位在不断地上升，"消费需求"也成为决定生产的首要因素，同样，"流行"成为一种被广泛效仿的"生产——消费"模式。当代西方的社会消费活动已经深入人们日常生活的边边角角当中，消费文化是以西方资本主义物质生产的蔓延为预设前提的，中国的消费文化同样也是伴随着改革开放的脚步而逐步成长扩大的。改革开放作为一扇沟通中西方文化交流的大门，它的开启带来商品经济的发展，金钱、物质、享乐主义作为商品经济发展的必要因素和必然结果，逐渐显示出它惊人的影响力。金钱作为支配力和物欲源头，已然成为一种深入人心的价值取向和生活趋向。传统的道德观念面临挑战，简单朴素的人生哲学也遭受冲击。

---

① ［法］让·鲍德里亚. 消费社会 [M]. 刘成富，全志钢，译. 南京：南京大学出版社，2001：1.

　　中国人民大学文艺学教授金元浦点评20世纪八九十年代的社会文化思潮时说："这一转变带来了中国百年来审美风尚上的一次根本性的变化。由以崇高为形态的审美道德文化向审丑化、享乐的消费文化转化。长期以来居于文化正堂的史诗、颂歌、悲剧、交响诗悄然遁形，通俗歌曲、小品、流行音像制品、通俗小说赫然居于文化正堂。在中国当代审美风尚中一直隐身的滑稽、调侃、谐谑、反讽、戏仿、畸趣成为审美文化的主形态或主范畴。"① 由此看来，在消费社会当中，"商品"被抬到一个无以复加的重要高度，看似没有什么不可以被"商品化"，文学本身也"难逃一劫"。当代消费主义所构成的社会文化犹如一张大网，将整个社会本体包容其中，文学也无可避免地也处于这张巨网之下。经典的文学文本在"消费主义"的浸润之下，其本身包含的高雅的文化价值似乎也笼罩上一层物质的薄纱变得暧昧朦胧。经典的文学作品本身已经承载了以文育人的社会教化功能，中国20世纪90年代以来围绕经典文学文本所进行的电影改编有没有将其教育功能继续扩大化？还是在加速影视文学的生产过程当中，逐步消磨文学作品的文化价值？纵观目前中国的文化市场，特别是文学作品改编为影视作品的消费行为，绝大多数还是围绕着商业化运作以及各种媚俗营销展开的，原著的艺术魅力早已被物欲的双手遮蔽了。

---

① 金元浦，陶东风. 阐释中国的焦虑——转型时代的文化解读 [M]. 北京：中国国际广播出版社，1997：17.

　　文学经典是我们共同的精神财产，能够经历时代洪流的洗礼和沉淀，足以证明其高贵的艺术价值。若能将经典文学作品进行电影改编，使大众通过影视媒介了解文学经典，对文学作品和影视作品来说是一种双赢。但文学作品并不是生来就适合被"改编"的，在修缮的过程中，如果只是简单地为了追求将消费文化镶入其中，而未曾对原著的艺术精髓进行提炼和总结，那么不仅损害了经典的文学文本的传统艺术魅力，其原有的文本结构也会阻碍影视视听语言的发挥和再创造。既不能满足大众对经典文学作品的审美期待，也无法满足他们对充满艺术冲击力的影视作品的消费期待。

　　相较于传统古典文学，20世纪中国文学生长于更为繁荣和复杂的文化语境当中。特别是受到了西方的现代性视角的辐射，中西方文化交流碰撞所产生的激烈火花映射出现代性与审美性互相穿插、相互影响的复杂图景。传统的东方文化以及其价值立场与审美立场均受到西方文化的影响，不断地变化出现代性与民族性共生共济的多维走势，以及传统的"文以载道"的文学观念。现代性也将中国当代文学推到了社会发展的核心地带。经过时代的变迁和观念的更迭，传统的文学作品已经不再为"圣贤之道"立身行己，而是转移到探讨如何建构人类精神生活的审美层面上来。特别是身处消费社会，传统的文学语境转向更为自由多元的消费语境，文学作品也更加侧重于展现现代民族文化心理的形象表征和审美观念。不管是曾经激昂壮阔的救亡话语、寻求民族自由或个人自由的解放话语，还是渴求智慧脱离黑暗的启蒙话语，都反映出中国知识分子一心建立现代性国家的价值理想和审美追求。曾几何时，这些诞生在特殊的历史情境和特定的文化语境里的宏大叙事风格一直是 20 世纪上半叶中国文学创作的主导和先驱，先锋的知识分子精英话语以及国家民族话语在广阔的现代性追求当中非常自然地清扫和感化文化当中世俗性、享乐性的一面，并且对文化当中"不洁"的一面试图进行颠覆和改造，这种影响持久地贯穿于"十七年（指从 1949 年到 1966 年这一时段）""文革"乃至新时期的文学话语的呈现。因此，在这种话语形态引导下的文学，不管是借助印刷媒介使其直接以文学作品的形式呈现，还是被不自觉地改编到影视作品中以更为艺术化的形式表现出来，都能够凭借其启蒙性、引导性以及严肃高雅的审美样态而披上神圣价值导向的外衣。同时，由于现代媒介发展的迟滞性和相对单一化的传播手段，文学还是主要凭借文字的形式存在于印刷媒介当中，用来传播精英思想以及传统的价值观导向，包括宣传主流意识形态。而被改编成为影视作品后其文学性难免被弱化，仅仅起到一种辅佐的作用，并且只是在有限的空间里对少数人群产生一定的影响。因而严肃的、高雅的文学作品在其传播和欣赏过程中，还是需要依靠"纸媒"来完成。

20 世纪 80 年代中后期，伴随着改革开放的大力发展，经济元素和商品经济进一步扩充了逐步多元的文化语境。不断崛起壮大的市民队伍以及大众文化的普及为文学的审美及娱乐传播开拓了前期市场。特别是由于网络技术的日新月异、各类新媒体和自媒体平台的"遍地开花"，大众文化的"花园"呈现争奇斗艳的态势，影视、互联网和广播电视等现代媒介有了广阔的发展空间。

　　随着互联网市场的进一步繁荣，电子商务的快速发展，未来中国社会消费品总额还将实现大幅度的增长，经济学家华尔特·惠特曼·罗托斯理论中的消费时代已经到来。经济的发展带来了物质产品的极大丰富，主要的制造业部门开始向服务业转型，人们的物质生活水平得到了很大程度的提高。根据马斯洛需求的相关理论，人在得到基本的物质满足之后会向更高一层的精神需求方面发展，于是相关的文化艺术类消费变得更加普及化。电影作为一种文化艺术产品极大地丰富了人们的业余文化生活，丰富了人们的内心精神世界，尤其在物质文化生产远不能满足人们消费欲望的情况下，电影产业迎来了巨大的发展契机，有着十分光明的未来。

　　根据中国电影产业信息网提供的数据，2019 年累计实现票房642.66 亿元（YOY[①] ＋5.4％），不含服务费票房 594.41 亿元（YOY ＋4.91％）。其中，Q1[②]不含服务费票房 172.75 亿元，同比下滑 8.83％，Q2 不含服务费票房 117.55 亿元，同比增长6.66％，Q3 不含服务费票房 155.72 亿元，同比下滑 1.17％，Q4

---

① YOY 为 Year Over Year 的缩写，指年度同比。
② Q1 为 Quarter 1 的缩写，代表第一季度。（Q2、Q3、Q4 同理）

不含服务费票房 148.39 亿元，同比增长 35.71%。①

截至 2018 年，中国银幕数量为 60079 块，而 2019 年全年中国新增银幕 9708 块，银幕总数达 69787 块。② 但是从世界平均水平来看，中国人均所具有银幕的数量还是远低于世界平均水平，未来还有较大的扩增空间。当前中国电影银幕的数量呈现出逐年增多的趋势，其特点是逐步向中小城市甚至是县城发展，这为人们的观影提供了极大的方便，观影的人次也由此实现了迅速的增长。随着艺术文化市场的发展，中国电影市场的结构也在悄然发生着变化。影院建设的热潮已经由一线城市开始向二线和三、四线城市逐步扩散。智研咨询发布《2020—2026 年中国电影院运营行业市场全景调查及投资价值预测报告》数据显示，2018 年中国影院数量为 10835 家，同比增长 15.07%；2019 年影院数量达到 12408 家，同比增长 14.52%。票房方面，随着中国居民生活水平的提升以及国内外电影数量和质量的提高，使得越来越多的观众走进电影院观影，中国电影票房增长迅速。2018 年，中国电影票房突破 600 亿大关，达到 609.76 亿元，而 2019 年，在《哪吒之魔童降世》《流浪地球》和《我和我的祖国》等优质电影的推动

---

① 中国电影产业信息网 . 2019 年国产电影行业票房收入及发行市场分析：票房前低后高，整体维持个位数增长 [EB/OL] . https：//www.chyxx.com/industry/202005/864426.html

② 中国电影产业信息网 . 2019 年中国电影院数量、票房收入及竞争格局分析 [EB/OL] . https：//www.chyxx.com/industry/202002/836126.html

下，中国电影总票房再创新高，达到642.66亿元。①

在消费时代迅猛发展的21世纪，围绕高雅的文学文本与充满视觉和物欲刺激的电影之间的"对话"从未停止。人们一方面对文学艺术保留一丝敬畏和坚持；另一方面又无法抵抗大众文化与新兴产业抛出的"诱惑"的橄榄枝。如此一来，文学性突然成了一种"影子"，隐藏在不同的媒介传播途径当中，文学作品因为有了"新意"而身价倍增。多元化的文化语境是一面更为开阔的镜子，反映出浩瀚的现代性普及空间，如20世纪80年代一般谨慎的、统一的时代氛围已经烟消云散，充满现代性和自由浪漫的文学创作空间变得更加变化莫测。在这样丰富且繁荣的后现代文化发展时代当中，文学精神必然会寻找更多的枝丫来开花结果。因此，文学精神以不同的创作形态和传播手段继续发展，以影视、互联网等其他媒介手段不断传播也就水到渠成。20世纪90年代以来，伴随着"日常生活审美化"② 等问题的提出，"文学性"的泛化问题也被国内外学者所重视。"文学性"向哲学、艺术、法律、宗教等学科蔓延的态势不容阻挡。一方面"文学性"的蔓延与文学的"终结"似乎是一对永恒共生而存的争辩；另一方面

---

① 中国电影产业信息网．2019年中国电影院数量、票房收入及竞争格局分析［EB/OL］．https：//www.chyxx.com/industry/202002/836126.html

② "日常生活审美化"由英国学者迈克·费瑟斯通于1988年4月在一次题为"大众文化协会大会"的演讲中首次明确提，被视为当代西方消费社会的一个重要表征，并被引入影像的角度加以阐发，后经鲍德里亚等学者进一步阐释成为一个重要的理论热点。在中国，关于"日常生活审美化"的讨论主要由陶东风等人发起，由陶东风首次在《江苏社会科学》2002年第一期的《日常生活的审美化与文化研究的兴起》一文当中提及。

"文学性"早就脱离文学作品的本体，转而向更多纯文学以外的领域求生。这种"文学性"的泛化理论由大卫·辛普森、乔纳森·卡勒以及国内学者余虹等人提出，但王岳川、吴子林等学者表示质疑，他们认为"辛普森们"宣扬的泛化的文学性在很大程度上不过是一种审美的世俗化和谄媚化。它一方面导致了文学固有的高雅气质的流逝和弥散；另一方面则引起了"俗文化"的出现和在各个学术领域的迅猛入侵。消失了精气神的文学仅仅剩下理论的铠甲，而这种理论形式将是文学自身的沦陷。所以"文学性的扩张和泛化"仅仅是一种预设的文学危机，真正的"文学之根本精神"依旧牢固地扎根于文字媒介当中，它独特的魅力是其他媒介无法企及的。① 不管学者们如何争论，我们都应清醒地看到：伴随着电子媒介以及其他媒介传播手段的不断更新和发展，纸质媒介的传统阅读方式的确遭受了严重的冲击。特别是在消费时代，大众追求以"新鲜""快速""便捷"为首的消费条件，具有传统的、纵深式的、遐想式的文字阅读方式在这个"读图时代""视觉时代"收效甚微。年轻一代正在远离印刷文化的辐射，全面且自觉地接受"视觉文化"的洗礼。因此，如果要保持文学的经典性以及扩充其追求的审美，就必须跟随着大众的消费习惯向新的媒介形式靠拢。这种自我消化、自我变异的过程也同时改变

---

① 吴子林. 对于"文学性"扩张的质疑［J］. 文艺争鸣，2005，（3）：75－79；王岳川. 后现代"文学性"消解的当代症候［J］. 湖南社会科学，2003，（6）：129－134.

着文学精神的内涵。一方面文学文本，特别是经典文学作品需要借助新的媒介形式以扩大其传播范围和审美影响力；另一方面由于传播途径的改变、接受途径的多元化，文本的文学精神难免被打上再造者"自我化"的烙印，成为更为丰富抑或更加单向的存在。

所以，在文化转型的重要时期内，传统的纸质媒介和文字印刷依旧需要继续保持其严谨、稳定的艺术风格，但随着文学文本有了更多媒介推广途径，学界理应开拓更加广阔的研究视角和研究领域。在跨媒介、跨学科的研究视阈当中努力寻找文学研究的多种可能性，来探索文学创作在消费时代的背景之下更为丰沃的土壤，耕除导致文学创作"萎靡"的杂草，使其能够在适应新的语境发展环境的同时，也能够获得更为健康的发展路径，生产更为丰硕的文化果实。立足于这样的研究基点，笔者选取了中国改革开放以来被改编成电影的部分经典文学作品为研究对象，试图从小说文本到电影改编的角度，考察消费时代之下文学作品向电影作品转变的过程中一些明显的特征及变化，进而思考从文学向电影这一艺术范畴深入融合时的成败得失。之所以选择消费时代当中文学到电影的融合与转向，是因为从改革开放以来，文学经历了从精英主义滑向大众文化、从高雅文本转入通俗表达的颇为明显的变化之旅。当下的现代主义话语逐步变为价值多元、中心模糊的后现代话语，文学话语的主题内涵和审美诉求都经历了复杂和艰辛的嬗变过程。特定的国情导致了现代性、后现代性在一定程度上相互交融影响，产生了文学领域波澜壮阔同时也暗流汹涌的发展环境。这个时期不仅文学作品的表达主题有明显的变化，同时，经过几代电影人的努力和辛劳，中国电影的发展状态也变得更为自由和活跃。特别是"第五代"①"第六代"②导演们的努力，他们在电影观念的革新和创作手法的突破上不断促进中国电影事业的新发展。他们也不忘从文学文本中汲取艺术的灵感和养分，在文学性与电影性的辩证统一中不断寻求改编的新境界。

二、从小说到电影改编研究现状

在消费时代新鲜且多元的文化语境和活泼奔放的社会氛围当中，瓦尔特·本雅明、乔治·布鲁斯东等人敏锐的感知到"视觉文化"为社会所带来的关于艺术审美的新变化。美国电影理论家乔治·布鲁斯东指出："人们可以是通过肉眼的视觉来看，也可以是通过头脑的想象来看。而视觉形象所造成的视像与思维形象所造成的概念两者间的差异，就反映了小说和电影这两种手段之间最根本的差异。"③这是一番可以品出积极态度，也可以读出消极思想的话语。小说与电影二者之间的对撞和交融都体现了文学

① 第五代导演是指 20 世纪 80 年代从北京电影学院毕业的年轻导演，他们的作品特点是主观性、象征性、寓意性十分强烈，代表人物有张艺谋、陈凯歌、田壮壮等。

② 第六代导演一般是指 20 世纪 80 年代中、后期进入北京电影学院导演系，90 年代后开始执导电影的一批年轻的导演。代表人物有：张元、王小帅、路学长、贾樟柯、娄烨、陆川等。

③ [美] 乔治·布鲁斯东. 从小说到电影 [M]. 高骏千，译. 北京：中国电影出版社，1981：1.

性元素与电影性元素的某种共性。如果能使用流畅的转化手段将二者融合，不管是文学作品本身抑或电影，传播和教化功能都将事半功倍，如果不能洞悉二者看似水火不容实则暗藏玄机的"交流密语"，只是一味地将文学文本转化为影视片段，那必然是两败俱伤。

　　作为"第七艺术"①的电影艺术是一门年轻的艺术门类。电影在诞生伊始，就得到了上帝的垂青和厚爱。不仅从其他的艺术形态中汲取养分、借鉴经验，更是凭借其与生俱来的"视觉"条件，拥有文字所不可比拟的传播优势。虽然看起来一个是凭借文字印刷来感化大众，另一个有其精美流畅的视觉刺激，二者似乎鱼与熊掌不可兼得，实际上若使用得当，电影艺术会是文学性创作萌芽和成长的绝佳土壤。文学作品特别是小说，因具有流畅的叙事手法、栩栩如生的人物形象以及象征或者写实地展现社会生活等表达优势，更容易被电影艺术这个新生的、嗷嗷待哺的婴孩所汲取养分，借鉴经验。早在电影艺术萌芽之时，就已经聪明地选择文学作品进行改编活动。法国导演乔治·梅里爱的开山之作《月球旅行记》就是将儒勒·凡尔纳的科幻小说《从地球到月亮》以及威尔斯的小说《第一次到达月球的人》当中的主要情节搬上银幕。此后，西方电影产业迅猛发展，早期的好莱坞更是对经典的文学作品青睐有加。《复活》《战争与和平》《茶花女》《傲慢与偏见》《鲁宾逊漂流记》《哈姆雷特》《飘》《罗密欧与朱丽叶》

---

① "第七艺术"是"电影艺术"的同义语，语出于意大利诗人和电影先驱者乔托·卡努杜。

等大量的文学经典作品被各位导演加以改编搬上银屏，更不用说《傲慢与偏见》《茶花女》等重量级的文学巨作获得前后十几次改编，屡屡获奖。同样，不仅仅是由文学作品改编而来的电影受到大众的喜爱，一些已经改编成电影并获得极高票房的文学作品借助银幕的春风，其文学原著也再一次进入大众的视野。《肖申克的救赎》《教父》《霍乱时期的爱情》《查特莱斯夫人的情人》等电影的成功也大大提高了其文学蓝本的知名度和传播影响力。不仅是西方国家，自从中国在吸收借鉴外国先进的电影技术，并创造出"影戏"之后，第一代导演如张石川、郑正秋等人也对"鸳鸯蝴蝶派"作品产生改编的兴趣。从《日出》《原野》到《啼笑因缘》《金粉世家》，从《青春之歌》《林海雪原》到《白毛女》《艳阳天》，特别是伴随着改革开放政策的逐步落实和大众思想的解放，文学创作与电影改编在某种程度上达成了最为亲密的共识。特别是1981年至1999年一共19届"中国电影金鸡奖"获奖电影中，有12部电影是根据小说改编而来的。① 有资料显示，在世界影片的年产量中，改编影片占40%左右；中国根据文学作品改编的影片也日益增多，占全年故事片生产的30%左右。② 这些都表明了文学与电影的"联姻"之亲密，也为从文学文本到电影作品

---

① 解玺璋. 电影中的叙事（二）：名著改编 [EB/OL]. 这12部作品分别为《天云山传奇》《被爱情遗忘的角落》《人到中年》《骆驼祥子》《红衣少女》《野山》《芙蓉镇》《老井》《秋菊打官司》《凤凰琴》《被告山杠爷》《那山，那人，那狗》。

② 陈林侠. 从改编到生成：寻找文学与影视的平衡 [J]. 中国矿业大学学报（社会科学版），2005，(1)：134 - 139.

的改编研究提供了丰富的对比资料和分析视野。

中国当代经典文学文本改编成为电影作品，体现了转型期的时代语境当中文学创作理念和电影创作理念之间的磨合与沟通。中国文学逐步走出"文革"的阴影，叙述的范围扩大，文风也相应变得温和，包容性更强。相较于强调主流思想与政治态度，改革开放之后更多文学作品倾向于描述普通人的生活，可以倾诉过往的伤痕，也可以怀念青春的岁月。重新注入活力的当代文学与电影的匹配度越来越高，经历曲折的磨合和交织，在大众文化兴起的背景之下，文学与电影终于站在了同一个水平面之上。这一时期文学作品的电影改编一方面借着文学传播之疾风劲吹迅速地扩大了传播范围，如《人生》《活着》等；另一方面，因为电影作为新兴的传播媒介突破了文化的障碍，并且因为其具有便捷的观赏领悟优势，使文学作品的宣传教化功能更为鲜明地体现出来，路遥、余华等作家也因为电影的成功改编而走红。因此，针对文学与电影的共生性与相互包容性，我们可以对二者之间的互通与不可互通进行分析，从而反思从文学作品到电影作品改编中的得失，也能够廓清文学和电影的基本功能以及改编中产生的各种问题。

20世纪80年代以来，学界已经开展了对文学作品到影视作品改编的各项研究工作。但随着时代的不断发展进步，新的文学作品到电影的改编行为所呈现出来的态势并不是十分完美。改编当中所展示的新的倾向和特征并未得到充分的注意，也缺乏学理性的梳理。围绕从文学作品到电影作品的改编解读往往含有一种

"恨铁不成钢"的批评意味。分析层面在文章构架层面显得有些力不从心，特别是从"文学性"以及文字、影像的互动关系上来探讨消费时代之下文学作品的电影改编的研究成果非常少。这种与时俱进的分析理念往往得不到重视，因为无论是文学作品还是电影作品，在新时期大众消费文化的催生之下，繁衍的速率越来越快，"量"的累积越来越多，"质"的改变却开始变得匮乏。我们需要及时更新分析理念，需要将电影的"新"与文学观念的"稳"结合起来，需要研究学者以客观开明的态度看待改编的"风头正劲"，需要用热情的态度和理智的理论基点来看待新时期文学作品与电影之间改编观念、手法的嬗变。从目前已有的研究成果来看，基于"消费时代"下文学作品的电影改编研究有以下几个方面。

　　首先是针对单个文学作品与电影改编之间的对比分析研究。如《从小说到电影：看〈红高粱〉的改编》[1]《文学经典影视改编中的审美嬗变——以〈红高粱〉为例》[2]《文本变异中的审美嬗变——论小说〈活着〉的电影改编》[3]《从凸显苦难到消解苦难——论〈高兴〉从小说到电影的改编》[4]《浅析电影〈阳光灿

---

[1]　杨荣. 从小说到电影：看《红高粱》的改编. 电影文学［J］. 电影文学，2015，637（16）：89-91.

[2]　李军辉. 文学经典影视改编中的审美嬗变——以《红高粱》中州学刊［J］. 中州学刊，2017，（08）：159-163.

[3]　林晓芳. 文本变异中的审美嬗变——论小说《活着》的电影改编［J］. 北方文学：下，2012，（03）：106-109.

[4]　潘磊. 张莹从凸显苦难到消解苦难——论《高兴》从小说到电影的改编［J］. 文艺理论与批评，2010（01）：128-132.

烂的日子〉的改编艺术》①《从〈色，戒〉到〈色—戒〉——浅
析电影〈色—戒〉的改编》②《改编电影的多模态话语分析——
以〈大红灯笼高高挂〉为例》③《论〈天下无贼〉的电影叙事与
小说叙事》④ 等，这些文章多侧重于对比文学文本与电影之间的
改编模块，如从主题是否更换、人物设置是否删减、叙事环节是
否调整等方面来进行分析。这些分析旨在探讨"改编"中的
"变"与"不变"的问题。基本上来说，当研究学者步入探讨
"改编"的去留问题时，总会有一个先入为主的观念：认为文学
经典既然已经成为"经典"，那么所有围绕文本进行的"改编"
对文章主体来说，必然是一种"丑化"和"效仿"。改编仅仅只
是为了再现文学文本的经典意义，即便能够脱颖而出，也是少之
又少，绝大多数时候都只是"东施效颦"。新时期的评论减少了
过分单一而机械地从某一个死板的角度来讨论从文学原著到电影
作品的忠实程度，转向研究改编过程当中电影对经典文本的思想
主题、文化立场与审美内涵等多种层次的再塑。这种研究呈现出
活泼、多元的分析风格，虽然讨论的内容还是以板块为划分手段，
但是整体来看还是为电影改编理论的探讨奠定了至关重要的一步。

---

① 张芳. 浅析电影《阳光灿烂的日子》的改编艺术［J］. 戏剧之家，2014，(9)：162 -
162.

② 张梦石. 从《色，戒》到《色—戒》——浅析电影《色—戒》的改编. 安徽文学月
刊［J］，2012，(9)：107 - 107.

③ 李妙晴. 改编电影的多模态话语分析——以《大红灯笼高高挂》［J］. 电影文学，
2007，444 (15)：98 - 100.

④ 刘鹏艳. 论《天下无贼》的电影叙事与小说叙事［J］. 合肥师范学院学报，2006，
24 (2)：110 - 113.

美中不足的是涉及范围过于广泛，难免蜻蜓点水不够深刻。

其次是围绕某一特定作家作品或者特定导演风格的改编研究。这一部分也是研究学者最为偏爱的。例如有《电影〈活着〉对小说〈活着〉的大众化与个性化改编》①《从内心的彷徨到现实的呐喊——余华的〈活着〉与张艺谋电影改编的比较》②《视觉文化时代的别样言说——探析严歌苓小说的影视改编热》③《严歌苓小说与影视剧改编对比研究》④《性别视角下严歌苓小说的电影改编》⑤《美学追求：张艺谋电影改编多元探索》⑥《张艺谋电影改编中的叙事策略研究》⑦《论莫言小说的电影改编》⑧《论王朔小说的影视改编》⑨《论池莉小说的影视改编》⑩ 等。这类论文所涉及的研究范围非常广阔，分析角度更加多元化，分析理论依据也更加有深度。不过也存在不同的"盖棺定论"。针对研究学者个人的偏好，往往会产生意见的分歧。批评者习惯性先预设一个改

① 赵亚婷．电影《活着》对小说《活着》的大众化与个性化改编［J］．文教资料，2014，(36)：127 – 130.

② 焦兰周．从内心的彷徨到现实的呐喊——余华的《活着》与张艺谋电影改编的比较［J］．广西民族师范学院学报，2003，20 (01)：14 – 16.

③ 宋琦．视觉文化时代的别样言说——探析严歌苓小说的影视改编热［J］．西昌学院学报（社会科学版），2013，(03)：40 – 43.

④ 付欣平．严歌苓小说与影视剧改编对比研究［D］．吉林：延边大学，2012.

⑤ 毕媛媛．性别视角下严歌苓小说的电影改［D］．厦门：厦门大学，2014.

⑥ 张剑鸣．美学追求：张艺谋电影改编多元探索［J］．北华大学学报（社会科学版），2003，4 (3)：20 – 24.

⑦ 班玉冰．张艺谋电影改编中的叙事策略研究［J］．电影评介，2006，(19)：21 – 22.

⑧ 张永洁．论莫言小说的电影改编［J］．芒种，2015，(2)：5 – 6.

⑨ 张艳阳．论王朔小说的影视改编［D］．合肥：安徽大学，2014.

⑩ 胡玲莉．论池莉小说的影视改编［J］．电影艺术，2004，(2)：23 – 27.

编期待，然后再将改编电影与文学蓝本进行期待内的对比，从而证明改编行为的合理性。这类文章的分析优势在于，切入点比较小，分析范畴相对集中，能够简单直接地对某一个作家的作品风格及导演的改编风格进行系统的分析。这些文章比较注重资料的积累，善于进行文本对照，有较强的客观性。但同样，此类分析文章因为重视资料的搜集和对比，常常容易在理论论证方面脱节，以纯对比的方式罗列证据，而忽略了观点的总结和提炼。因此过于微观的研究有时往往遮蔽了研究学者的视野，容易出现文章分析细节就位而理论深度不够的情况，显得较为单薄。

再次是针对某种创作风格以及所涉特定研究范畴的改编分析。这类文章基本集中于从文学文本到电影作品当中改编风格的研究，由于研究范围适中、研究深度和广度灵活性较大，故而多为专著或学位论文。例如冯果的专著《当代中国电影的艺术困境——对电影与文学关系的一个考察》①，围绕四代导演电影改编作品进行分析，对比20世纪80年代以来文学与电影的碰撞与相融；张慧瑜的专著《当代中国的文化想象与社会重构》② 特别关注红色历史记忆的重写、公民社会的话语建构、中产阶层的文化表述与危机时代的主体想象等问题；周蕾的专著《原初的激情：视觉、性

---

① 冯果．当代中国电影的艺术困境——对电影与文学关系的一个考察［M］．上海：上海文化出版社，2007．
② 张慧瑜．当代中国的文化想象与社会重构［M］．广州：中山大学出版社，2014（12）．

欲、民族志与中国当代电影》① 以具体围绕吴天明、陈凯歌和张艺谋的《老井》《黄土地》《孩子王》《红高粱》以及《大红灯笼高高挂》为素材蓝本，梳理和论证了中国电影属于某种从书写文字到技术化视觉意象的符号系统转型史；王贵禄的专著《前瞻性批评：消费时代的文学与影像》② 通过分析西部作家作品及改编电影，以及囊括全球时代化的迅猛发展，探讨了消费时代之下文学与影像互生互惠的关系；李文秀的专著《新时期的影像阐释与小说传播》以《芙蓉镇》《红高粱》《一半是火焰，一半是海水》《来来往往》四部小说为分析素材，从改编的个案扩展到小说文本的叙事特色，文章论述了影视对原著小说的贴合、创造、共谋和引领功能。另有博士学位论文如曹文慧的《论中国当代新生代小说的影视改编》③，试图平衡小说与影视两种艺术形式，以 20 世纪 90 年代以来的中国当代新生代小说的影视改编现象为研究对象，试图论述改编艺术中的突破与创新。不过因为曹文慧将分析范围定义在中国大陆 20 世纪 60 年代出生以及 70 年代出生的新生代小说家的群体之上，其他年龄段的作家并未涉及，分析对象有一些局限。还有博士论文如孔小彬的《接受与

---

① 周蕾. 原初的激情：视觉、性欲、民族志与中国当代电影［M］. 中国台湾：远流出版社，1995.
② 王贵禄. 前瞻性批评：消费时代的文学与影像［M］. 北京：中国社会科学出版社，2012（01）.
③ 曹文慧. 论中国当代新生代小说的影视改编［D］. 济南：山东师范大学，2013.

阐释——电影导演与新时期以来的中国文学》①，将研究对象转移到电影导演本身当中，旨在探讨在原著到电影的改编活动中导演的中心作用。实际上分析的对象已经从文本转移到导演个体当中。

最后，是着重文学作品到电影改编的"消费背景"研究。这一部分的研究内容相较于前三种研究方式来说，数量要更少。例如有《消费时代的影像狂欢》②《论文化消费时代小说的影像化》③《IP电影热——中国大众消费时代进行时》④《消费时代下影视改编中文学功能的贬义》⑤等。围绕"消费主义"所进行的分析讨论往往也已经有了附属的分析范畴。一般来说，研究学者乐于以"消费文化"或"消费时代"作为文章分析的背景。消费文化在迈克·费瑟斯通的定义当中是："首先，就经济的文化维度而言，符号化过程与物质产品的使用，体现的不仅是使用价值，而且还扮演着'沟通者'的角色；其次，在文化产品的经济方面，文化产品与商品的供给、需求、资本积累、竞争及垄断等市场原则一起，运作于生活方式领域之中。"⑥也就是说，迈克·费

---

① 孔小彬. 接受与阐释——电影导演与新时期以来的中国文学 [D]. 上海：上海师范大学，2015.
② 高建琴. 消费时代的影像狂欢 [D]. 南京：南京师范大学，2016.
③ 彭绿原. 论文化消费时代小说的影像化 [D]. 合肥：安徽大学，2014.
④ 王真臻. IP电影热——中国大众消费时代进行时 [J]. 当代电影，2015，0 (9)：8 - 12.
⑤ 蔡蓓. 消费时代下影视改编中文学功能的贬义 [J]. 盐城工学院学报（社会科学版），2012，25 (4)：41 - 44.
⑥ [英] 迈克·费瑟斯通. 消费文化与后现代主义 [M]. 刘精明，译. 南京：译林出版社，2002：8.

瑟斯通强调了"消费文化"的两个鲜明特征：文化的"商品化"和商品的"符号化"。"消费社会的理论范式强调的是欲望的文化，享乐主义的意识形态和都市化的生活方式。"① 因为社会节奏的加快，人们追求欲望、寻求享乐的理念空前强化，加之审美趣味变得短暂肤浅，消费文化将对深层含义、永恒价值、理性意蕴的坚定追求悄然消解，转向追逐表现的浅薄化和媚俗化，追求感官刺激、追求暴力宣泄，沉醉于亢奋和麻痹。这些强烈的驱动力量变成了大众文化的商品化最直接的武器，并且一度成为重要的消费趋势。

此外，还有部分理论文章如《电影改编略论》②《关于影片改编中的电影意识问题》③《论小说的影视改编》④ 等，这些分析文章往往也是从一个预设的理论背景出发，在探讨原著到电影作品改编手段上的"可"与"不可"时，再加入一些具体的改编个案予以佐证观点。这种分析方式也等同于先"立论"而再"释论"，没有什么可以搜寻创新的条件，也略违背由分析材料得出分析结论的辩证逻辑思维，使得立论分析依据成为空中楼阁，亟待更加深入的探讨来填充理论之基石。

---

① 周宪．视觉文化与消费社会［J］．福建论坛人文社会科学版，2001，（02）：30 - 36.

② 金章才．电影改编略论．［J］．杭州师范大学学报（社会科学版），1995，（05）：50 - 55.

③ 皇甫可人．关于影片改编中的电影意识问题［J］．文艺评论，1987，（02）：81 - 84.

④ 黄书泉．论小说的影视改编［J］．安徽大学学报（哲学社会科学版），2003，27（02）：67 - 74.

三、关于本书的研究范围、难点及创新

由于时代语境的不断更新和地域特征的条件限制，为保证选题研究的集中性和针对性，笔者需要针对本书的研究范围作进一步详细的说明。首先，为体现文章的研究场域为"消费时代"的基本研究范畴，本书所涉及的文学文本及电影作品均为改革开放以后所产生。其中包括了作者风格、原著段落、导演风格及电影片段。如对《三国演义》《荆轲刺秦王》等古典文学、《骆驼祥子》等现代文学作品的改编研究，对《林海雪原》《红旗谱》等"十七年（指从1949年到1966年这一时段）"时期文学作品的改编研究等仅作为参考蓝本，并不纳入深入讨论范围。由于地域问题，对海外华人作家如林海音、严歌苓作品的研究也不在论文研究范畴之内，但因严歌苓的两部作品《金陵十三钗》及《陆犯焉识》均由第五代导演张艺谋改编为电影作品，故这两部纳入分析范畴。因研究作品以及研究范围主要围绕改革开放之后，主要针对内地，港澳台地区导演们的改编作品也不纳入研究范围。最后因为篇幅的限制，故只研究从小说到电影作品的改编研究，电视连续剧不纳入研究范畴。

基于此研究范围，本书结合其他学者的研究成果，以"消费时代"作为改编问题分析的"前缀"和"必备前提"，以从小说文本到电影改编当中的"五个问题"为分析线索，来分析从文学作品到电影作品改编中的得失与思考。首先是围绕文学作品的电

影改编活动当中历史观嬗变研究；其次围绕改编活动中大众消费的"日常生活审美化"进行讨论；再者需要探寻从文学经典改编为电影作品当中，人物角色逐步成为一种符号的能指，其文学作品当中的精英主义逐步被消融和解构的现象；第四围绕从经典文学改编为电影作品，在不断受到消费时代物欲挑战的同时，还要经受来自西方资产阶级的不断诱惑。面对这种双重"文化夹击"，处于改编困境当中的文学作品应该从何处另辟蹊径，抑或选择触底反击，与西方的、欧化的消费文化进行直接对撞从而进一步展现文化内涵中的"民族性"底蕴，这些都是亟待探讨的问题；最后，围绕文学经典文本与改编电影中的语言对比研究，可以尝试寻找一条较为成熟圆润的"语言改编路径"，可以研究传统的经典文学文本适合于电影语言的哪些方向。

消费时代文化现象的复杂多变和过去完全不同，所以呈现出的小说到电影的改变现象也是非常复杂的。例如大众对文学文本的审美期待与以往截然不同，崇高的文本被一再颠覆，"身体消费"与"欲望消费"浮出水面，文学的严肃性不在。不论是文学作品及电影作品的历史观演变，抑或围绕"文学经典"我们应当如何去粗取精、去伪存真，都是当下学术界一直争论以及极为关注的话题。特别是在中国式的后现代的文化氛围中，具有深度批判指向意味的文学主题常常在"被改编"中遭遇被平面化和去本质化，湮没于"匆匆解构和颠覆"的后工业社会的消费文化思潮当中。因此各位研究学者孜孜不倦地围绕这些极为现实的问题展开研究和讨论。纵览研究领域和研究成果，其主要还是以剖开割裂小说和电影之间的既定关系逐一而论，或者集中分析某一位作家、某一位导演的改编作品的得失等。本书的创新之处在于，并未将文学作品与电影改编作品分栏而立泛泛而谈，而是对消费时代这一特定的时间段内的文学文本与电影改编之间的艺术对接现象进行分条考察梳理。借由五个典型性的问题入手，在寻找和揭示从文学到电影的艺术转化规律的过程当中，力图建立中国文论体系，通过重大理论问题的探讨与解决，竭力为当前多元文化语境中的文学作品与电影改编作品的生存空间、交融程度以及新的互生互惠领域的开创清理认识误区，建立新的参考，希冀拥有自己独到的见解。

目 录
CONTENTS

第一章

从小说到电影改编：历史观之变迁

"历史观"是现代性的一个核心概念，它将人们对历史的认识由地表托举到了天上，由外部的试探变为内在的感知，它寄予人类以理性逻辑，寄予人类以感性记忆，人类同时回馈以"历史观"足够的信任。由此，人类的行为在历史的空间维度当中构建了属于自己的合法性根基。在小说到电影的改编过程中，历史观的处理是我们不得不面对的一个问题。这涉及作者或者导演对历史的态度和观点，或在很大程度上左右整个改编过程中的故事情节变化、小说角色选取与改编以及主题的再凝聚等。本章通过对当代小说中历史观的体现及变化、电影改编中历史观的复刻或消解等环节来分析处于消费时代变革之下，从小说到电影改编中对历史观演化的问题。

第一节　从当代小说到电影改编：历史观之表现

历史观又被称为社会历史观，其定义为"人们对社会历史的观点与总的看法"①，是世界观的重要组成部分。其中社会存在与社会意识是历史观中的基本问题，根据对这个问题的回答在哲学领域延伸出两种完全对立的历史观："唯物主义历史观和唯心主义历史观，其中社会与人是历史观所研究的主要因素，人口与生产方式是社会运动产生的物质基础，是人类社会构成的基本条件。"② 历史观的一层内容讲述的是社会与自然之间的关系，包括为人类提供赖以生存和发展的物质条件，对人类社会的发展起到加速和延缓的作用。另外一层内容讲述的是生产和实践方式，其同样为社会提供赖以生存和发展的物质基础，人类社会存在包括经济结构、政治结构和观念结构。其中以经济结构为基础，经济结构决定着政治结构与观念结构，通常情况下指的是所有生产关系的总和。小说中的历史观主要是涉及后一层的内容，也就是历史题材小说中的矛盾与问题绝大多数都涉及人类社会的生产方式与人类社会发展之间的关系，以及人类社会存在和发展的结构。涉及最多的是人类社会存在和发展的结构，主要包括经济结构、政治结构以及观念结构。历史观的主要类型包括阶级史观、文明史观、唯物史观、全球史观、近现代史观以及英雄史观、正统史观和个人历史观等。其中阶级历史观指的是从阶级的观点出发来对历史各阶层与各个阶级自身的发展及其对社会发展的影响。

　　早在"十七年"（指从 1949 年到 1966 年这一时段）文学的发展

---

① 王晓文. 当代历史小说中历史观的流变 ［J］. 宁夏大学学报（人文社会科学版），2005，27（6）：60－62.

② 刘卫丽. 2008 年以来中国影视改编透视与分析 ［D］. 重庆：重庆工商大学，2014.

当中，围绕着小说到电影作品的改编活动就已经如火如荼地发展起来。这是一个成长的时期，人们刚刚脱离旧中国的悲惨回忆，举国上下都沉浸在翻身当家做主人的巨大的喜悦当中。因而十七年文学的累累硕果也经由文字到影像的演变，使其在焦渴的文化土地上迅速的传播开来。

一、"十七年"小说：强烈的变革烙印

这个时期主要以极具代性的"十七年"文学阶段的小说作品为研究重点。从1949年中华人民共和国成立到1966年的"无产阶级文化大革命"开始的十七年，无论政治、经济、文化、艺术都是一段极其特殊的历史时期，文学及电影都打上了强烈的时代变革烙印。

新中国成立初期，全国人民对中国共产党及伟大领袖毛主席极为崇拜。民风淳朴、思想单纯、全员力争积极向上的时代面貌被记录在文学作品中，"十七年"文学呈现的特点也十分突出、鲜明，这一阶段的作品题材和主题主要有三个：歌颂、回忆、斗争。歌颂党、领袖、社会主义和无产阶级人民；回忆战争岁月、苦难年代和过往生活；和帝国主义、资本主义、旧思想、旧观念作斗争。这个时期的作品政治性高于一切，政治性凌驾于文学性之上，所以导致很多作品的艺术性有所欠缺，作品的风格流于简单，人物也呈现出一些程式化的倾向。

对于"十七年"文学中小说这种文学体裁来说，突出体现在对英雄人物形象的塑造和刻画上。小说向来以在特定的环境中依靠完

整的故事情节来塑造典型的人物形象为己任，刻画出来的人物有时是一种现实矛盾的综合体，具有艺术表现力的意义。纵观"十七年"文学史，典型在这里被过分甚至无限制地夸大，集中表现为革命战争小说中风靡一时、毫无缺点的英雄人物形象，只有那些临危不惧、视死如归、坚强勇敢的英雄形象，才能成为作者和读者共同关心、共同感兴趣的焦点。如：和平英雄、阶级英雄、政治道德英雄、生产英雄等。古希腊罗马时期的英雄和中国"十七年"文学中所塑造的英雄截然不同。前者的英雄既是人类完美的化身，也或多或少拥有人性中丑陋的一面；而后者的英雄却是在政治极端理想盲目化的社会条件下被逐步地抽空成一个代表先进阶级属性、拥有高尚政治品质的固定积淀体。前者有血有肉，和凡人一样有七情六欲，并且各个人都有自己与众不同的特点，例如《荷马史诗》中的阿喀琉斯是个不折不扣的战争英雄，但他却是一个英勇善战却易怒的统帅，而中国《尹青春》里的尹青春和《永生的战士》里的小武，他们除了"无我"地为集体而存在之外，很难在其身上找到与众不同的特质。另一方面，为了体现英雄形象的完全高大化，"十七年"小说几乎采用了绝对的肯定手法：只要是英雄就一定是顶天立地的，即使成为阶下囚，仍气贯长虹高高在上；即使面对千难万险，仍由崇高的信仰激励着，没有半丝半毫的退缩之意。

二、红色经典与现代文学名著："十七年"电影的两种类型

"十七年"电影改编在意识形态及政治意识大张旗鼓的带动下，

不乏激进式的乏力、短命之作。经过研究，有两类小说类型在"十七年"中国电影的改编中占据了重要地位。

一类是改编自解放区创作、革命历史题材和革命战争题材的红色经典作品。这类小说作品本身就是特殊时代的产物，影片的创作和放映对宣扬振奋人心的英雄事迹、塑造伟大光辉的革命英雄形象、引领时代精神有着不可磨灭的功劳。

另一类作品是"十七年"时期电影对现代文学名著的改编。这类作品虽然数量不多，但由于"名著"本身已具备了经典性意义，并且无论是"名著"的原作者，还是电影的改编创作人员，几乎都是"大家"的身份，所以这类作品受到了更为广泛的关注，思想感情的解读更为深刻、表现手法更为复杂、改编成果也最为引发争议。甚至在某些时候，这些广为人知的作品引发了全社会从上到下的大讨论，成为推动整个"十七年"文艺创作思潮发生转变的"导火索"。

"红色经典"最初是一个"后文革"词汇，本来是指"文化大革命"中样板戏，1990 年以后又被重新提起并流行起来，广义上是指 20 世纪 50 至 70 年代艺术领域里明显体现政治意识形态色彩而又曾产生广泛社会影响的作品；狭义上则专指"十七年"时期一批发行量巨大，社会影响广泛，以毛泽东思想为指导，且创作方法类似的长篇小说。红色经典包括小说、戏剧、影视、绘画、音乐等多种媒介和艺术样式，是有关中国革命和新中国建设的宏大历史叙事。"十七年"电影改编，不仅推动了一大批优秀的红色经典小说的推广传播，更为中国电影银幕创造了诸多深入人心的红色影像记忆。

《钢铁战士》（1950 年，导演成荫），根据歌剧《钢骨铁筋》改编。这是新中国电影初创时期最受人瞩目的革命战争题材作品，它塑造了解放战争中三位铮铮铁骨的英雄战士形象，被认为是起步阶段的革命历史片创作中，将战争硝烟作为背景，而将人物推向前景，着重刻画人物性格的率先尝试。《新儿女英雄传》（1951 年，导演史东山、吕班）根据同名小说改编。这部小说写出了平凡儿女的不平凡气概，改编后的电影更是将这部内容丰富、情节复杂及人物众多的革命战争题材处理得井井有序，详略得当。《铁道游击队》（1956 年，导演赵明）改编自同名小说，影片对原著进行了提炼和浓缩，突出了原作的主要精神、人物和情但也删减了原著部分的情节和片段，曾经引起读者的一片争议。但总体而言，不失为一部优秀的改编电影。值得称道的是，导演有意识地将人物刻画和叙事中心集中在"铁道"这一独特的视角之上，且之于《平原游击队》等同题材电影有所创新。

新中国成立至"文化大革命"前夕是中国长篇小说创作的高峰期，这个时期有一大批作品问世，其中有数十部对中国产生了深远的影响，这些作品坚持社会主义、现实主义创作原则，以质朴的表现方法讴歌了土地革命战争、抗日战争、解放战争及社会主义建设不同历史时期，中国人民艰苦的奋斗历程和蓬勃向上的精神风貌，代表了那个时期中国长篇小说创作的最高成就。这类文学作品也是"十七年"电影改编重要的小说来源。如《青春之歌》，根据杨沫同名小说改编；《红旗谱》根据梁斌同名小说改编；《林海雪原》根据曲波同名小说改编；《暴风骤雨》根据周立波同名小说改编；《红

日》根据吴强同名小说改编；《烈火中永生》根据罗广斌、杨益言
的小说《红岩》改编。作品中的主人公如林道静、朱老忠、杨子荣、
江姐等成为雕刻在电影银幕上意蕴隽永的人物形象。

　　红色经典是指在特定的历史机制和文化土壤中生长起来的，它
代表了那个时代的价值追求和道德理想。由红色经典小说改编成的
电影作品也是红色经典的重要组成部分，它们在特殊历史语境中反
复雕琢最后成为艺术品。与当代红色经典的改编相对应是现代文学
名著的改编，本文所说的名著改编是指在"十七年"时期，影片是
由现代文学史通常意义上的文学大家"鲁、郭、茅、巴、老、曹"
的代表作品改编而来，其中包括鲁迅的《祝福》、茅盾的《林家铺
子》、巴金的《家》、老舍《我的一辈子》等，都是经过时代检验的
经典作品。

　　总之，在"十七年"慷慨激昂的时代氛围当中，从小说到电影
的改编活动无论是其外部环境的影响，抑或单就改编导演自身来看，
其作品已经感受到了"时代的召唤"。它一方面必须时刻紧跟着时代
的步伐敏锐地体现政治环境的变化，另外也从侧面说明不论是作者
或者是编剧、导演，"改编"已经不是一项单纯展示自我意识的活
动，而是一种"集体创作"。对于后者，围绕杨沫的文学作品《青
春之歌》改编问题的探讨便是一个极好的证明。在当时决定将小说
改为电影之时，曾一度引起学界和大众的广泛的"争论"。1959 年
第二期《中国青年》发表了一篇名为《略谈对林道静的描写中的缺
点》的文章，当中作者郭开就《青春之歌》进行了毫不留情的批评
和指责。他说作者是站在小资产阶级的立场上，把自己当作小资产

阶级的代表来进行作品的创作，没有很好地描写工农大众，更没有描写知识分子与工农的伟大的结合。面对种种指责，改编者对《青春之歌》走上银幕的勇气并未退缩。他们召开了研究会，批判地看待郭开的思想，并且认真学习学界领导同志们对改编问题所提出的各种意见。在此基础之上，"作者在修改文学剧本，以及我们进行再创造的时候，明确地解决了小说里存在的一些值得商榷的问题"①，待到影片开拍之后，当时北京市市委第一书记彭真对《青春之歌》的改编计划极为重视，亲自批示"一定要把《青春之歌》拍好，要使用最好的底片、最好的器械，作为向国庆十周年献礼的最好的礼物"。因此，拍摄《青春之歌》成了一项艰巨的"政治任务"，仅用时五个多月就完成了拍摄和制作。等到电影拍摄完成进入审查状态时，陈伯达又围绕电影提出了否定意见。他认为电影仍旧存在小资产阶级的闲情逸致，这也使得电影的主创团队大为不解。不过围绕电影的讨论很快就被北京市委主要领导的集体审查所替代，《青春之歌》获得了各位领导的一致好评，被批准作为国庆十周年献礼片上映。至此，围绕着从文学作品到电影改编作品的"持久战"总算告一段落。由此可见，这部产生于不断斗争当中的电影，鲜明地反映出"电影改编"已经成为一项"集体活动"，需要借助许多人共同为之奋斗。此后，在"文革"时期，这种形式也保持了很长一阵子。

　　进入到20世纪90年代以后，中国在电影改编的手法和历史观

---

① 杨沫.《青春之歌》——从小说到电影［M］.北京：中国电影出版社，1962：253.

表达上与"十七年"时期有了很大不同。随着社会的发展与进步，很多电影制片厂体制发生了变化，影片所展现的主题和历史观也趋于多元化，其中多涉及对封建社会时期某个社会群体悲惨命运的关注，通过对这个社会群体悲惨命运的展现，体现出对当时社会制度的批判，或是对人性弱点的思考。

1988 年由莫言的小说《红高粱家族》改编的电影《红高粱》讲述的是封建社会时期，"我的奶奶"和"我的爷爷"不畏世俗观念压迫、不惧封建势力迫害，努力争取爱情，以及他们为了追求自由安稳生活而与日军侵略者勇于斗争不畏牺牲的故事。其历史观体现的是对"我的奶奶"与"我的爷爷"不畏世俗眼光与强权勇敢追求爱情的精神赞扬，同时也有对日本侵略者无端入侵扰乱人们幸福安定生活的一种鞭答，以及对农民为了追求自身幸福与稳定生活不惜牺牲自己性命与日军展开殊死搏斗大无畏精神的赞扬。还有 1982 年由老舍的文学作品《骆驼祥子》改编的同名电影，讲述了祥子从农村来到北平当人力车夫，其间经历买车卖车的三起三落，最终失去信仰和生活热情。其历史观的表达是通过祥子三起三落的故事，展现当时中国最为黑暗的封建军阀混战时期北京人力车夫悲惨而又心酸的人生经历，将矛头直指当时的社会制度。在这种社会制度下，劳动人们无法通过自身的勤苦奋斗来改变自身的命运，充满了对小人物的同情。另有 1991 年根据苏童的小说《妻妾成群》所改编的电影《大红灯笼高高挂》，讲述的是封建社会时期，地主家的几房姨太太相互争宠，最终不是死去就是疯掉的悲惨故事。其历史观为通过对封建社会时期地主姨太太这个群体的关注，展现的是一夫多妻制度对妇女的影响和迫害，体现的是旧社会妇女的愚昧，当然最重要的还是对男性权威、宗法制度一种无情的嘲讽。

除了依照小说原著的思想主题由改编的电影作品进行传神的复刻之外，也有从小说过渡为电影作品当中修改其思想主题的例子。例如谢飞导演作品《本命年》，改编自刘恒的小说《黑的雪》，讲述的是无业青年李慧泉因为哥们义气打伤了人，被判入狱，服刑期间经历了母亲的去世。出狱后，他在好心人的帮助下做起了个体生意，在护送咖啡厅业余歌手赵雅秋回家的过程中对其产生了好感。随着赵雅秋名声渐起，护送赵雅秋回家的职务被各种各样的小伙子所代替。后来李慧泉帮助密友叉子逃走，犯下包庇罪。李慧泉降价处理掉自己所有的存货，取出所有的存款买了一条金项链，找到赵雅秋，但是赵雅秋回绝了他，李慧泉万念俱灰。喝得酩酊大醉，在回家的路上遭遇劫匪，腹部被刀刺中死亡。电影的历史观体现的是在消费时代的社会背景之下，每个人所承担的压力是相似而又不同的。除了承受生活的重压与他人多方面的交际压力之外，更多的是探讨个人性格中的弱点以及所导致的悲剧，而不是社会因素造成的。这与原著小说《黑的雪》所体现的"文革"对青年一代成长造成影响的历史观有所不同。

进入 21 世纪之后，中国改编的电影普遍政治色彩渐淡而个人英雄主义渐强，在内容上多以体现社会现实生活，满足人们的猎奇心理。2012 年改编自方方同名小说的电影《万箭穿心》讲述的是 20 世纪 90 年代，年近不惑的售货员李宝莉在住进新房之后所遭遇的一系列人生变故。丈夫出轨、丈夫自杀、自己一人当"女扁担"撑起整个家庭，十年的艰辛生活换来的却是被儿子的扫地出门，这让她万箭穿心。其历史观展现的不是以往电影中社会因素对人物悲剧的决定性作用，而是对人的性格与悲剧之间的关系进行反思。2014年改编自严歌苓小说《陆犯焉识》的电影《归来》，讲述的是20世纪70年代，受到"文革"迫害而成为劳改犯的陆焉识，由于思念家人而在一次农场转迁过程中逃回家，但是由于影响到女儿在芭蕾舞方向的发展而受到女儿的阻止，女儿想方设法不让父亲陆焉识与母亲冯婉喻见面，导致夫妻二人虽然近在咫尺却再次天涯相隔。在"文革"结束以后，陆焉识平反回家却发现家中早已物是人非。女儿放弃了自己的理想成了工厂的一名普通工人，妻子冯婉喻由于患病已然不认识自己了。陆焉识采取了一系列的方法来设法唤起爱妻的记忆。其历史观通过陆焉识一家的遭遇，体现的是"文革"对知识分子所造成的迫害，以及灾祸面前人性的自私或善良的一面。电影弱化了原著当中人们处于特殊时期的艰辛和悲惨，转向描绘夫妻情感的真挚和永恒。

从上述文学作品改编为电影之后历史观的表现及其变化我们发现：小说改编为电影之后其历史观的表现要更加客观、多元化，从之前政治化色彩比较浓厚转为更加关注人类社会与人类本身。这不仅源于我们国家的政治语境的改变、社会价值观的更新，同时也是因为逐步进入消费时代之后，大众有了更为开阔的审美视野，传统的、刻板的创作不再能够满足人们的需求，从小说文本到电影改编作品在历史观的表达当中均转向了一种柔和的过渡。

第二节　历史观变化：电影文本与改编

电影文本其定义是对当代的一般哲学解释学和结构主义符号学的基本概念狭义文本做广义使用的一种方式，通常来讲狭义的文本指的是在研究中大于句子单位的语言单位；而广义的文本则是指任何在时间或者空间上能够组织的实体，比如乐曲文本、舞蹈文本，在不同场合其所具有的含义会有所差别。[①] 其中电影文本是指以影视为文学的物质载体，因而电影文本可以指以电影为载体的一种文学作品。本节以部分小说文本与电影文本为例来窥探其中历史观的变化。

一、从《霸王别姬》到《霸王别姬》：历史的"英雄"

《霸王别姬》是讲述中国"文革"期间苦难"爱情"的一部感人肺腑的电影，同时在文学界有着极高的声誉。原著小说作者为李碧华，《霸王别姬》讲述的是一段男人与男人之间的情感。故事开始于民国初年，段小楼与程蝶衣同在一个师门下学艺，程蝶衣扮演虞姬而段小楼扮演霸王。垓下之战项羽兵败自刎，虞姬也随着楚霸王的离去随风而逝。段程二人在成长的过程中经历了日本的侵华战争、解放战争与新中国的成立以及"文化大革命"十年动荡时期，经历

---

① 赵庆超. 中国新时期文学作品的电影改编研究［D］. 济南：山东师范大学，2010.

颠沛流离与相隔千里，最终二人再次相逢。但是见面也是二人永别之日，程蝶衣最后一次唱起《霸王别姬》后拔剑自刎。小说文本与电影文本大致上类似，都以动荡的历史时期和紧张敏感的政治环境为讲述背景，围绕两个人的情感探讨了生死、坚守、背叛与救赎的主题。

从程蝶衣的角度来看，围绕他的主要故事情节有：入梨园学习唱戏、扮演虞姬、与段小楼出演霸王别姬、蝶衣喜欢段小楼、蝶衣失身袁四爷、蝶衣舍身救下段小楼、"文革"中菊仙上吊、蝶衣被发配、后蝶衣平反回到北京、二人香港重逢等。从段小楼的角度来看围绕他的故事情节主要有：师门下学艺、扮演霸王、名声大噪、喜欢菊仙、娶菊仙为妻、不给日本人唱戏险被关、"文革"时期与程蝶衣相互揭发、发配到福州、"文革"结束之后偷渡到香港。从小说的结尾上来看（二者在故事情节上的差异使得历史观也发生了变化），二人从入梨园相识到经历过抗战、新中国成立以及"文革"动荡时期，直到二人再次相聚，心中实有千言万语道不尽，其中的恩恩怨怨与所经历的灾难，二人选择相逢一笑泯恩仇。往日的虞姬与项羽都已老了，小说的结尾尽显苍凉而又不乏温暖。而电影相对于小说来讲其过程更加的紧凑，对蝶衣与小楼"文革"期间的遭遇则丝毫没有透露，且在最后二人重逢之时让蝶衣做了一次真的虞姬，也实现了师傅最终的教诲：从一而终，也使得电影中的矛盾更为激烈突出，使得电影中所表现的主题——"不疯魔，不成活"更加的纯粹。

在具体的小说文本与电影文本之间也存在着较为显著的差距，比如在蝶衣练习戏文"我本是女娇娥，又不是男儿郎"，屡屡念作

"我本是男儿郎，又不是女娇娥"，这实际上是一种外界强加于自身性别的一种下意识的反抗。而电影与小说中的差别出现在通过暴力手段，让蝶衣接受了自己的人物性别（小说中为关师傅而在电影中成了段小楼）。根据西南交通大学周尚琴的文章《〈霸王别姬〉小说文本和电影文本的叙事学比较》的解释，烟锅在这象征着男性的生殖器官，而段小楼将烟锅塞入蝶衣口中，到后来张公公对蝶衣的强暴，最终使得蝶衣的自我性别认同感更加的固化，开始认同自身的女性性别。[①] 通过对小说文本进行解读得知，小说中的重点矛盾在于程蝶衣对段小楼的依恋以及段小楼的背叛，包括围绕这段依恋和背叛的各种斗争，还有同性之爱与异性之爱。在电影当中所体现的是重点强调段小楼、程蝶衣和菊仙三人在特定历史时期之下的恩怨纠葛。

通过小说文本与电影文本的差异可以看出，《霸王别姬》的原作者李碧华是想揭示关于依恋和背叛的主题，其中历史环境是造成悲剧的根本原因。作者注重的是在历史环境下人的选择，展现的是人性的丑恶与善良。但是相对而言，导演陈凯歌所导演的《霸王别姬》则更有历史含义，其将二人的离奇事迹与悲惨命运放在一个宏大的历史环境下，二人的这些遭遇同动荡历史时局产生了直接的关系，对于历史的批判和反思相对于小说也更加的明显。相对于电影，小说文本则显得更加的纯粹、淡薄与隐秘，电影中的故事情节则更加

---

① 周尚琴. 《霸王别姬》小说文本和电影文本的叙事学比较［J］. 闽江学院学报，2011，32（03）：48–54.

的跌宕起伏、矛盾更加的尖锐和突出，人物形象也刻画得更加的淋漓尽致，对于历史环境的思考也更加的深入。从故事情节来看电影中隐去了段小楼以及蝶衣在"文革"时期所遭受的种种苦难，将其一笔带过。电影矛盾最高潮出现在最后二人又上演了一次"霸王别姬"以蝶衣自杀告终。凸显的是蝶衣在外部环境恶劣的情况下依然能够坚守自己、坚守爱情的伟大情感操守。这次悲剧背后的原因不免令人深思，这正是对当时政治环境不满的一种十分隐晦的表达方式。从历史的角度来看，清末时期的封建落寞王朝，日本帝国主义的入侵甚至到后来的十年"文革"动荡，都是导致二人悲惨命运的直接原因。电影中体现的就是一种关于艺术、爱情纯洁的美，这种美遭受到各种历史环境的蹂躏和迫害的时候，也正是人们最为心痛的时候。总的来说，作品中所体现的历史观为三种"批判"：一是对封建王朝制度的批判；二是对日本帝国主义入侵中国的批判；三是对十年"文革"社会现实的批判。

而就小说本身在细节之处与电影相比有些差异。小说中最后蝶衣没有死，死只是蝶衣想象出来的幻象而已。小说作者李碧华就像是一个旁观者在叙述二人整个人生的历程，丝毫没有掺入个人的主观的情感。通过对小说中二人遭遇的描写，让读者自己去反思社会历史对二人所造成的迫害。电影从本质上来讲也是要达到这一效果，只不过电影中所表现的故事情节更为紧凑，矛盾和冲突更为激烈罢了。特别是针对原著做了一些修改，集中化、戏剧化了故事剧情，使得其思想主题更为直接和震撼。笔者通过查阅文献，对《霸王别姬》中原作者李碧华只是想表现"婊子无情，戏子无义"的认识持否定态度。笔者认为小说同电影同出一脉，尤其是作为小说文本与电影文本而言，电影导演从小说中抽取关键的故事情节所组成的画面，与整篇小说所表现的主题并无差异，因而小说所体现出来的历史观与电影文本所体现出来的历史观也并无差异。

不过，电影《霸王别姬》所要表达的历史内涵会更为鲜明。影片对于民族历史的反思援引于悲剧，从表面来看，是一代京剧艺术家在不同的时段内承受历史、屈服于历史的悲情演义。但实际上，深究电影的本质，它还提到了"英雄"的母题以及"命运"在历史之下的不可抗拒性，力图从纵向的和充满当代性的视角出发，审视中华历史和文化，从而体现出对人性、人生、人情的深刻考量。

对"英雄"的赞美在任何时代、任何的艺术作品当中都有，并且作为一种巨大的精神力量鼓舞着人们。《霸王别姬》当中有许多英雄，首当其冲的应该就是"霸王"。这个楚霸王不仅仅是历史典故中的英雄，也是现实生活里顶天立地的英雄——段小楼，或者说是"文革"之前的段小楼。曾经的他英勇刚毅、一身正气，充满了男子汉的血性和豪情。这才是响当当的"霸王"，不管是打小就照顾师弟程蝶衣，还是后来妓院里搭救菊仙，再到拒绝为日本人唱戏等，这些片段无时无刻不在赞美段小楼身上的英雄之气。与此相反的是，程蝶衣恰似一个柔弱的女人，从小就被母亲送到了戏班子里，后又被师父以及段小楼、张公公等人硬生生地"阉割"了其男性特质，遭遇了暴力的性别改写。他对段小楼的依赖不仅源于他童年以及后来的生活经历，同时也包括他对自我的认知，他已经将自我定义为"虞姬"，是注定要和"楚霸王"生死相依的。后来段小楼娶了菊仙，他们三个人成了一个极不稳定的三角。不论是谁，到电影结束的时候，都已经割裂了彼此之间最后的依赖和温情。渴求"英雄"保护的程蝶衣和菊仙都失望了，这个"英雄"也有软弱的一面、也有倒戈的时候。英雄走下神坛，成了平凡的普通人。电影对历史的伤痕再一次进行追问，或许归根结底只能向时代发问、向历史发问。在那个特殊的年代里，不论是抗日还是"文革"，英雄自己都难以自保，谈何保护更多的人呢？同样，《霸王别姬》不忘对命运发问，包含了作者和导演对命运悲剧的感叹。电影中有一处令人深思的桥段：程蝶衣从张公公处出来之后，在路上非要捡一个被遗弃的孩子，这也是他对自己命运的一种缅怀和怜悯。戏班的老师傅劝他："一个人有一个人的命，你还是把他放回去吧。人纵有万般能耐也抵不过天命的。"程蝶衣没有听他的劝。后来在"文革"时期，这个被捡来的"小四"恰恰是替代程蝶衣的那个人，是那个敢与他叫板，更是第一个跳出来揭发他的人。这不得不说是一种命运的报复和轮回。同样，菊仙信了段小楼的定亲酒，一心跳出窑子门。老鸨酸溜溜地说："我告诉你，窑姐就是窑姐，那是你的命。"最后菊仙被已经疯了的程蝶衣揭发她的身世背景，羞愤而绝望的她经历了段小楼同样的"划清界限"，最后悬梁自尽。这种命运对她深刻的打压令菊仙苦不堪言，最终选择以死解脱。无论从什么角度来说，我们都很难定义"命运"或者"反抗命运"，这种看似合理而又充满不合理的故事，正是作者和导演对历史悲剧的一种痛斥和感慨。这一部交织着多重悲剧的《霸王别姬》，对读者和观众来说都是极为震撼的，它所点燃出的巨大火焰，不仅烧毁了"霸王"和"虞姬"的身段，更是引发大众对历史文化无尽的反思。

二、从《官司》到《集结号》："英雄"的历史

但是也有些电影文本在对原小说改编之后，历史观相对来说差别比较大，比如改编自杨金远小说《官司》的电影《集结号》。

电影《集结号》中的老谷用了将近大半生的时间来寻找当时吹号手没有吹号的原因。最值得怀疑的是团长应该是吹号了只是自己没有听见，或者是忙着转移部队而忘了吹号，或者是发生了其他事情。但是偏偏最终就是没有吹号。这次吹号关系到一个连的生命的去留。后来老谷遇到一个营长，想让该营长帮忙找其所在团的下落，但是这个营长既不相信他曾经是一位连长，同时也不相信团长会忘了吹号。老谷带着一系列的疑问继续寻找真相。他认为团长当时即使是忘了吹号，也不可能永远想不起来当时忘了吹号。如果团长想起了这一点肯定会回去解救他们的。在四十多年的时间里老谷一方面在苦苦寻找着事情的真相，一方面也为这段历史想着一个合理的解释。但是最终历史的真相却是团长根本没有打算让吹号手吹号，他的计划是牺牲一个连来掩护整个团的安全转移。全连在不知道的情况下与敌人拼死抗争，最终除了老谷一人全部牺牲。从作战策略上来看，这或许是保全了大部队，但这是不公平的，这种以生命为代价的交换是不公平的。因此电影在很大程度上颠覆了以往对战争描述的神圣与光辉性，展现了革命战争在推进历史发展过程中残忍的不为人知的一面。

电影《集结号》的小说文本来自杨金远的《官司》，从小说标题就可以看出，这是一个带有矛盾的名词。小说故事中以第三人称交代了身为军人的老谷一直苦苦寻找他的团长。小说篇幅并不长，并且多为老谷个人的心态描写。他就像一个自我矛盾的集合，一方面不断思索团长没有吹号的消极原因，一方面也不断为团长开脱。老谷一直思索到了他七十岁，他寻遍了大半个中国，想求得团长的解释。最后当老谷已经快要放弃的时候，他意外地见到了"团长"——一块冰冷的墓碑。小说当中还是强调了一下团长的情非得已：为了保证整个团的顺利撤退，他不得已牺牲了老谷的一连。与电影不同的是，在小说当中对团长的忏悔之心是有交代的。他的警卫员一直守着他的墓。据警卫员说，团长后半生过得非常不安，他一直觉得自己愧对老谷他们连，牺牲在朝鲜战场的最后一刻还是惦记着老谷他们。最后善良的老谷当然选择原谅团长，但是他的内心一直在想，这个事情到底谁对谁错，在生命和生命之间，到底有没有孰轻孰重？在战争面前，到底谁轻谁重？抱着深深的疑惑，在见到团长之后的一个月，老谷也走了。按他的要求，他终于和团长他们葬在一起，埋他的时候，老谷生前所属部队的营长和团长的警卫员站在旁边。营长形容老谷的一生，就是"太认真"。营长说，老谷这一生本来还可以做很多大事，但是却没想到老谷一直在吹号的事情上绕来绕去，这个世界上有很多事情本没有办法那么认真。

小说里围绕着的"官司"是一场压根无法开庭的官司。老谷内心想要和团长打一场"官司"，辩论一下撤退这件事儿到底谁对谁错。然而这是一个没有答案的题，谁也没办法计算和判断。在小说当中，看起来围绕的是老谷这个人"一根筋"的问题，好似他耗其一生，只追求到了一个虚无的答案。小说里讲的是战争，大大小小战争对人类的摧残，不单单是肉体上的创痛，更严重的在于它给人的心灵刻下了不可磨灭的阴影。即便战争结束，这种挥之不去的惨痛经历也会一直影响着他们。小说当中没有战争场面的刻画，没有具象的角色交代，有的只是连长谷子地和他的漫长的询问之旅。因而透过全文，读者可以鲜明地感受到围绕着小说本身所传达的思想主题是"老谷的一种执着"以及"围绕战争遗留问题的无奈"。小说的主线非常简单，只有老谷的存在，其他牺牲的连队是作为一个集合符号而存在的，整个故事也是老谷为了他的战友以及他个人疑问的一种追溯。

　　电影《集结号》对战争英雄去个体化的塑造非常成功，英雄人物变成普通的战士，而且是以一种群像式的方式展现出来。编剧刘恒对小说原著的改编花了一番功夫。电影弱化了小说中老谷对寻找团长和真相的集中式刻画，转向了九连整个战队中各个英勇战士的群像。在小说当中基本没有提到的各个战士，在电影当中有了实质的身份和生动的个体形象，导演令这一群血气方刚的汉子活跃于观众眼前，从人性的范畴当中深刻地呈现各位战士在战争面前刚柔且脆弱、勇敢且无助的丰富人性。细节的表达是《集结号》里非常引人注目的设计，相较于小说当中以时间的长卷为叙述背景的表达方式，电影因其丰富的镜头语言使得故事更加有血有肉。例如痛失战友的谷子地大喊"不接受投降"悲情激愤；王金存写家书的时候不忘加一句"祝全家老少平安无事"，表达他强烈的思乡之情；吕宽沟总是在嘴里嘟嘟"不混出点人样不回家"，充满了战斗的豪情；老刺猬请求连长撤兵的可怜和无奈……一个个充满希望又悲情的角色令观众感同身受，战争给予战士的深刻印记同样烙在了观众心上。编剧刘恒在采访中提到过对于《集结号》的理解，他认为情感是真实的，人类之间的情感是相通的。正是由人类的情感相通，才有了电影当中平凡而伟大的战士们的群像。虽然充满硝烟的战场与纷飞的炮火没有"人情"，铁一样的军规军律不谈"人情"，但是对亲人的怀念、对家乡的眷恋、对战友的关怀、对军队的坚守、对真理的尊崇、对生命的珍爱与对死亡的恐惧，这所有的一切都汇聚成为一幅栩栩如生、感人至深的赞颂之歌。书生王金存上了前线却吓尿了裤子，谷子地给他打气："尿就尿了，没他妈不怕死的。头皮上飞枪子儿，裤裆里跑手榴弹，就是神仙也尿了！"这一番血气方刚又充满温情的鼓励与其说是谷子地为王金存保留的一丝尊严，更不如说是导演对战争残酷和生命脆弱的最为真实而诚恳的表达。

从《集结号》电影本身来看，其所表现出来的历史观与以往革命战争题材电影所展现的历史观截然不同，这使得人们开始从革命战争的客观历史事实去审视革命战争，而不是通过革命战争的意义去审视历史事实。以往战争题材的电影都是在宣扬历史英雄人物的光辉事迹，也正因如此，人们往往将关注的焦点放在那些历史英雄人物身上。但是通过电影《集结号》我们可以深深地感受到历史进程中革命战争的残酷性。电影向我们传达这样一种历史观：历史不仅仅是由伟大历史人物创造的，更是由千千万万所牺牲的平凡战士的生命创造的。相对于小说的保守，电影《集结号》则充分展现了对历史事实的质疑，并向世人展示真正的历史，或许不是人们在教科书上所看到的那个样子，只有亲身经历过那段历史的人所阐述的事实才是真正的历史。那些在被掩盖了历史真相下而牺牲的士兵，是值得我们敬仰的，他们同那些历史英雄人物一样都应该受到我们的尊重。

此外《集结号》电影文本相对于原著小说还存在的一个突破就是关于这场错误的悲剧的审问，到底是谁的决策造成了一个连队在自身毫不知情的情况下掩护整个团大部队撤退，很显然这是组织上的决定。既然是组织犯下的这个错误，那么老谷经历了将近四十年的时间寻求组织上的帮助，但是组织似乎仍然没有帮助其解决这个问题。在最后得知团长根本没有打算让吹号手吹号的时候，老谷的心中是极其的复杂和矛盾的，组织这样做是出于理性的考虑，但是这样却不是出于人性的考虑。至少组织应当让这个连队知道自己在做什么，让他们自己有选择生死的权力。历史的真相也会随着时间的消逝而渐入迷雾，但是针对这段历史，这个决策，组织究竟是对还是错都值得我们深思。

新历史主义认为，"历史不再是矢量的时间延伸，而是一个无穷的中断、交置、逆转和重新命名的片段"①，历史中总是充满种种偶然性、非逻辑性的发展因素，而非理想中的线性与必然延伸。当一个人在生命的意外当中偶然缺失了自己的身份与符号，他若想再沿

---

① 王岳川. 后殖民主义与新历史主义文论［M］. 济南：山东教育出版社，1999：158.

着历史的场合沿着来时的路追寻过往，追寻当时的身份，却是异常的艰难，也许耗其一生也未必能如愿。相较于小说《官司》，电影不仅仅只是一个充溢着怨气的打官司的故事，更是一个为无数英雄"正名"的故事。谷子地从来也不是为了他一个人，他希冀着为他的连队找回存在的证据。电影中那些牺牲的47名士兵，最后是按"失踪"处理的，不是烈士，不是英豪，他们连被定义是否存在的权利都被剥夺了。只有在最后无数的士兵的无字碑，才被视为他们顽强生命意义的一种肯定。"爹妈都给取了名字，怎么就变成无名的孩子了?"谷子地的发问或许是幼稚的，但是他却代表了战争当中无数牺牲的人在发问，也是对个体生命是否存在的一种追问和思考。那些牺牲之后迷失在窑坑里的九连战士，他们的默默无闻乃是生活的一个极其重要的隐喻。世界上到处是默默无闻的人，总有人注定被埋没，这是生活的常态。历史的洪流是向前的，在人类发展的漫长河流当中，在强大的战争历史与伟大的民族主义当中，每个人、每个独立的生命体都是这大江大河当中的微不足道的一滴水，有一些水注定会蒸发，就好像大家都为战争奉献了自己的生命，但是有一些人不会被历史所想起。这是一种令人尴尬而又无可奈何的现实存在。"人死留名"，这是人们在有限的生命当中确立其自身永恒价值的一种希望和渴求。人，之所以为人，就是因为他们超脱于最简单的生命状态，超脱出"吃喝拉撒"这一基本的生命存活方式，这是一种对生命代价和存在符号的追求。不管是王金存、姜茂才、吕宽沟、焦大鹏，这些人不仅仅代表他们自己，也代表了在战争中无数至死都没有留下存在证据的人们。随着他们生命的消散，随着慢慢被人们所淡忘，他们留下的却是尊崇自我、追求自我、奉献自我的高贵的人格。因而在电影的末尾，有一场处理得比小说结尾更加深刻而美妙的结尾：在谷子地的幻想当中，他举着通红的火把，高高地举着，照亮了兄弟们的回家之路、前进之路。这看似煽情的结尾，实则体现了包括电影角色在内、包括观众在内所有人的确立自我身份和历史价值的简单诉求。成为一名英雄，不一定非要名垂青史；但成为一名自我的英雄，成为一名在人类发展历史当中追求自我的英雄，却是人类在捍卫尊严、实现自我价值中最为重要的抉择。

第三节　从小说到电影改编中的历史观案例分析

　　小说所改编的电影有很多，本部分以中国当代部分小说改编电影为例来探究当代电影中所体现出来的历史观。小说作品《白鹿原》诞生在多种文化思潮交叠的 20 世纪 90 年代，是作家陈忠实的扛鼎之作，以白鹿原上白、鹿两家为核心辐射了半个多世纪以来中国农村发生的震荡和变化。作品力求回归传统的本真，对人的主体价值十分关注，体现出对儒家文化的强烈缅怀，表现出作者对现实生活的关照和反思。同样《白鹿原》表现出的历史观也是十分耐人寻味的，作为一部书写历史的小说可以说是从大历史的视角介入的，反映历史的主流方向和规律，用平民化的眼光来平视历史，对动荡历史中的权力、政治做了理性关照。在《白鹿原》中，我们可以深深地感受到叙事者不断跳入历史跳出历史，与历史进行超距离对话，陈忠实力求站在一个超越的立场，以诗人的眼光审视从清末民初到20 世纪中叶这段风云变幻、戏剧性极强的历史时代，竭力在更真实的层面还原历史生活的本来面貌，叙写人物的悲欢离合、生死沉浮、揭示历史本质。小说所阐述的主题是宗法社会必然走向灭亡的历史，而宗法社会灭亡的根本在于土地所有权的转换，这是历史变革与社会进步的根本原因，这应该是原著所体现出来的历史观。

而导演王全安所指导的电影《白鹿原》体现出来的似乎是另外一种味道。王全安在其接受记者采访的过程中也曾表示：

> "白鹿原的价值在于土地，田小娥这样的人有点像土地，你种什么我就长什么，不会挑剔。"①

电影中到处散发出情欲的场面已经掩盖了小说本来的面目，似乎在导演王全安眼中，情欲成了历史发展的主要动因。这在《白鹿原》这部电影中贯穿始终。田小娥似乎成了整个白鹿原故事发展的主线。电影中的田小娥无衣食之忧，似乎是为了"情欲"而纵情于其中，但是从小说描写来看却不是这样。比如小说对田小娥求鹿子霖救黑娃：

> "小娥一看见鹿子霖叫了一声'大'就跪下了：'大

---

① 李悦．电影《白鹿原》宣扬错误的历史观［EB/OL］．http：//roll. sohu. com/20121011/n354675238. shtml，2012. 10. 11.

呀，你就容饶了黑娃这一回！'鹿于霖斥责道：'起来起来。
有啥话你说嘛跪下做啥？'小娥仍然低头跪着：'你不说个
饶字我不起来。'"爱跪你就跪着。'鹿子霖说，'你寻错人
登错门了。黑娃是县上通缉的要犯，我说一百个饶字也不
顶用。'"①

"小娥说：'你给田总乡约把话靠实，只要能饶了他，
他再回来给我送钱时，我就拉住他不叫他走……'，小娥说
着又轱辘辘滚下泪珠来。"②

"他躺在她身上凝然不动，听着潮涌到心间的血液退回
到身体各部位去，接着他一身轻松无比清醒地滚翻下来，
搂住那个柔软的身体，凑到她的耳根说：'黑娃万万不能回
来！'小娥呼地一下豁开被子坐起来：'你哄我？你把事没
办妥，你哄着我睡觉……'"③

从小说的描写来看，田小娥与鹿子霖的"乱伦"并不是为了欲
望而是为了救黑娃，这原本是一个妻子最基本的情感操守。而从电
影中的描述来看却没有体现这一点，电影隐去了田小娥救夫的理由，
转而大肆描绘她与鹿子霖的不伦。再从田小娥与鹿子霖缠绵之后的
对话来看：

①　陈忠实. 白鹿原［M］. 北京：人民文学出版社，1993：230.
②　陈忠实. 白鹿原［M］. 北京：人民文学出版社，1993：231.
③　陈忠实. 白鹿原［M］. 北京：人民文学出版社，1993：234.

"在他耳根说：'大呀，我而今只有你一个亲人一个靠守了……'鹿子霖慷慨他说：'放心亲蛋蛋，你放心！你不看大咋着心疼你哩，你有啥难处就给大说。谁敢哈你一口大气大就叫他挨挫！'鹿子霖弹了烟灰坐起来穿衣服。小娥拢住他的胳膊说：'大，你甭走，你走了我害怕。'"①

这里很直接的表达出田小娥是在寻找新的依靠，而不是为了"欲望"而乱搞。电影中的这段场面只是突出了情欲和欲望，没有将田小娥的这种心理展现出来。凡是与田小娥有些瓜葛的比如黑娃、鹿子霖、白孝文在电影中的戏份众多，成了主人公。比如黑娃认为"有人有三四个女人都用不完，而有些人则女人渣渣都摸不到，这世道不公平"，因而电影中的黑娃显然是为了女人才参加革命的。而电影《白鹿原》中的激情戏也一度成了人们的看点，人的社会属性不存在了。导演王全安本人也曾说："不碰情欲戏，那碰《白鹿原》有什么意思……"这种典型的"情欲创造历史"与弗洛伊德的历史观是一致的，并且在古今中外的历史上并不少见。由此可以看到，大众一方面追求消费的快感，一方面也被"价值观"所"消费"。从小说《白鹿原》宏阔的历史图景的描绘来看，现在的电影《白鹿原》，充其量只是浩瀚的民族版图上一个小小的石子。这一次改编是令人遗憾的，它不仅缺少对劳动人民在土地里挣扎奋斗的历史画卷的再现，也缺乏对"人性""民族根性"一种更为深层次的形而上

---

① 陈忠实. 白鹿原［M］. 北京：人民文学出版社，1993：235.

的思考。

在电影《一九四二》（改编自刘震云的小说《温故一九四二》）当中，我们看到了围绕历史观的一种多元化的表达。小说《温故一九四二》当中对蒋介石为了蒋家王朝一己私利而全然不顾大灾面前挣扎在死亡线上的农民历史事实进行了大力批判。近一千万的河南群众遭遇饥荒，其中有超过三百万人饿死，还有三百万人西出潼关去逃荒，在沿途中饿死、病死以及爬火车摔死的难民不计其数。而即使是在这个时候，国民政府的很多官员还借机中饱私囊大发国难财。难得的是，小说对于百姓在饥饿面前所爆发出来的丑恶人性也进行了尖锐的批判。小说较为直接地在每段叙事之后都有对作为罪魁祸首的国民党政府的无情批判，国民党政府甚至认为这些灾民都是负担，死掉一些社会负担对社会历史的发展有益无害。这极度背离了中国传统的"以民为本"的思想。当然蒋介石不会全然不顾及民本思想，他心里十分清楚一旦失去民心那么蒋家王朝的存在将难以为继。因而他说道："河南是受灾了，但是受灾应该没有那么严重。"通常对于小说《温故一九四二》的主题，大家都认为是对天下大灾降临之时，国民党仍然冒天下之大不韪对百姓进行残酷压榨行为的批判。国民党的行径最终激起民愤，甚至在最后民众将枪口对准国民党，帮助日寇打败国民党军队，这是多么巨大的讽刺。当然在小说中最主要的还是围绕对人民遭受疾苦的同情，主要体现的是对国民党政府愚昧丑恶嘴脸的无情批判。

电影《一九四二》的主题相对于小说要更加的多元化。电影继承了小说的政治批判性，但是在表现方式上相对于小说要间接和隐秘得多。小说中多对国民政府的行径进行直接的批判，通过激烈的文字描述直接体现出来。而电影的主题则是通过叙事体现出来，通过对人物角色的塑造以及客观事实的描述，让观众自己感受电影中深刻的政治批判性。因而相对于小说来看更加绵里藏针，且加之改编电影对原著小说的删减，使得改编电影的政治批判性色彩更淡了，编剧更多的是将主题表现在大灾之下芸芸众生的疾苦，强调人性真实的一面。通过改编小说中诸多的细节场景来展示人性，对于意识形态领域的批判也就变得不是那么重要了。因而电影《一九四二》中所体现出来的主题要更加的多元化，不仅关注意识形态领域的政治批判，也将渲染的范围转向对人性的探讨。相对于传统单一的政治批判性电影，这一主题无疑是进步的。对于电影主题多元化的体现，我们可以从电影细节中窥探一二。比如瞎鹿一家虽然在逃荒的途中历尽艰难万苦，但是始终用独轮车将自己的老母带在身边；金枝更是将自己卖掉来为栓柱换取小米；即使在自己临走的时候，还将自己的棉裤带送给栓柱；瞎鹿卖女儿的时候，人家不要女儿而只要他的儿子；他的母亲在看到地主一家也一同逃荒时说了一句"我说有灾好，让他也变了穷人"。这些细节之处都是对大灾面前人性的真实再现，人性从来都不是单一的，特别是在危及个体利益的时候，"人心"就有了更为深刻的含义。相对于"老掉了牙的"政治批判性，电影的主题要更加的引人入胜、令人深思。其中不乏政治批判性，也不乏对疾苦人民的同情，还有对人性善恶的入木三分的表现。包括这其中也有风俗陋习，如重男轻女，甚至还有阶级之间尖锐矛盾的体现。影片将这段客观的历史展现给世人，将大灾大难下人性的善恶丑陋与阶级矛盾展现在人民的面前，一方面有社会意识形态领域中的政治批判，一方面也有对人性多元化的展现。

我们从悲观压抑的历史题材当中走出来，看一看讲述特定历史时期内人们生活的文学作品及电影。电影《阳光灿烂的日子》由姜文导演执导、改编自王朔的小说《动物凶猛》，小说本身讲述的是"文革"十年动荡期间，大人们忙着闹革命工厂罢工，学生停课。一群成长在军区大院的孩子整日无所事事，抽烟、打架闹事与漂亮姑娘搭讪的故事。这群孩子认为自己什么都不用去争，什么都不用去努力，年满十八周岁之后自然会有安排，在那个时候几乎没有他们不敢去干的事情，因而作家王朔将他们比喻成为凶猛的动物。他们是当时社会背景下部队大院孩子成长的缩影，那个时候他们怀揣着英雄主义的梦想，具有那个年龄阶段所具有的血性，肆无忌惮地挥霍着自己的青春岁月，小说揭示了那个时期青年一代成长的过程。

《阳光灿烂的日子》基本保持了与《动物凶猛》同步调的风格，继承了小说文本那种潇洒不羁的神韵，这是一部写给懵懂少年的"青春物语"。在电影开场，观众可以听到来自姜文补充得非常个人化的旁白：

　　"北京，变得这么快！二十年的工夫，它已经成为了一个现代化的城市，我几乎从中找不到任何记忆力的东西，事实上，这种变化已经破坏了我的记忆，使我分不清幻觉和真实。我的故事总是发生在夏天，炎热的气候使人们裸露得更多，也更难以掩饰心中的欲望。那时候好像永远是夏天，太阳总是有空伴着我，阳光充足，太亮了，使我眼前一阵阵发黑……"

从这么情绪化的旁白开始，电影《阳光灿烂的日子》开始了它非常浪漫的讲述。故事的主人公马小军，是一个崇尚自由的少年。他住在军区大院里，父母都忙于工作，对于马小军来说，便是再自由不过的时光了。马小军没事儿喜欢去开各家各户的门锁，就在他无意间打开的房门中，他对这间屋子的女主人米兰一见钟情。在年少轻狂中，如何展示自己健美的体魄和浑厚的荷尔蒙成了马小军头痛的问题。于是总有"打群架"的事情发生，总是在喜欢的女生面前故作潇洒。他和姑娘于北蓓及一帮兄弟每天插科打诨，四处玩乐。正常的课业基本没有，"文革"严苛的环境在电影当中基本被淡化干净，只留下一些简单却鲜明的符号指征，例如海报、雕像、军装、小红本以及军用卡车和解放鞋等。因此整个电影的风格看起来非常温暖和活泼。在电影当中，所有的生活片段都是轻松自在的，宛若所有少年的心，充满了浪漫。马小军他们溜进礼堂偷看"大人们才能看的电影"，这也就是在当时非常有名的"内参片"。在这个片段里，原本应该严肃的场景被消解为一出"闹剧"，少年们自持老成，心安理得地观看"毒草"，最后被管理员发现，他们呼啸着尖叫着逃离大礼堂。这和小说当中描述的严肃的"文化大革命"的社会情境是不相符的。小说当中，《青春之歌》是一本"地下书籍"，连《钢铁是怎样炼成的》和《牛虻》都是需要悄悄翻阅的。成人们对"革命浪漫主义"讳莫如深，并严加管束自己的子女。在广播当中都是各种"斗争"与"革命"，街边还有"有三十年党龄在家乡当过妇救会长的妇女给大家念报纸"①。这些描述在电影当中并不多见，电影中有的只是蹲在路边的"傻子"，替换了小说文本中的念报妇女。课堂上老师的说教也变得滑稽可笑，"老师充满信心灌输给我们的知识是那么的肤浅和空洞，好像在我们的一生中真有多重要的作用似的"②。老师的严肃形象被讲台上的一只破布鞋所打破。这些规矩的形象在电影中被戏剧化，剥掉了本应该保有的神圣高贵的内涵，被披上了鄙俗和猥琐的外衣。这反过来也能表现出另一种讽刺：愈是紧张的社会环境，愈是能激发人的反抗与不屈。因此从主题上来看，小说当中在围绕青春的"凶猛"之外，在强化青春期狂热的"英雄主义"以及充满兽性的"欲望"之时，也不忘记从侧面反映十年"文革"对人们身体和心理的桎梏。这种"囚禁"是无形的，它深入到人们的日常生活当中，管束着人们的言行举止。小说中每每提到"欲望"的时候，总不忘回到灰暗的现实生活中来，这是对"文革"记忆的一种又惧怕又难忘的回忆。但在电影当中，这种"又恨又怕"的回忆被消解，《阳光灿烂的日子》在小说的叙述基础之上，增加了一些温情的生活片段。它在强调"年少轻狂"的"英雄主义"情结以及对"欲望"无比渴望和焦灼的时候，不忘记弱化少年的"凶猛"，增添了他们对"初恋"的甜蜜且惴惴不安的期许。也就是说，小说文本侧重于"在特殊时期"之下、在特定的年代之中，

---

① 王硕. 动物凶猛许爷［M］. 北京：人民文学出版社，2006，(01)：19.
② 王硕. 动物凶猛许爷［M］. 北京：人民文学出版社，2006，(01)：25.

32

少年们是如何反抗这种文化的"高压"，如何过得生龙活虎的。而影片则是重点强调少年的自由、单纯、令人怀念，大力地弱化历史背景。从某种程度上来说，这也是为什么电影没有沿用《动物凶猛》的原名，而取名为《阳光灿烂的日子》的原因之一。

《阳光灿烂的日子》当中设置了许多隐喻的段落。例如电影当中六条的孩子正在欺负胡同口的"傻子"，他们强迫"傻子"吃猫屎，还抢了"傻子""赖以生存"的木棍。"傻子"嘴里经常说的"欧巴""欧巴"，是苏联电影《列宁在十月》当中的一个暗号。这个词语可以说包含着"傻子"和马小军他们这一帮小年轻在那个特殊的时代当中共同的革命激情和社会主义信仰，当这种"信仰"在胡同里的"群架"中受到了挑战，也就是一种"权威"被侵犯，因此马小军他们毅然决然的为"傻子"报仇。值得注意的是，当他们前去复仇的时候，电影的音效中是播音员在"字正腔圆"地播送越南战争的新闻，同时背影音乐还是嘹亮的《国际歌》。在马小军他们看来，这是为了社会主义而战，为了信仰而战。从某种层面上来说，这和他们所处的"阳光灿烂的日子"是密不可分的，正是这种"阳光灿烂"让他们有了自己的"伟大信仰"。若将故事的情境放在当下，在物欲横流的社会当中，谁还会为了那遥不可及的"信仰"而奋不顾身，我们恐怕要对这样的人嗤之以鼻，喊他们一声"傻子"。但是在"文革"当中，这是非常"正常"的。影片正是通过那群青少年成长的过程和历史轨迹，以一种轻快且轻松的方式向人们展示那段历史，那段弯曲的道路。而其中青少年成长的历程，也从个人成长的角度解释了他们从懵懂、迷茫到逐渐心理成熟的整个过程。

相对于小说原著，电影要更加的积极向上。小说中对"文革"造成的社会的动荡与人性的压抑和毁灭在电影中体现得极少，取而代之的是以一种轻松明快的方式展现那一代人成长的过程，展现的是"文革"时代背景下人性不断成熟的过程。

当下中国社会文化消费生活呈现出两个比较鲜明的特点，一个是消费主义的理念已经深入人心、深入生活，融入人们日常的血液当中。这成为这个时代大众进行文化选择的基本参考条件和进行文化建设强有力的价值杠杆。二是生活消费大众审美趋于日常化，从物质消费到精神消费都紧紧地与"文化"相关联。大众追求的新潮时髦反过来影响社会的文化生产。总之，消费主义与生活潮流相互交融，构成了社会生活文化消费的一道新鲜的风景线。消费主义对大众的耳濡目染，使得大众日常生活当中的方方面面都被打上了"消费"的印记，情感不再具有私密化的空间，不管是实体的物件还是抽象的情感，都能够通过"消费"拥有自己的符号指征。理论上来说，对小说进行改编创作等同于"炒剩饭"，但是透过上文我们能够看出，单就历史观这一个方面，"改编"的样态就有千千万。

在后现代的消费文化语境中，历史观有多重身份与变化形态，为了顺应当下的消费文化症候，有的时候改编创作者难免趋于庸俗和浮夸，追求视觉刺激和欲望消费。要想达到历史价值和商业价值的共赢，我们需要努力解构后现代消费文化的负面影响，从而建构更为深邃广阔的历史维度。

第二章

从小说到电影改编中的审美演变

在消费时代，电影作为商品成了人们的视觉感官消费品，通过视觉形象主导消费。① 人们每天接触的信息多数来自视觉信息或图像信息，所以将小说改编为电影，使人们通过观看电影获取视觉享受，代替了在繁忙、快节奏的都市生活中看小说文学的消遣方式，这种超越时空不在场的临场观看，早已成为一种主流文化的消费方式。受新历史主义思潮的影响，当代小说对历史展现的角度从传统的"主流"、官方视角转变到了民间视角。② 视角的转换使得当代小说在改编电影与以往小说改编电影中出现了一些新的不同。当代小说在新历史主义思潮的影响下，审美、民俗元素以及精英主义和高雅文本等方面相对于以往小说产生了显著的变化，并且小说改编电影的思想也从内容上忠实原著，开始向思想忠实原著和思想上的二

---

① 朱凌飞. 视觉文化、媒体景观与后情感社会的人类学反思 [J]. 现代传播——中国传媒大学学报，2017，(05)：96－100.
② 姚晓雷. 从地域视角到民间视角——关于 20 世纪末文学话语范式转变的一种思索 [J]. 当代文坛，2006，(05)：38－40.

次创作进行积极的转变，二者共同导致了消费时代下经典小说与改编电影之间的矛盾。

海岩曾说"我崇尚商品"，为了积极迎合消费社会，他针对市场消费需求进行文学作品的创作。① 周宪认为"消费社会的理论范式强调的是欲望的文化，享乐主义的意识形态和都市化的生活方式"②。电影是大众文化消费的日用品，在新媒体技术的应用下，现代消费社会中的文化消费走向了网络、图像、视频消费时代，人们通过新媒体平台观看电影是非常受欢迎的一种文化消费方式。观看电影是消费时代中大众化的文化消费途径，新的文化消费方式影响了文化生存模式和文化运作模式，继而影响到小说这类文学的文化消费。新的文化消费方式的审美是短暂、即时性的，表现出与深度意义、永恒价值、理性蕴涵相对的肤浅化、表面化的追求。人们的消费观在于其感官和欲望的满足，追求精神上的享受，在越来越多视觉图像的包围下，人们在不知不觉中悄然进入了一个视觉文化时代，将文学审美方式转变成了视觉审美方式，由此有人将小说改编为电影，并为大众提供一个认知和把握世界的途径。从此，小说的电影改编成了文学被图像化的典型例子。在消费时代，公众作为消费者，在小说的电影改编过程中是以参与者的身份出现的，参与文化消费的创造。

将原著小说改编为电影，可以看到电影和原著小说之间存在极

---

① 周宪. 视觉文化与消费社会［J］. 福建论坛·人文社会科学版，2001，（02）：30 -
36.
② 同上。

大的不同之处，为此有少数观众认为还是原著小说更有意思，这也仅是少数观众的看法。小说和电影在语言方面本就存在极大的差异，小说以文字为媒介，通过文字刻画出的形象为模糊的，不同的读者造就不同的"哈姆雷特"，"画面是电影语言的基本元素"①，电影以镜头为媒介，其语言是直观的画面，并通过画面造型展现形象，其特点为清晰性，其银幕画面是能分解的。波兰现象美学家英伽登说过："文学作品的最终完成必须依靠读者自己去体验、去填空。"②可以说小说改编成为电影是一种创造性的活动，是读者对小说的联想、想象，并使用视听语言在摄影机的拍摄下为受众呈现的视听感官享受。若不同的导演去执导由同一部小说改编而来的电影，必定也会有极大的画面差异。由此，电影改编也就是将文字小说进行概念的形象化、动作的过程化和意识的银幕化。由读者先接收和阅读小说，然后再对小说进行电影的再创造。在小说到电影改编的过程中，读者需要完成一切人物与场景的布置，填补小说中的空白部分。所谓的"一千个读者有一千个哈姆雷特"，读者的填空受到各自的性情、喜好、社会地位、社会经历、文化层次等因素的影响，从而造就在小说阅读填空的过程中，不同的人会呈现不同的故事与人物差异，不同读者有着对小说不同的审美过程。而电影是跳过这一审美过程，直接为受众提供直观的场景和人物，让受众能够免去阅读的过程，而快速进入故事情节。如何解决小说到电影改编中经典的审

① ［法］马赛尔·马尔丹. 电影语言［M］. 何振淦，译. 北京：中国电影出版社，1980：218.
② 童庆炳. 文学理论教程［M］. 北京：高等教育出版社，2004：340.

美演变问题，也就是解决小说的电影改编的冲突和矛盾。需要通过将小说改编成电影的方式进行处理，本部分具体从高雅到日常即审美的"流变"、小说到电影改编从精英到大众即被消解的"崇高"、高雅文本的颠覆，共三个方面来进行探讨小说到电影改编之间的审美演变问题。

第一节　从高雅到日常：审美的"流变"

"日常生活审美化"最早由英国诺丁汉特伦特大学社会学与传播学教授迈克·费瑟斯通在其以此为主题的演讲中提出。① 他所提到的日常生活审美分为两方面，一方面是艺术和审美注入日常生活中；另一方面是日常生活中的一切，尤其是工业产品和环境均被审美化。中国的学者陶东风最早发表了日常生活审美化的阐述。他在《日常生活的审美化与文化研究的兴起——兼论文艺学的学科反思》中指出，审美活动已经渗透到公众的日常生活中，不再局限于诗歌、绘画等经典的艺术门类，在诸如广告、时尚、居家装饰等新兴的泛审美艺术门类中，在各类现代化生产中均有"美学"出现。②

---

① 迈克·费瑟斯通于 1988 年 4 月在新奥尔良"大众文化协会大会"上作了题为《日常生活审美化》(*The Aestheticization Of Everyday Life*) 的演讲，认为日常生活审美化正在消弭艺术和生活之间的距离，在把"生活转换成艺术"的同时也把"艺术转换成生活"。

② 陶东风. 日常生活的审美化与文化研究的兴起——兼论文艺学的学科反思 [J]. 浙江社会科学，2002，(01)：166–172.

关于对日常生活审美化命题的界定，学界很是困惑，然而这一命题的理论魅力仍具有极大的吸引力。美学的感召力在于其不可确定性和独特的见解，而非美学概念和理论本身。① 由此可见美学在某种程度上是一种虚幻的能指，由于其不确定而又模糊的概念为美学留下了复杂多变、天马行空般的操作空间。美学的构建基础是多元化、复杂化的，既要注重反思精神的注入，又要注重人性的真善美，注重艺术与生活之间的关系，注重艺术与社会的距离。② "通过市场营销、设计以及风格，'图像'提供了对于躯体的再现模式与虚构叙述模式，绝大多数的现代消费都建立在这个躯体上。"③ 这也是一种从小说到电影改编的现代电影文化消费现象。在消费时代，普通受众作为消费主体，在小说的电影改编过程是以参与者的身份出现的，参与文化消费的创造。同时，信息技术的飞速发展带来了新媒体的普及，促进了大众文化商品的销售，生产者和经营者会更加重视大众消费者的文化需求，从而想方设法地生产能够满足市场消费者所需的文化产品。有的商家甚至会利用惯用营销手段刺激消费者的欲望，从而制造消费需求。由此，从小说到电影改编就是艺术和审美注入日常生活，而消费者参与电影的改编过程就是商品被审美化的"流变"过程。

处于消费时代的大众极为崇尚欲望的满足和以消费来体现自我

---

① 卢婷婷. 日常生活审美化系统研究［D］. 曲阜：曲阜师范大学，2012.

② 同上。

③ 陶东风. 日常生活的审美化与文化研究的兴起——兼论文艺学的学科反思［J］. 浙江社会科学，2002，（01）：166－172.

价值。此时期的大众文化讲求实用、追逐实利，在充斥着各种商业利益的消费时代，艺术和审美悄然注入了商业运作的各个环节，而大众消费者所追求的审美化的生活方式正在被商业资本操纵利用。①电影改编不是简单地将小说文学内容从文字转入影像，而是要对原著小说价值的展现、适合电影的表现手法、吸引消费者等多方面进行协调。由于电影在传播中具有广泛性的特征，由此，电影制作推广的广度是衡量影片成功的标准，其中以票房是否达标作为影片成功与否的标准。此时电影商家为了迎合消费者的审美趣味，会在电影改编中追求消费者的审美喜好。黄式宪说："'第六代'创作在争取主流接纳的'移步'中，同时又并不放弃艺术主体的某种原则性，这往往是以"双边"的磨合与默契为前提的。"②此时的电影票房价值的实现就会和原著的文学价值的展现产生矛盾：一个是商业诉求，一个是艺术表征。二者之间的博弈导致电影人以牺牲和损毁文学价值来满足消费者的审美需求，以实现经济效益的最大化，博得票房成绩。由此，消费时代下电影改编制作出现了许多消费者所追捧的娱乐元素，例如猎奇、刺激、窥视、暴力、轻松、喜剧效果；同时，改编电影也出现一些对审美有益的影响，中国改编电影整体呈现娱乐化和日常生活审美化的发展趋势。

小说是以文字符号的形式抽象存在的，其作品是作者对人和事物的一种反映，是作者对自身臆想世界的一种构造。有可能是对现

---

① 邓壮 . 审美霸权现象探析 [D]．上海：上海师范大学，2014.
② 黄式宪 ."第六代"：来自边缘的"潮汛" [J]．电影艺术，2003，(01)：44 - 46.

实世界的模仿，也有可能是对现实世界的重塑。小说中所构造的世界是一个虚幻的境界，由各种理念和思想组成，通过文字形式又反作用到每一个读者的脑海中。由于表达形式是抽象的文字符号，不同的读者对小说的阅读有不同的理解，每一个读者都是基于自身的实践经历去理解小说中的情节、细节、人物，读者的经历不同，对小说文字的理解就不同，文字的魅力就在于此，它使得读者对小说产生不同的审美。

电影是通过图像画面直接对观众的感官进行刺激，而电影制作者对小说的电影改编过程就是读者对小说的一种理解过程，并通过画面展现其审美。改编电影是根据小说和创作者的真实生活，截取小说中的某些故事情节和真实世界中的一小部分，重构成一个新的故事和世界，是电影制作者对人生、社会的思考。每一部电影中都传达了五花八门的信息，通过镜头和图像向人们传达电影的主题。对小说的电影改编，是将抽象的文字转换为实在的图像画面，小说文字所构造的抽象的人物表情、人物环境等都通过电影画面形象地展示出来，小说文字所构造的人物心理在改编电影中，也只能通过人物表情、动作、语言或展现或隐藏。观影者是在直观的图像中获得理性的认识与思考，形成一些概念。小说到电影改编是不同的审美方式，对读者或是观影者来讲，这是不同的精神体验。而通过对小说的电影改编，将读者所认为的真实世界转换成了一个确切的真实世界，这样的审美转换有极大的可操作空间和可实践性，受消费者审美需求的影响，电影改编为收获良好的票房成绩，必然会迎合消费者群体的审美消费，从而出现电影改编的日常化、通俗化与娱乐化流变和众多影像民俗，观影观众也就成为消费"顽主"。

一、审美消费：日常化、通俗化与娱乐化

消费时代下的电影改编要迎合受众的审美倾向和审美趣味，从中也会影响到受众对文学作品的审美选择。人们在观影过程中会自然而然地组成一个集体，在集体观看模式中会产生"影院效应"，这是受众在观影时多产生的特定的、有心理联系的一种表现，可以看作是一种集体意识。"每个人在产生感受和体验的同时，也了解到别人的感受和趣味，并在无意中接受了集体化的训练，在观赏中调节自己的价值观念和审美情趣，获得某种净化和提升。"① 消费时代下的改编电影正是受到了"影院效应"的影响，使得其审美倾向有了日常化、通俗化、娱乐化的表现特点。在传播学中，影像传播要达到三个层面的效果，分别是认知效果、心理与态度效果、行为效果，这三种层面的效果对应的是引起知识量的增加与知识构建、引起情绪或感情转变、引起言行的转变。这三种效果是逐渐深入、扩大的过程，也就是从了解、理解到欣赏、评判电影，最后是通过电影对自身言行的转变进行影响。其中行为效果的影响是指通过对电影的理解，进而深层次的分析、解读电影语言。消费时代下的改编电影的总体趋势是强化传播效果，改编电影顺应了当下的政治文化语境，而对于小说原著的思想有所弱化，同时也简化了电影的主题。例如

---

① 朱怡淼. 选择与接受：新时期以来电影对中国现当代文学作品的改编 [D]. 南京：南京师范大学，2012.

由张贤亮小说《灵与肉》改编而来的《牧马人》（1982 年），影片和原著相比，影片对主人公许灵均的苦难经历及其批判力度都有所弱化，难以引导观众深入反思那段苦难经历，而观众的情感宣泄也缺乏理性的思考。由沈从文的经典小说改编而来的同名影片《边城》（1984 年，凌子风执导），这是一部忠实原著小说的电影改编，尽可能再现和修饰小说中的环境美，突出少年男女的情事，将宿命弱化。例如原著还叙述了翠翠父母的未婚先孕，父亲提议逃走却因母亲对老父的不舍，导致父亲不辱军人颜面而服毒自杀，随后母亲在翠翠出世后故意饮食凉水致死。这样的悲剧爱情下生下的翠翠同样有着这般宿命的悲剧式爱情。电影中就没有对父母那宿命般的悲剧式爱情进行突出，而是以画外音叙述父母的爱情故事来淡化宿命感，而突出来翠翠、爷爷、天保、傩送的戏份。由于 20 世纪 80 年代初人们对于爱情还处于一种内敛、含蓄的表示，使得影片改编出现淡化爱情色彩的意蕴，而才 14 岁的翠翠情窦初开的朦胧意味也就更浓些。《边城》改编电影即是顺应了当时的政治文化语境，对小说原著的宿命感思想进行弱化，突出了翠翠等人的角色。同样由马识途的小说《夜谭十记》（当中的《盗官记》）改编成的《让子弹飞》（2010 年），影片中呈现了暴力血腥的枪战场面以及带有幽默讽刺氛围的娱乐化对白，一改原著原本严肃深沉的故事主题。再加上电脑特技的应用，为观众带来了一场极为刺激而又戏剧化的视听盛宴。影片的传播效果集中于达到一定的认知效果，而未对原著所要传达的自我思考和审美判断进行深入。还有由同名网络小说改编而来的《失恋 33 天》（2011 年），影片同样缺乏深层次的理性思考乐趣，里面的人物对白以及所展示的生活细节显示出改编电影的日常化趋势，很符合现代都市人快速的生活节奏，给观众带来生活的真实性和娱乐性。

消费时代是大众文化消费时代，改编电影必定要迎合消费大众的审美趣味，一时间对小说的电影改编准则出现了对经典、高雅的消解，大众认为美的，就是权威，大众喜欢的，就会"大卖"。改编电影审美的日常化、通俗化、娱乐化成为一种电影改编趋势，改编电影不再只以经典权威为中心，而是注重瞬间体验、视觉冲击，强调直觉。在电影市场中，现代文学给养正在被忽视和抛弃。究其原因，在于现代文学有着与生俱来的政治功利色彩与价值取向，这样的文学重在批判社会黑暗、剖析人性弱点与弊病，突出民族整体命运的发展。① 在政治功利色彩的影响下，一些遭到政治苦难的大众难以接受，甚至抗拒这种单一的价值取向。而消费时代下的大众更趋向于多元化的时代语境，促使小说到电影的改编向简单、表层、直观、快感的方向发展。由此可以看出消费时代下的电影改编重在认知层面的传播效果，也就使得观众难以再对电影的感知、理解、再创造进行深层次的认知和思考。审美中融入了通俗、娱乐的成分，无法进行深入的价值追求体验。此外，消费时代下的电影制作有了更好的科学技术支持，很多电脑特效的应用带给观众更强的电影视觉艺术张力，通过电脑特效，人类自身的生理缺陷被隐藏，这就弥

---

① 王一川. 从无声挽歌到视觉动——兼谈大众文化对雅文化的贸换［J］. 当代电影，2003，（01）：17 - 21.

补了人类自身的不足。当前的电影制作中出现了各种夸张的特效，为消费者带来极大的感官刺激。例如《捉妖记》《长城》《西游记之孙悟空三打白骨精》等利用特效制造出独特的画面，震撼观众的眼球。小说中很多武术打斗、妖魔神怪、爆炸、变脸、跳楼、奇特的建筑在改编电影中，必须借助特效处理制造出相应的氛围环境，这样才能为观众带来更多的视觉冲击，吸引观众。很多电影都有 3D 版，这是观众新的观影需求，即追求科技带来的视觉冲击和观影体验享受，扩展了观众观影视野。于是，电影改编在逐渐忽视原著的文学价值，而以一种日常化、通俗化、娱乐化的方式来凸显、满足消费时代下受众的感官文化需求，从而令传统的文学思想滑向了欲望的边缘。

二、影像民俗：被消费的色彩

城市化的生活已经让城市居民的生活变成了上班、应酬、家庭三点一线的生活俗世，每天、每月、年年如此。文化消费却能为都市中的乏味、单调、重复、无趣的俗世生活带来一些慰藉。从文学小说到改编电影，这样的文化消费总是能为人们带来很多惊奇，如同投掷一块石子引起俗世生活的涟漪，以平复人们内心的干渴和躁动。文学作品来源于生活，从小说中总能窥探到各地的民俗生活，看到不一样的表现。改编而成的电影则为人们带来更多的民俗民风，跳脱出单一的平面化的文字叙述，让观众从电影中看到各地美好的风景、地方美食、时尚优美的服饰、生活伦理和故事，倾听优美的旋律音乐，享受一切不同的日常。这些美好在电影中普遍以一种民俗来展示。

当代有专门关于民俗的小说，例如：阿成的《放河灯》、黄建华的《琴韵三事》、刘庆邦的《手艺》、李治邦的《剪纸》等。在由其他小说改编而来的电影作品中也能看到放河灯的情节；而琴道、棋道是中华民族民俗之根，琴、棋中承载了"道"，寓意世事变幻无常，这在很多武侠电影中可以见到；很多电影中也展示过民间的某项手艺，例如由鲍十小说《纪念》改编而来的《我的父亲母亲》，在影片中，锔碗工匠师傅熟练地补破裂的碗，这就是一门民间手艺；另外还有剪纸艺术，在《红剪花》（2016 年）影片中可以看到较多剪纸工艺的展现。

在电影改编制作过程中所引入的民俗，有的是真实的民俗，有的则是虚构的民俗，这在中国第五代导演的手中成为一种符号化的东西，用于隐射抽象的意念和象征性的事态。[①] 人们通过观影，借助电影中的符号表现去理解电影所影射的生活内涵。当代中国电影传统民俗民风的保持要数中国第五代导演的电影作品中最为常见，电影画面中的空间、色彩、声音等传统民俗符号起到了隐喻和象征作用。电影艺术和小说文学有极大的不同，电影需要将小说中抽象的文字转换为可视化的形象的画面。电影艺术大师们注重影片画面造型，通过电影画面表意功能来暗示生活的哲理，采取象征性的艺

---

① 李淼．论云南少数民族题材电影中的边疆想象、民族认同与文化建构［D］．上海：上海大学，2013．

术表现手法。消费时代下的电影改编张扬人性、展现人情，使得很多地方的民俗元素进入电影，这在 20 世纪末的电影作品中经常见到。例如《红高粱》《黄土地》《菊豆》《大红灯笼高高挂》《活着》等。21 世纪的电影改编创作中含有民俗元素的电影作品，例如《疯狂的石头》《斗牛》《夜宴》《金陵十三钗》《千里走单骑》《满城尽带黄金甲》等，这些作品中的民俗成分均展示了中国的民族特色。

关于民俗，学界对其进行了分类，主要为看得见的有形民俗和看不见的无形民俗两类，例如民间艺术、娱乐、礼仪庆典等属于看得见的民俗，而伦理道德、制度、观念、民间信仰等属于看不见的民俗，总之这些民俗渗透在社会经济活动及其社会关系中。本部分所讨论的中国传统民俗，会根据中国著名的民俗学家钟敬文的民俗分类进行探讨①，将电影中的民俗表现从物质、社会、精神、语言这四类进行论述。

（1）电影中体现的物质民俗。所谓的物质民俗，是在创造物质财富和消费物质财富过程中产生的活动及其产品，例如生产、饮食服饰、建筑、商业贸易与交通等的民俗形式。在电影改编中会看到农、林、渔业生产实践中的民俗活动，例如《黄土地》中田间犁地的农业民俗，体现了农村原始的劳作方式。农业民俗还包括了较为常见的祈雨仪式，是祈求龙王或上苍施舍雨水拯救庄稼。畜牧业中的民俗，如《喜马拉雅》中影片开场就呈现了成群的黑牦牛掀起漫

---

① 钟敬文. 民俗学的对象、功能及学习研究方法［J］. 北方论丛, 1988,（01）: 5 - 10.

天红尘，驮着盐袋去贸易的画面，此外还有一个商队启程需要卜卦才能决定启程日期，这属于生产交通民俗。在中国的传统的劳作方式中，有靠手艺吃饭的工匠，由此就产生了工匠民俗，例如《我的父亲母亲》中铜碗工匠师傅熟练地补破裂的碗。在《背靠背脸对脸》中的主人公王双立的父亲老王是一名修鞋匠，老王在家里摆摊修鞋到三更半夜影响家人休息而受到儿媳妇的嫌弃；老罗借老王修鞋故意损他；新馆长让老王修破鞋借故找茬讹人，却让王双立借机破坏新馆长的社会形象而被停职，一切都围绕"修鞋"的活动展开。电影中较为常见物质民俗还有饮食民俗，例如《喜马拉雅》影片中客人来到一户人家时，主人会为客人倒一碗碗口贴着小酥油片的酥油茶；《饮食男女》中的朱老爷子这位父亲将中国烹调艺术带入家庭和情感，尽显家庭成员生活的戏剧性一幕；《千里走单骑》中所摆的百家宴仪式欢迎友人。改编电影中的居住建筑民俗也很多，地道的北京胡同、四合院等展示了中国建筑民俗特征。例如陈凯歌执导的《百花深处》，随着时代变迁，老北京时代的四合院、胡同消逝不在，而后面却演变成高楼大厦。《大红灯笼高高挂》中也出现了旧时代的山西建筑，像乔家大院这样的中规中矩如同"围城"一般院中套院的格局，隐射传统伦理，即"内外尊卑"的传统价值观。消费时代下的服饰民俗最吸引观众眼球，很多改编电影作品中均有服饰民俗元素，这些服饰一般以古典、少数民族的服饰居多，例如《黄土地》中的轿夫就头戴羊白肚手巾，光着膀子穿着黑裤；《夜宴》中的服饰奢华浓重，色彩厚重，其中婉后的服装分别有白色、红白相间、黑色、红色，服装代表了婉后的四个时期和心路历程，通过服饰及其色彩暗示四个不同的发展阶段；《我的父亲母亲》中的河北农妇身着大花袄肥棉裤，这都是特有的中国服饰民俗。张艺谋的电影作品多用经典的大红色来装饰画面。例如《大红灯笼高高挂》中的新娘子一片大红嫁衣；《红高粱》中新娘九儿的新娘装；《夜宴》中婉后册封大典上身着美艳的大红袍，这些大红色可以说是中国服饰中的经典色彩。同时，中国电影改编充分利用了服饰元素营造一种浪漫的色彩，在精雕细琢中巧妙地塑造人物的性格色彩，使得电影银幕形象经典而难忘。在许多以华丽服饰上打造的视觉盛宴中，如《末代皇帝》（1987 年）、《卧虎藏龙》（2000 年）、《花样年华》（2000 年）、《十面埋伏》（2004 年）、《满城尽带黄金甲》（2006 年）、《赤壁》（上 2008 年、下 2009 年）等，其华美精致的服装曾一度吸引了观众的眼球。其中《花样年华》中女主角多套旗袍的变化所叙述的是人物内心情感的变化，或稳重优雅，或热情四溢，或无奈挣扎。该电影曾掀起过旗袍热潮，为服装市场带来优雅性感的旗袍民族风的时尚潮流。款式、色彩多变的服饰变化，彰显了电影改编在细节制作的精细之处，使得小说到电影改编中的服饰装扮得以凸显和明确，观众在观影消费时可以找到日常服饰时尚的样本，从而在现实生活中模仿效行，逐渐走向和电影所述的着装风格。以电影角色着装所领军的时尚潮流成功地吸引了消费大众在时尚消费的道路上行走，这种对消费者进行全方位的审美"洗脑"也正是利用了电影商业制作手段得以转移和成交，达到商业目的。当大众消费者的着装跟着电影所领军的服装时尚潮流的方向发展时，大众又会在生活着装中不断地创新，从而影响到商业电影的制作，实现观众审美的再创造过程。

（2）电影体现出的社会民俗。这类民俗是一种制度、民间娱乐等方面的习俗，例如过节、民间社会组织、宗族族规和仪式等，是人们在交往、传承中的一种集体行为。例如《菊豆》中的菊豆生完孩子起名入家族族谱，丈夫杨金山死后，妻子菊豆应尽妇道，不得改嫁。《白鹿原》中外来的女人加入原上最重要的一环就是"入祠堂"等。这些社会民俗反映在电影中更为直观地体现出民族的特色，同时也有一部分"刺激欲望""满足观众猎奇心理"的作用。例如还有民间音乐的展现，在改编电影中出现了很多民间音乐和乐器。这些民间音乐都是地方人民群众创作的，是人们口耳相传的艺术。一般分为民间的歌曲、歌舞、说唱、戏曲、器乐等五类形式。例如《金陵十三钗》中所唱的《秦淮景》歌曲，就是苏州评弹艺术，《梅兰芳》中涉及的戏曲京剧艺术，还有《百鸟朝凤》中的唢呐艺术等。这些段落的加入，使得电影本体也焕发出浓郁的民族光彩。

（3）电影中体现的精神民俗。精神民俗主要指的是意识形态，通过人类的认识、创造逐渐形成了一种集体的无形的心理感受，表现为某一特定行为方式，和物质民俗、语言民俗有着紧密的联系。精神民俗在改编电影中则成了影片中无形的影子，例如《秋菊打官司》影片和原著一样，都有万庆来骂村长"断子绝孙"这一事实，影片故事就叙述了因为这一语言禁忌而引来报复和无休止的官司。同时，例如人性当中的坚持、作为龙的传人的傲骨等，也在电影当中有所体现。正如上文的"秋菊"，她的"一根筋"实则也是中国人历来的执拗坚韧的民族性格之一。这些在改编过程当中继续保留并加以宣扬，都非常适合当下大众追逐个性、讲求精致的消费语境。

（4）电影中体现的语言民俗。改编电影中的语言民俗较为常见，一般都是口传形式的民俗，分为民间语言和民间文学两种，例如民间地方语言、地域性民间俗语、口头流传的文学。改编电影中经常会根据原著小说中所出现的地方民族语言展开对话，例如一些歇后语、酒令、谜语、民间歌谣、民间故事与传说等。包括在《金陵十三钗》中出现了南京话，在《百花深处》中有北京话，在《十三棵泡桐》中有重庆话，《一九四二》中的河南话及《万箭穿心》中的武汉话等，这些都从侧面反映出一种民俗，一种地域化的强调。同时，由于小说文本的"静音"效果，读者往往并不能体会原汁原味的"方言"。但在改编之后的电影作品当中，观众往往可以通过角色的台词来领悟具有地方特色的方言，所接受的语言感化更加直接和生动。

消费本身的重要性并不在于单纯的物质性商品的占有和消耗，而是具有一系列复杂的文化意义。[①] 消费时代下的小说创作呈现出了对现实世界的还原，部分小说情节被电影改编所接受，通过电影呈现出来。所呈现出的部分引起了消费大众的生活复制，显示了消费时代下的人文关怀，可以说是小说到电影改编中的一种人文消解。人们追求电影中的服装打扮、向往电影中的美食、美景、风俗等，并在实际生活中逼真复制，然后沉溺在这样的琐碎世界里不能自拔，

---

① 李诚，阎嘉. 消费时代的文学与文化研究走向——"中国消费时代的文学与文化研究"研讨会侧记［J］. 文学评论，2004，（06）：174－179.

并以此获得自身的价值和快感，以至于不再反思，而是去认同平面化的生活方式。这样的逼真复制有好有坏，例如有的人因为受改编电影平面化的影响，更加注重家庭生活，开始重视过好中国的传统节日，更会做好尊老爱幼、爱护环境这些方面。而有的人则会受到电影中一些低俗不堪、暴露的画面的影响，去戏仿，以此获取快感和沉溺于现实世界。围绕电影中的民俗的研究和讨论，我们应该看到民俗带给受众的影响极大，这其中不仅有高雅质朴的，同样也会出现各种"速食快餐"式的表现。

三、消费"顽主"：王朔和他的"解构高雅"

让·鲍德里亚指出："今天，在我们的周围，存在着一种由不断增长的物质服务和物质财富所构成的惊人消费和丰富现象，它构成了人类自然环境中的一种根本变化。"① 消费已然成为当代社会的一种文化，消费时代的观影者成了消费电影的"顽主"。在消费时代，社会强调欲望文化、享乐意识、都市化的生活方式。此时期消费大众的审美趣味为短暂的、即时性的，热衷于肤浅、表面的消费，旨在满足自身的欲望与感官。这使得电影改编在忠实原著的原则下，也要重视消费者的消费需求。而有的电影制作则是更多地照顾消费者的娱乐需要和感官刺激，从而成就电影票房成绩。由此电影改编中出现了一系列的猎奇、刺激、窥视、裸露、暴力、轻松、浪漫、

---

① ［法］让·鲍德里亚. 消费社会［M］. 刘成富，全志钢，译. 南京：南京大学出版社，2001：1.

喜剧效果，促使电影改编出现娱乐性。传统文学所追求的崇高、宏大、典雅的审美趣味在消费时代被收敛，当前的文学更加贴近百姓的现实生活、世俗心态，而小说的电影改编也更加贴近消费者的审美趣味，从而营造出浪漫、轻松、嘻哈①、刺激的氛围。

　　1988 年，电影市场出现了"王朔年"这一影视现象，王朔所创作的四部小说作品在这一年同时被改编成电影搬上银幕。② 有人认为这是一种巧合，事实并非如此。王朔曾说："经商的经历给我留下一个经验，使我养成了一种商人的眼观。我知道什么好卖。"③ 这种商人的眼光使得王朔的小说创作非常重视文学消费市场中消费者的喜好，这映射到电影改编中，就是要重视"影院效应"集中表现出的观众喜好。王朔的成功之处在于抓住了小说创作的通俗性、娱乐性、大众化，创作读者喜爱的"好卖"的作品。这对当前电影改编也是一种写照。如果电影资本家觉得消费大众不重要，那么完全可以只创作出有"艺术"而不一定"好卖"的商品。事实上所有的资本家都在乎其商品是否"好卖"、是否"流行"，会牺牲商品的"艺术"。

---

①　嘻哈：起源于 20 世纪 60 年代的纽约市布朗克斯市区的一群非裔及拉丁裔青年中，逐渐席卷全球。由青年人举行的音乐派队聚会，派对中会播放诸如爵士乐、R&B、放克等一连串令人眼花缭乱的音乐，并随着音乐跳动舞步。1973 年 11 月，以 Kevin Donovan 所在的少年黑帮组织成立了街舞团体 Zulu Nation，里面分为 DJ 和两个小街舞团体组成，其中一位成员发明了"嘻哈"（Hiphop）一词，并用它命名派对。而 Zulu Nation 开创了街头斗舞的新玩法。嘻哈氛围包括了说唱 Rap、打碟 DJ、街舞 Street Dance 等活动所营造的氛围。

②　王朔年：这一年王朔的 4 部小说《顽主》《浮出海面》《一半是火焰，一半是海水》《橡皮人》，被同时改编成了影片《顽主》《轮回》《一半是火焰，一半是海水》《大喘气》。

③　王朔. 我是王朔［M］. 国际文化出版公司，1992：19；另见：游育红. 消费文化背景下的小说与电影［D］. 黑龙江大学，2007.

消费时代下电影改编在乎电影商品的"好卖""流行"，会追求消费者所追捧的娱乐元素，例如张艺谋根据鲍十小说《纪念》改编、导演的《我的父亲母亲》（1999 年）就充分彰显了电影的视觉享受成分。原著小说中所讲述的是一个歌颂民办教师的故事，在改编电影中的故事情节成了美丽感人的爱情故事。该影片画面中有季节变换下漫山遍野或金黄或碧绿的树木，望不到边的黄灿灿的草地，脸庞红扑扑而朝气蓬勃的年轻女孩，在山林中穿梭奔跑的红色身影……这些影像美轮美奂，画面精致醇美，旨在为一个普通却感人至深的爱情故事做铺垫，以此烘托出温馨浪漫的气氛，以此感染观众。关于电影的艺术功能和流行功能，王朔有如是说：

> "我觉得文学有两种功能，纯艺术的功能和流行的功能。而我总试图找一个中间点。你能看出更深的东西你就看，当然有没有更深的东西是另一码事，你不能看出更深的东西，起码也让你乐一乐儿。我觉得两者之间并没有一条鸿沟。如果非失去一个的话，我也宁可舍去上面的，取下面的。"①

王朔的文学作品在读者的眼中是非常"接地气"的，如果说他早期的《顽主》《大喘气》等作品还不为观众所熟知，那 1997 年由冯小刚执导的，改编自王朔的短篇小说《你不是一个俗人》的"贺

---

① 游育红．消费文化背景下的小说与电影［D］．黑龙江大学，2007：31.

岁电影"——《甲方乙方》，是绝对被大众认可并且津津乐道的电影了。这部"贺岁电影"也开启了中国电影史上的"贺岁片"的先河。

王朔在《你不是一个俗人》的故事当中，为一个善于吹捧的人起名为"冯小刚"，这个"冯小刚"带领杨重、于观、马青、刘美萍等人搞了一个"三好协会"，专门用来"包打听"。后来这个"三好协会"成了"好梦一日游"公司，他们用来实现平头老百姓的各种"奇思妙想的愿望"。王朔笔下的这帮人，像极了那些老北京，被称为"顽主"的这些人。他们平日里嘴皮子飞快，插科打诨抖机灵，怎么看都不像是能踏实下来的主。但他们也有真诚温暖的一面，不管是"三好协会"还是"好梦一日游"，以"冯小刚"为首的这一帮人还是非常敬业的，为了老百姓的愿望而努力。小说里没有太多场面与环境的描写，主要的笔墨都集中在人物的对话当中。王朔擅长的文风是"捧涮"，这是一个独特的语言形象。有点像平日里大家说的"打一棒子给个甜枣"。捧话和开涮交替出场，给作者极大的创作自由空间。不管是王朔还是读者，这种非常有弹性的，具有狂欢性质和穿透性质的话语，恰恰契合了现代化喧闹的语境当中那些身负重压不知所措的人们最好的宣泄方式。老北京那些灵活的谈笑在纸上栩栩如生，就好像文末大家一起去给住院的于观送锦旗，上书八个大字——"巧舌如簧，天花乱坠"，可以说是非常生动且贴切了。王朔的创作风格基本都秉持了幽默、谐谑的主调，旨在通过描绘小人物的生活，帮助大众解读生活中的喜怒哀乐。

同样，在精英文化与大众文化的对撞当中，在"影视的战场"

当中，还是大众文化略胜一筹。即便有很多人没有读过《你不是一个俗人》，但通过冯小刚导演的《甲方乙方》，这个轻巧活泼的短篇小说当中重要的角色和故事段落也被广大观众所熟知。在《甲方乙方》当中，冯小刚导演对小说文本做了一些调整，削去了"三好协会"的"吹捧功能"，将故事的笔墨主要集中在"好梦一日游"公司的经营上。保留了小说中"厨子想当英雄""书商想当将军"以及"被忘却的明星"的段落，同时添加了"想过苦日子的富豪""找不到女朋友的落魄青年"以及"重病的妻子渴望一个家"的桥段。整个电影的风格是轻松幽默的，但是也能看到关注的目光落在平凡人当中，体现出对日常生活的思考。

《甲方乙方》当中由李琦饰演的川菜厨子，最大的心愿就是当一回守口如瓶的英雄。他自嘲"嘴松"，什么大事儿小事儿都好打听，但同时心里又存不住话，转过头就给别人说去了。电影中他探着身子问葛优饰演的姚远：

"厨子：我是一位训练有素的厨子，您能让我过一天嘴严的瘾吗？

姚远：守口如瓶？

厨子：这没外人吧？

姚远：没有。

厨子：你得告诉我一句话，然后再勾着我往外说，软硬兼施，可我怎么都不说，我让这句话烂在肚子里头。

姚远：打死我也不说。

厨子：对，打死我也不说。"

　　他崇拜电影当中的"烈士"，那些不屈的战士任凭老虎凳辣椒水的折磨宁死不屈。厨子请求姚远给他一个"秘密的口信"，等会儿官兵衙役来严刑拷打他的时候，他绝对不能够松口。未曾想第一关"美人计"他就已经招架不住，忍不住讲"密语"脱口而出。幸好姚远给他的"密语"是"打死我也不说"，这一句模棱两可的话成为电影当中一个重要的"笑点"。他失手用花盆把姚远的头砸破，被"押入大牢"之后，又被老钱他们的假戏真做吓破了胆，再一次说出了"打死我也不说"的密语。老钱和梁子弄懂了他和姚远之间的"暗号"，最终没有实现厨子"守口如瓶"的愿望。虽然没有实现"愿望"，但厨子最后说的一番话却是很重要的，他说："我终于知道了，英雄，真就是英雄，还真不是一般人。"这是小说当中不曾提及的话，也是一种隐藏的"寓教于乐"。同理可以看电影的最后一个"好梦"，也就是北雁（刘蓓饰）和姚远去做婚前检查的时候，遇到的一个愁眉不展的车间技术员（杨立新饰），他的妻子得了癌症，在生命最后的时光里，他却不能给爱人一个安家之所。姚远和北雁心照不宣地想到了把他们的婚房借给这位可怜的技术员，让他的妻子好好享受最后的幸福，这也算是一个伟大的"好梦"。1997年的除夕夜，姚远、北雁还有老钱和梁子四个人坐在办公室里喝酒聊天，他们对"好梦一日游"的远大前程做了积极的估算。正当一席人喝得东倒西歪的时候，技术员推门而入。姚远搂着他让他放心住，北雁忙说："等过完年我们去看嫂子去。"技术员掏出了钥匙还给姚远，对他们说："她已经走了。你们不知道她有多爱这个家。"小说中没有这一段，这是冯小刚为他的贺岁片加上的一个温情的"尾巴"。这样的一段故事，在电影的结尾起到了点睛的作用。在物欲横流的社会当中，人们承受着消费带来的快感，同时精英文化所带来的厚重意蕴也在不断流失。人们在书中和电影中感受到的嬉笑怒骂悲欢离合总归是虚浮的，在开心过后亟待回味和沉思生活的韵律。这也是大众文化和精英文化当中最为鲜明的分水。

　　主流文化和精英文化承载了太多的压力和规矩，精英们在生产和消费文化的时候往往有更多的顾虑，他们需要考虑这是否符合艺术规范或者审美要求，是否能够达到济世救民的效果。这结果就是——精心设计制作的精英文化产品被大众冷落束之高阁，远远比不过火爆的大众文化。这也就是为什么《甲方乙方》能够风靡全国的原因之一。它的骨子当中是一种高冷的精英主义，它所宣扬的主题依旧是"人的奉献"与"人的自我救赎"。不管是以老钱一干人为代表的"好梦一日游"公司，还是那些慕名而来的想要实现自我价值的人，他们的内心当中还是以"崇尚高贵，崇尚付出，崇尚感受"为主要目的。特别是电影最后的这个"好梦"，实则就是直接展示出以姚远和北雁为代表的精英们的自我牺牲精神，同时也在另一个方面表达了像技术员这样的平凡人物高洁的内心。当这些高雅的、精致的思维被老北京的幽默诙谐裹挟之后，它成了一种老少皆宜的大众文化快餐，让观众在笑与泪当中也体会到了生活的酸涩和甜美。

　　如果说《甲方乙方》还有些许精英文化执着的影子的话，冯小刚后来再次执导的《私人订制》则完全的流于媚俗。《私人订制》

可以说是"加长豪华版"的《甲方乙方》，电影继续沿用了"好梦一日游"的设计，以葛优饰演的杨重为主要代表，和小白（白百何饰）、马青（郑恺饰）、小璐（李小璐饰）一起重操旧业，为了实现人们的愿望而努力。与《甲方乙方》里的平头老百姓不同的是，这一次的故事的设计转向了更为娱乐和庸俗的风格。一个是渴望当"女烈士"的陕西女青年，一个是给领导开车多年想体会一下行贿受贿感觉的司机，一个是从事艺术创作渴求"超凡脱俗"的艺术家，还有一个也类似于《甲方乙方》结尾段落的小人物篇章：一个清洁工阿姨体验一下富豪的一天。单从故事的设计来看，整体都更加偏向取悦消费时代之下人们源源不绝的物欲。特别是第三个段落设计：渴望创作灵感的导演"大导"（李成儒饰），在一开场他就向杨重展示了他"引以为傲"的奖杯们——各种"最俗"奖。大导说：他整日被"俗"所烦恼，他是"俗"的先锋，"俗"的代表，所以他希望与"俗"彻底的决裂，成为一个"雅"的代名词。杨重他们接下了这单活，上来就给大导换了住处：民工窝。同时他们还撤下了所有的生活必需品，一边给大导播放"噪音"——模拟施工现场的音效，一遍还拿车头灯照他，问他："还行吗您？"大导把头上的帽子往旁边一扔，说："特别好，跟俗，我要一刀两断。"未曾想大导的"去俗趋雅"的净化之旅还没几天，他就得了"雅过敏症"，浑身发热乏力，眼神涣散，送到医院的时候已经昏迷了。医生说："这是近年来娱乐圈的'流行病'，大有扩散的趋势。他们'食古不化，食雅不化'，碰见高雅文化就完蛋。"正当大导生命垂危之际，马青突发奇想："不是对高雅的过敏吗？那咱们就给他看点俗的。"一行人把大导拉到了帝国夜总会，大导立刻就来了精神……这个段落是多么的疯狂，紧随其后更为荒诞，大导去换血，将全身的"俗血"换成"大雅之血"，换血成功之后，大导彻底的"疯癫入骨"，弄了个小剧场在里面"弹棉花"。杨重一行四人来到了大导的工作坊，欣赏了一场大导的"云里雾里"的艺术表演。四人目瞪口呆的观看大导在台上弹棉花，马青还在旁边说："你们能不能尊重艺术？"

在现实生活当中，必定不会出现这种异想天开的事情的，但电影不同。从某个方面来说，这一次"大俗"与"大雅"的斗争恰恰体现了精英主义在消费时代中的生存困境。"高雅的都是云里雾里的"似乎成了大众的通识，意蕴深厚抑或内涵丰富的文本和影像变得扁平化，从角色到立意都需要开辟一个"简单的视窗"，才会有人愿意一探究竟。生活的快节奏已经"不允许"人们静下心来研磨，不管是文字还是影视，一方面都在大力的追求精致深邃，另一方面却无法避免地沉入媚俗的泥沼中。在《私人订制》大导段落的故事末尾，他的一身"俗血"换给了世代都在弹棉花的阿强，阿强一跃成为炙手可热的电影导演，并拿下了"泛太平洋电影节最俗导演奖"。从电影里荒诞的结局来看，冯小刚导演有意强调了"俗"在当下社会中举足轻重的位置，其谄媚的倾向非常明显。面对消费时代当中林林总总的诱惑，针对精英文化遭受重创的现实，知识分子应保有一个清晰的立场和判断。面对"世俗化、庸俗化、媚俗化"的不断扩散，光嗤之以鼻是无法获得进步的。在始终秉承着坚守人民文化精神和提高国民文化素质伟大目标的同时，如何学习和吸收先进的文化生产方式，创作出大众喜闻乐见又具有精英特质的艺术作品，在借鉴大众文化运作方式的同时，如何借助高科技以及新媒体使自己的艺术作品获得更大的传播力和影响力，才是作为精英知识分子启蒙大众的崇高使命。

第二节 从精英到大众：被"消解"的崇高

精英主义的雏形最早出现于古希腊时期柏拉图的"理想国"，早期的精英主义和贵族、精锐部队联系在一起，衡量精英的标准就是人的身份、地位、财产，这体现出了一种社会理论，也就是将社会人分成了精英与大众两种分法。精英主义理论通常用于理解和阐释政治与社会的结构及其发展，即政治决策、社会导向由社会精英完成。在历史上认为高度文明（Civilization）是上层所开启的，原因在于无需为生存困扰的上层精英有更多的余力开展人类文明活动。事实上人类高度文明是精英阶层与大众阶层共同协作的结果，精英阶层所发展的文明是以大众阶层所提供的生产服务为基础的。① 很多宗教教义的精英通常用"上帝的选民"之类的字眼代表。精英理论在帕累托的社会与政治有关著作中得到了广泛传播，关于精英统治的概念与民众的概念，帕累托根据"高度""素质"两方面来定义

① ［美］克里斯托弗·哈维斯. 精英的黄昏：贤能政治之后的美国［M］. 吴万伟，译. 纽约：兰登书屋皇冠出版社（Crown Publishers），2012.

区分这两个概念。① 也就是说在各行各业中，将每一个人的能力标志指数如同学校的学科考试一样进行高低分数的排序，而将获取最高指数的人定为精英阶层。基于此，帕累托以精英主义为基础提出了社会学理论以及研究社会学中集团过度的"精英阶级的循环"方法，最终造成了一种极端的认知，即社会历史是由精英（少数人）统治决定的。之后莫斯卡、米歇尔斯、奥尔特加等人对大众民主进行了批判，进而发展成为早期的精英主义理论。后期精英民主理论在韦伯、熊彼特等人对民主政治作进一步论证，证实了精英民主的政治合理性。而当前的精英主义则是从经济、制度层面所进行的论证，当代精英主义系统形成于 19 世纪末 20 世纪初，完善于 20 世纪 70 年代。在现实生活中，从政治、经济、知识等角度所述的精英阶层有着不同的社会经济地位，其中的政治精英有政治权利，为第一流精英；而市场经济中的精英主要是金钱配置能力，为第二流精英；而知识精英则有着广泛、密切的人脉关系，掌握了更多的话语权，为第三流精英。

　　精英主义的反面是民粹主义（Populism），又译成"平民主义、大众主义、人民主义"。民粹主义理论过度地强调平民群众的价值、理想，表面上以人民为核心，其政治家虽然说着崇拜"人民"的话，实际上又极为蔑视具体的"个人"，采取一切手段去消灭反对派，是

---

① ［意］V·帕累托. 普通社会学纲要［M］. 田时纲，译. 北京：生活·读书·新知三联书店，2001，8（01）：296 – 298.

一种激进、极端的民主理想。①

精英主义和精英是不同的概念，精英主义是拥护、赞成精英阶层做领导、导向的看法、认识，而精英是指那些比其他人更聪明、更勤奋、更博学、更出色、更难取代的人，更值得其他人去学习效仿，精英并不一定赞成、拥护精英主义。当下拥护精英主义的学者趋少，部分学者所研究的精英主义的焦点在于社会精英的社会教育背景、社会地位及其社会组织关联，研究其组成一个精英集团的可能性；另一个研究焦点是精英集团之间及其与民众之间的关联。

导演是富有影响力的第三流精英人士，是当代精英文化的代表，属于文化和精神创造的一类人。② 对于电影改编的导演是否存在"精英"倾向，则要根据该导演的社会教育背景、组织团体的关联进行判断，并通过其所导演的影片内容、创作、文化立场来辨别精英主义者倾向。

一、精英身份的消解

黄式宪对中国的第六代导演的结构组合给出了这样的评价："作为人才生长的趋势，20 世纪 90 年代的鲜明表征是：广纳百川，新人辈出。不像 80 年代的'第五代'，清一色都是北京电影学院'82 届'毕业的青年人……"③ 当前的电影导演有来自中央戏剧学院、上海

---

① 什么是民粹主义. 人民网. ［EB/OL］http：//www. people. com. cn/GB/paper68/15108/1340371. html，2005. 6. 29.

② 陈犀禾，陈平. 江山代有人才出——关于新生代电影人和作品的研究动态［J］. 世界电影，2002，（06）：174 - 180.

③ 黄式宪. "第六代"：来自边缘的"潮汛"［J］. 电影艺术，2003，（01）：44 - 46.

戏剧学院和中国传媒大学（原北京广播学院）等年轻人。对于第五代、第六代导演①，大家都较为熟悉，例如陈凯歌、张艺谋、吴子牛、田壮壮、何群等第五代导演，他们是 20 世纪 80 年代初毕业于北京电影学院；第六代导演如管虎、路学长、娄烨等是 20 世纪 80 年代中期接受电影教育，并于 90 年代初开始拍电影的一批导演。这些导演经过系统的学院制教育，对影视创作理论及策略都有比较扎实的积累。其后还有陆川、宁浩、王小帅等知名导演，也纷纷贡献了优秀的电影作品。

　　受到西方国家电影艺术的影响，第六代导演群见证了 20 世纪 90 年代优秀欧美电影作品的成长。由此，他们的电影作品采用西化的叙事手法叙述中国的故事，非常注重电影市场的需求，能够较好地把握和选择市场方向。例如由陆川编剧和执导的《寻枪》（2002 年，改编自小说《寻枪记》），就有网友评论说："如果作为普通悬疑片来看的话，其实挺有趣，用了许多国产片少有的手法。"该片当年获得了 960 万元的票房，在那时已经算较高的票房。陆川所执导的改编电影作品还有《九层妖塔》（2015 年）、《王的盛宴》（2011 年）、《脱轨时代》（2014 年）等。到目前为止，第六代导演的电影作品很多都是提取生活中的故事题材自行编剧，唯有陆川的改编电影最多，

---

　　① 第五代导演是指 20 世纪 80 年代毕业于北京电影学院的一批导演，如陈凯歌、张艺谋、吴子牛、田壮壮、何群等。作品主观性、象征性、寓意性特别强烈。《一个和八个》《黄土地》《大阅兵》《孩子王》《猎场扎撒》《红高粱》等。第六代导演是指 20 世纪 80 年代中期接受电影教育，在 90 年代初开始拍电影的一批导演，如管虎、路学长、娄烨等，作品有《北京杂种》《十七岁的单车》《头发乱了》《小武》《站台》《月蚀》等。

其他如宁浩、王宁等，其电影编剧取材于生活故事的居多。例如宁浩的代表作有《无人区》（2013 年）、《疯狂的石头》（2006 年）、《疯狂的赛车》（2009 年）等，其中后两部为低成本的电影，且获得了较好的票房收益；王宁的喜剧电影如《将错就错》（2015 年）、《爱情维修站》（2010 年）、《在澳门说我愿意》（2016 年）等。低门槛、低成本却是高效率的网络传播方式为非精英大众的文学创作参与带来可能，从而出现了很多"超女"现象，刺激了大众表达自我的欲望，由此使得作家阶层不再只是精英群体才能参与其中的，而是成了越来越多的大众参与创作的渠道。例如《夏洛特烦恼》是一部低成本高回报的影片，该影片是一部青春文学话剧改编而来，也是一部穿越类型的喜剧电影，受到观众的好评。此外，消费时代的电影改编出现了"文化偶像"的大众化、世俗化发展，此间产生的青春文学及其电影改编，其读者群体固定而庞大，受到了很多年轻人和学生群体的追捧。青春文学的作家通常为青年一代较为有才华的青年人，他们并非名校出身，然而却才情逼人。

关于第五代导演的电影改编作品显然是文化精英主义色彩的电影，有着对电影艺术、理想主义、精神家园的主导意识。第五代改编电影作品有理性沉思的分量以及开风气之先的魄力的禀赋，彰显了艺术的成熟性，也可以说是具有大师品质的电影作品，例如张艺谋的《活着》《金陵十三钗》，冯小宁的《信天游》，陈凯歌的《黄土地》《霸王别姬》《赵氏孤儿》等。如莫言的《红高粱家族》改编的《红高粱》（1988 年）影片，受消费时代中消费大众审美需求的影响，该影片找到了电影的审美性和娱乐性的结合点，是消费时代下主流意识形态的一个典型。电影突出了中华儿女不屈不挠的民间抗战的精神内涵，为观众叙述了一个情节跌宕且人物个性鲜明的故事。该影片中有一个众多轿夫抬轿颠簸九儿的娱乐情节，同时也在规劝九儿不要嫁给麻风病人，轿夫们带有地域性声腔的歌声显示出了地方特色，兼顾了电影的艺术性和娱乐性。第六代导演可谓是中国电影市场上的一支异军，如管虎、路学长、娄烨、王小帅等。第六代改编电影作品中努力追求和坚守文化精英主义，具有较强的原创性，有着独特、敏感的电影个性，作品向主流类型电影靠近，有着自身的个性，而又要考虑到底层文化和商业性需求。例如黄建新的《谁说我不在乎》（2001年）改编自小说《你找他苍茫大地无踪影》，讲述的是下岗工程师谢雨婷离婚又结婚的家庭故事，获得了当年国产电影票房年度第五的排名。又如改编自中篇小说《儿戏杀人》并由管虎执导的电影《杀生》（2012年），影片故事叙述了一群人如何联手杀死了一个"不合规矩"之人，引发人们的思考，折射出屈从集体的心理和人性真实的面目。路学长执导的由《租妻回家》改编而来的电影《租期》（又名《租妻》），第一次将歌厅小姐作为电影主角讲述故事。第六代导演的改编电影作品都考虑到了底层文化和商业性需求，电影作品均彰显了独特的个性。

随着现代普及性的教育制度和大众传播媒介的发展，中国电影市场上导演的精英阶层被打破，青年一代普通大众利用网络开始制作和发表作品，出现了很多非职业作家的"网络写手"和"网络游民"。他们参与到网络小说作品的创作中，打破了传统文化的高雅性、经典性，随之而来的是通俗和带有娱乐性的小说作品。这对传统精英文化的传播造成威胁，并在逐渐解构精英文化。这也使得从小说到电影的改编进入新的电影创作历程，即为生存而去适应公众文化。虽然这样能发展壮大电影事业，然而掺杂了一些对经典文学的通俗化消解，或者对人的价值进行通俗的解释，在电影改编中出现了为滑稽而滑稽、为荒诞而荒诞的现象，只为了爱情、为了娱乐。当下的电影作品体现出了主流社会意识，将电影制作和社会需求、社会时代联系起来，迎合符合青年一代审美的主旋律电影。① 迎合青年一代的主旋律电影比较喜欢效仿成功的电影模式，尤其是以较低成本获取高额回报的电影作品，例如由徐静蕾改编同名小说的电影《杜拉拉升职记》等。

二、"大话"系列：严肃的消解

消费时代的消费大众追求的是一种"快餐文化"②。在"五四新文化运动"时期，社会上的启蒙知识分子虽然有着对经典偏激的态度，然而其变革初衷是为了拯救中国。新文化中的经典解构并没有走向虚无、犬儒主义。进入消费时代以后，中国逐渐呈现出来的大众消费文化受到了商业利润法则的驱使与控制，使得历史文化经典在现代声像技术的作用下，呈现出诸多刺激感官的空洞能指（如搞笑画面）。诸多刺激感官的空洞能指消解了经典文学的内涵、权威，

---

① 周凤梅. 新时期电影改编的去精英化之路［D］. 苏州：苏州大学，2008.
② 所谓的快餐文化，比喻追求速成、通俗、短期流行，不注重深厚积累和内在价值的文化思潮和文化现象。如今社会的节奏加快和网络的发展，快餐文化疯狂发展并演变成为一种时尚，冲击传统文化。人们阅读只突显"快"，缺乏营养、内涵。快餐文化部分满足了人们追求精神文化需求的同时，也带来了它的负面影响。

经典文学在消解中成了大众消费文化的一个笑料或者装饰，成为戏说经典。

"大话文学"是后现代背景下出现的一种适应时代快餐化的大众文化思潮。后现代社会也被称为"后工业社会"，于20世纪50年代末期、60年代初期肇事于美国。到了20世纪80年代时发展成为一种全球化的文化思潮。后现代主义充满科技的影子，是信息时代的产物。随着人们知识内涵的不断积累、电脑网络数据等广泛的运用，科技的迅速进化导致了合法化危机。这一现象深刻地影响着人类的心理机制和行为模式，因此出现了一种反高雅文化、反传统美学、反经典文学的极端倾向。20世纪60年代是一个全球文化都非常动荡不安的年代，有的人从德里达等解构主义者的颠覆传统、消解内涵与中国的"文化大革命"对政治、传统文化的极端叛逆中找到了共鸣。中国在经历了对经典传统与精英文化的挑衅和新的集权主义的确立后，到了20世纪70年代末80年代初，人们的思想终于回归正轨，开始进入新的理性阶段。中国社会也经历了一个反思过去、检讨自我、消退神圣、走向现实生活的时代。伴随着"改革开放"口号的提出，社会政治、经济以及文化政策和消费行为的严苛坚冰开始消融，经济模式也发生了巨大的变化。

在文化方面，各种新潮的文化思想纷纷冒出冰冻的土壤，后现代思潮提倡的消解中心、祛除"崇高"和提倡多元化的思想理念引起了人们对"个体"的重视。文化生产和消费行为从少数"精英"手中解放出来，大众文化和消费审美得到了迅速的发展。大众文化以其自身的开放性、自由性以及宽容的态势在一定程度上打破了中国传统文化当中的某些封闭和狭隘，并且大众文化也在消费时代的影响之下创造出了一种可以实现文化资源共享的广阔的场域。它又以自身追求功利性的特质和世俗化、物欲化的倾向，冲出了文化特权和文化偶像的桎梏，使文化发展从此进入了多元化、自由化和多样化的轨道。大众文化的日渐流行在商品经济的大潮中形成了稳定的以"日常生活审美化"趋势和普遍的消费意识形态为主要样态的消费文化。迈克·费瑟斯通再次指出："因为消费是后现代社会的动力，以符号与影像为主要特征的后现代化消费，引起了艺术与生活、学术与通俗、文化与政治、神圣与世俗区别的消解，既使后现代形成一个同质性、齐一性的整体，又使追求生活方式的奇异性，甚至反叛、颠覆合法化。"① 这种"艺术与生活、学术与通俗、文化与政治、神圣与世俗"的区别的消解在中国的当代社会当中表现为对"经典"的"快餐式"的消费行为。从 20 世纪 80 年代末至 90 年代初出现并迅速地引起整个文化界关注的"大话文学"横空出世。它既是以对"经典""快餐式"消费为主要方式的大众文化类型，也是运用戏仿、拼贴、并置、时空交错等方式，对传统进行颠覆解构的文化类型。它对传统的、抑或现存话语秩序背后所支撑的美学秩序、道德法则、文化规律进行了戏弄，并以此作为其基本的话语特征。

例如《大话西游》（1995 年由刘镇伟执导）大刀阔斧地改编了

---

① ［英］迈克·费瑟斯通. 消费文化与后现代主义［M］. 刘精明，译. 南京：译林出版社，2000：22 - 23.

经典文学《西游记》。在经典原著中，孙悟空的角色特质为勇敢坚韧、重情重义。而改编之后，悟空成了谈情说爱的人，出现了多个无厘头的搞笑片段，然而这样的改编反而吸引了更多观众的喜爱。为何观众会喜欢《大话西游》？首先《大话西游》电影作品命名借助了经典名著《西游记》，对名著进行了故事角色性格上的改编。原著中的孙悟空敢于指天笑骂、不向权威低头，这样的精神受到人们欢迎。在对经典名著小说进行电影改编时，必然会受到广大民众的关注，大家都怀着一颗好奇心去看电影改编成什么样？电影《大话西游》里的至尊宝已经丢掉了全部的"英雄特质"，整个人变成一个"狡黠油滑"的小人，同时极尽搞笑的本领。整个故事与《西游记》并无多大的关联，而变成了至尊宝与紫霞仙子和白晶晶三个人的恩怨纠葛。人们之所以喜欢《大话西游》，是因为它的故事内容不再是传统意义上的"英雄的成长故事"，它转向了一种"英雄"背后的"平凡的本质"，以及"英雄最终还是需要平凡的感情"的基本表达，因此，观众从令人捧腹的电影当中轻松愉悦地接纳了电影所要传达的主题，同时也充分渲染了作为一个"商业电影"的娱乐价值。消费时代下的人们都注重观影的娱乐化、通俗化和日常化。《大话西游》在商业操作中以电影的娱乐化、通俗化、日常化、新奇化为卖点，走"大话文艺"路线，让大家都喜欢。"大话"文学的流行是对精英、经典的消遣和重构，对经典的"去中心""反规范""反权威"，其意义是对人的潜在意志与欲望的解放，然后重新构建一种适应消费时代的另外一个有深度或替代性的意义世界。所谓的"大话"，最终是为了达到消遣。《大话西游》在1995年放映以后，当年并未取得可观的电影票房，然而它受到了大众广泛的好评，很多观众都非常喜欢，豆瓣影评的得分也相当高，为8.9分。2013年，周星驰重新翻拍了该电影，也就是《西游降魔篇》，在很短的时间内，该电影票房就超过10亿元。

明代著名小说家吴承恩的经典小说《西游记》是中国第一部浪漫主义章回体长篇神魔小说，小说以唐僧取经的历史事件为蓝本，通过对作品的艺术化加工，生动刻画出当时社会的现实。故事讲述的是孙悟空遇到唐僧、沙和尚和猪八戒三人一路保护唐僧西天取经，经历了九九八十一难最终达到灵山取得真经的故事。当下根据《西游记》小说改编的电影多是选取其中的部分章节或者是部分事件来改编成电影，或者是通过塑造孙悟空的形象来达到表现某种主旨。有些电影完全颠覆了原著《西游记》唐僧三人师徒取经所经历磨难与最终修成正果的过程。从某种意义上来看，西游记改编系列电影都是对原著建构以及精神的消解，而从中选取部分细节来重构其精神内涵。消解了原著的主题，也消解了原著中的典雅，改成了通俗、娱乐的爱情影片。比如2015年上映的动画电影《大圣归来》，就完全抹除了原著西游记中唐僧这个人物，且影片中的故事情节与小说相差甚远。电影以小和尚江流儿为主角，在当时妖怪横行的长安城中，江流儿救下小女孩却引来山妖的追杀，而他却误打误撞地解除了孙悟空的封印。孙悟空本一心只想回花果山，一方面自己封印未除没有法力，但是另一方面还欠江流儿的人情，且在一路上碰到了八戒和白龙马。孙悟空已是英雄不再，妖王在抢夺女童的过程中发现悟空已丧失法力，固能轻而易举地将女童抓走。此时悟空已经心灰意冷不愿意再去救小女孩，江流儿决定自己去救女童。后来悟空良心发现而出手营救小女孩，最终在救小女孩的过程中也完成了对自己封印的解除，进而完成了对自己的救赎。影片名唤作"大圣归来"，实际的含义隐藏了对那个救死扶伤乐于助人的"大圣"归来的一种期待。从影片中的故事情节以及所表现的主旨来看都体现了影片对于原著经典故事情节的消解与重构，这也是现在文学作品改编成电影中经常见到的现象。那个英勇善战的孙悟空变成了"偶尔充满私心"的大圣，他的英雄主义在"大圣"这里也充满了年少的顽皮。这部改编的影片获得了成功，电影票房达 9.56 亿元，电影评分为 8.2 分，由此看来观众对这类"大话"式的再创作还是能够接受的。从作品中对原著主旨的消解与重构来看，其自我救赎这个主题为电影作品的主旨，并且通过动画电影所独有的漫画式艺术处理手段，将孙悟空与江流儿和八戒甚至是妖怪等人物形象塑造得栩栩如生且充满个性。相对于以往一上来就以"成熟的英雄的电影形象"示人，这样的角色塑造方式显然更加真实，更能够通过人物的心理活动来展现人性本来的面目与人性变化的过程。电影《大圣归来》对原著精神主旨、人物形象、叙事方式的消解与重构无疑是十分成功的，可以当作小说到电影改编的经典消解与重构的典型。在小说到电影的改编中，导演必须要立足消费时代的时代语境，对原著小说进行消解，根据观众的需求，对影片进行重构，这是电影改编一个必然的趋势。由此可以看出，电影艺术成了商品，在大众消费时代受到消费大众需求的影响，从影片中反映出的是当前大众的一种生活状态，即大部分消费者对大众文学的需求胜过对精英文学、经典文学的追求，在快节奏的生活中，更多的人需要大众化、平民化的文学。

在消费时代，文化经典和文化权威被"大话文化"解构，极大地戏弄和颠覆了经典文学的话语秩序及其经典美学、道德、文化秩序，将经典文学进行了戏拟、拼贴，呈现出当下的"大话文化"。大话文化认为经典是可以被使用的，这就是其价值所在。支持大话文学的作家并不一定会对经典毕恭毕敬、捧得高高在上，但会通过经典所提供的相关性进行文化资源的"窃取"，而不是注重经典文学的本质或美学价值。在消费时代，大众对文学的消费态度呈现出了多元化的消费方式，大话文艺的作者是通过消费经典，继而对经典进行的改编创作。① 从《悟空传》《大话西游》等影片中可以看到"大话"文学中的狂欢文化精神，使得文学没有文化等级的限制，可以通过时空叙事手法，打破时间、地点等元素，并重新进行拼贴。

消费时代是精英文化和"大话文化"并存的时代，有的消费者仍然坚持精英文化观点，并对之锲而不舍，而大部分普通的、底层消费者则希望在娱乐化中消遣"大话文化"，以满足自身的精神需求，从而出现了多元化的文学现象。

---

① ［美］约翰·费斯克. 理解大众文化［M］. 王晓珏，宋伟杰，译. 北京：中央编译出版社，2006，（09）：171.

第三节　高雅文本的颠覆之路

　　而在当前消费时代来临之际，小说到电影的改编有很多完全颠覆了原著本来的主题思想，有些甚至将高雅文本颠覆为低俗不堪的电影形式。究其原因，一个是消费时代下的电影制作者将主要的精力放到了迎合大众的胃口上，而不是去引领电影界的清流。在原著中抽取了部分与原著主题关系不大的低俗故事情节，通过组合改编成一部电影，然后希望通过电影票房大把捞金而忽视了小说改编电影自身所应该体现的艺术与价值。例如林一鑫执导的《水浒传之英雄好色》（1999 年），将梁山好汉聚义一堂的名著《水浒传》改编成了一部情色电影，只截取了孙二娘和黑旋风李逵之间的情爱故事。笔者根据百度搜索"改编电影"，对前 6 页的电影展开调查，统计出中国小说改编电影的数量、影评分数，20 世纪 80 至 90 年代之间的小说改编电影如《红高粱》《顽主》《骆驼祥子》《子夜》《黑炮事件》《轮回》《春桃》《野山》《一半是海水一半是火焰》《轮回》《大喘气》等 13 部影片进行调查，电影评分均在 7 分以上。20 世纪90 年代的小说改编电影共有 16 部，例如《霸王别姬》《阳光灿烂的日子》《荆轲刺秦王》《活着》《村妓》等，其中 8 部评分在 7 分到8.3 分之间，其余的 8 部评分均在 6 分以下。21 世纪初小说改编电影例如《集结号》《一个陌生女人的来信》《天下无贼》《十七岁的单车》等共有 32 部，其中有 10 部电影评分在 7 分到 7.9 分之间，其余的 22 部小说改编电影评分均在 7 分以下。2010—2014 年小说改编电影例如《让子弹飞》《智取威虎山》《西游降魔篇》《万箭穿心》《致我们终将逝去的青春》等共 46 部，其中 7 ~ 8.7 分之间的电影有 13 部，而其余的 33 部小说改编电影评分都在 7 分以下。2015 年小说改编分别是《烈日灼心》《一个勺子》《寻龙诀》《师父》《何以笙箫默》《小时代 4：灵魂尽头》《九层妖塔》《万万没想到》《左耳》《陪安东尼度过漫长岁月》《剩者为王》《既然青春留不住》《少女哪吒》等 15 部，在 7 分以上的电影有 4 部，其余 11 部小说改编电影的评分均在 7 分以下。2016 年小说改编电影《盗墓笔记》《七月与安生》《从你的全世界路过》《大话西游 3》《致青春·原来你还在这里》《三少爷的剑》《微微一笑很倾城》等 20 部，其中评分在 7 分以上的只有 2 部，其余 18 部电影的评分均在 7 分以下。2017 年有 32 部由小说改编而成的电影作品问世，如《少年巴比伦》《游戏规则》《上海王》《喜欢你》《芳华》等。除去由日韩小说作品改编而成的华语电影（如《嫌疑人 X 的献身》《夏天 19 岁的肖像》《美容针》等）不算在评分统计以外，余下的 27 部作品的电影评分仅有《心理罪》《冈仁波齐》《不成问题的问题》和《芳华》四部电影评分在 7 分以上。

　　根据 1980—1999 年的小说改编电影的统计分析来看，以假设将 7 分作为小说改编电影合格的标准，那么 27 部小说改编电影的合格率为 70.4%。2000—2010 年的小说改编电影为 32 部，电影合格率为 31.2%。2010—2014 年的小说改编电影为 46 部，电影合格率为 28.3%。2015 年的小说改编电影有 15 部，电影合格率为 16.7%，

2016 年的小说改编电影有 20 部，电影合格率为 10%。2017 年的小说改编电影有 32 部，电影合格率为 12.5%。从统计的数据上来看，小说改编电影的作品数量呈现出先增多后减少的趋势，而电影的合格率则呈现出逐年下降的趋势。仅从当前的数据统计来看，小说到电影改编的数量在不断增长，然而改编的质量却在下降，这不得不引起电影界的深思，令人警醒。

冯小刚执导《一九四二》（2012 年）反映了解放战争时期人民在遭遇饥荒时候逃难的场景，其中体现的也是对人民疾苦与苦难的深切同情以及对当时国民党统治区下黑暗社会的无情的鞭笞，引发观众对人民疾苦的关注，对社会历史的关注，还有对人性的关注。影片主题相对于原著更加的多元化，不仅表现出对当时社会制度的不满，而且电影中在天灾人祸面前所体现出人性的善恶也不免令人深思，电影制作者将作品的主题进行了延伸与拓展，使得作品主题更加的多元化，同时在还原原著精髓方面也做得十分到位。因而电影《一九四二》也深受好评，豆瓣评分为 7.3 分。其中类似的电影还有《骆驼祥子》《红高粱》《林家铺子》等，都忠实了原著的思想精髓，改编之后的故事情节处理与矛盾处理十分到位。而电影《大红灯笼高高挂》《秋菊打官司》《二嫫》《信天游》《让子弹飞》《金陵十三钗》《万箭穿心》《烈日灼心》等，这些电影绝大都与关注百姓的疾苦和描绘社会现实有关，也有少部分以爱情为主题或者是以母爱为主题，电影改编的内容更加贴近底层贫民，从普通人物的故事来体现故事的主要精神和主旨，受到观众的喜爱。

小说之所以改编为电影，必然是那些小说受广大读者喜爱且具有一定社会价值和意义，然而当它们改编成电影作品后，有可能有一定可观的电影票房成绩，也有可能未获得良好的票房收益，电影评分也相当低。为何改编后的电影不尽如人意？是因为改编中无法深入理解和体会小说的思想精髓，从而也就无法通过电影的艺术形式展现出一定的主题思想。通俗的说是改编电影对原著的"颠覆"不足。有些是对小说的理解不到位而对原著思想上的误读，而有些是从不同的角度去理解小说而形成对小说的再造。但是从目前豆瓣评分较低的电影来看，由于对小说理解不到位而造成对小说"再创作"失败的例子有许多。而从不同角度理解对原著形成的"颠覆"也不在少数，但是这部分电影有许多也都获得了好评。由于编剧和导演对小说的理解力有高有低，对电影化的表达手法驾驭有纯熟也有生涩，因此每一个人镜头下的"解构"都会产生截然不同的效果。

根据艾米同名小说改编而来的《山楂树之恋》（2010 年）在其刚上映的时候，观众期待值非常高。影片的豆瓣评价虽然合格，但观影后总觉得有些不尽如人意。从原著小说创作的背景来看，是根据静秋的成长经历所创作的一部长篇爱情小说，讲述了"文革"时期由于家庭成分不好而被打击的自卑的静秋与军区司令员的儿子之间纯真的爱情故事。他们的爱情不畏世俗眼光、物质、时代背景所左右，仅仅是简简单单的纯真爱情。张艺谋也按照忠实原著的思想，没有对原著的主旨进行大刀阔斧的改编，只从影像角度对故事人物、叙事角度、少女的情感体验进行了调整。原著中有男女主人公纠结曲折的爱情故事和残忍、压抑、迷茫的社会现实。在改编电影中，也遵循了这样的主题思想，让观众感受到"文革"期间年轻的下乡知青面对严酷生活环境所萌发的朦胧的爱情故事。原著是在引用了叙事者静秋所回忆的真实生活对话，讲述了女主角静秋和同学们一起去乡下编写教材的故事，她们借住在村长家，静秋和勘探队的老三相识、相爱。在静秋毕业直至工作转正期间，她对老三不离不弃，二人的感情日渐浓厚、激烈，到最后老三却因白血病永远地离开了人世。电影保留了小说原著的主旨思想和故事情节，只是删减了多余的人物如张一、张长林等人物配角和不必要的情节，保留静秋和老三之间的爱情主线，故事叙述者基本和原著相同，都采用了第三人称全知角度的叙事方式，以电影视听语言的形式来描述原著中少女的情感体验。大众观众对该改编电影的评价是不够有吸引力，而从几位知名作家和当代艺术家对该电影的评论来看，又非常赞同该电影改编的艺术性。

> "我们再也不愿意去经历这样的一段历史，但愿这样的爱情故事已经绝版。当然，我不希望这本书给我们带来过多的惆怅，我希望这本优秀的书，能够通过纪录那些往事，来展现我们这辈人曾经的风采，展现我们的青春无悔。"——王蒙①

> "小说中的女主人公在通向爱情的小路上，有一个意外的发现：真实的山楂树并不像抒情歌曲中所唱的那样诗情

---

① 百度百科. 山楂树之恋 [EB/OL] . https：//baike. baidu. com/item/% E5% B1% B1% E6% A5% 82% E6% A0% 91% E4% B9% 8B% E6% 81% 8B/5856？ fr = aladdin

画意，相反，山楂树是一种极为朴素平常的乔木。但这种
朴素的山楂树，足以见证一场令人心悸的爱情。两个年轻
人穿越一个时代的禁锢，在生命中勘探爱的矿藏，而在最
难抵达的心灵幽深处，光芒闪烁的是最珍贵的爱的钻石。
这光芒短暂，转瞬即逝，但它足以照亮那个时代的黑暗。
它是黑暗王国的一线人性之光。在爱变得更为容易的今天，
人们需要依靠繁复的和富于装饰性的手段来示爱，反而使爱
成为生命的累赘。正如故事本身一样，小说的叙事同样也是
古朴而单纯，如同《诗经》时代的爱情歌谣。"——张宏①

　　这部小说得到艺术家的好评，被称为是历史上最干净的爱情小
说，其描述的实际上是一个爱情悲剧，一个唯美干净的爱情悲剧。
他们之间的爱情就像是山楂树一样淳朴而简单，他们不顾自身家庭
背景的巨大差异，不顾及世俗人之间的眼光，就像张宏先生所说几
乎是穿越了一个时代的禁锢来探索最纯真的爱情。爱情光芒虽然短
暂但是足以照亮那个黑暗的时代，但普通的观众则认为电影改编的
娱乐化成分不足。反观电影《山楂树之恋》，就笔者自身来看其实
《山楂树之恋》算是拍得不错的一部电影，其特点是画面很唯美、情
节简单。但是张艺谋的电影虽可以将故事情节和画面展现出来，却
无法将那个时代下背景与令人压抑的气氛展现出来。笔者通过观看

---

① 百度百科. 山楂树之恋［EB/OL］. https：//baike. baidu. com/item/% E5% B1% B1%
E6% A5% 82% E6% A0% 91% E4% B9% 8B% E6% 81% 8B/5856？ fr = aladdin

评论其中有被这简单纯粹的唯美故事情节与画面感动而落泪的，他们的评分一般都比较高。也有一部分是读过原著的观众，他们认为张艺谋没有将原著《山楂树之恋》中的那种意境拍摄出来，他们打分一般在中等分值。而也有部分评论者纯粹是觉得无法接受剧情而对影片进行吐槽，他们的评分一般都比较低。从观众角度来看，不同的受众群体其实面对这部电影时候的感受是不一样的，没有经历过那个时代的人来说，由于没有真正感受过那个时代对人性的压抑，故而很难理解故事中所发生的一些事情。并且对没有经历过那个时代的人来说那样的爱情，认为这样的故事是不可能存在的。故事情节平铺直叙，观众似乎能够从一开头便看穿了结尾，因而电影看起来有些"做作"。将这种平淡的无奇的故事用电影语言表现，其本身就有很大的难度，甚至在业界普遍认为这种抒情式的电影是不适合搬上荧屏的。在小说中可能感人肺腑的一句话或者是一个场景，包括人物的内心活动有时候通过电影无法将其那种平淡之美描绘出来。要是将《山楂树之恋》的改编重新以消费时代的底层观众为观影对象，用适合当前的时代语境，适当保留活跃的、描述详细的张一、张长林等人物配角并适当改编，加入一些适应底层观众的语言和情节，仍然保留男女主人公的爱情主线，只是要将故事叙述得更加曲折一些，应该会获得底层观众更高的认同。从整部影片来看可以看得出张艺谋导演在尽力地将那个时代背景压抑气氛下的爱情描绘出来，但是平淡的故事描绘并不是很成功，就像是看一个武功极高的人表演，可能普通人体会不到其招数厉害，而高手却能从其中看出端倪，因而说电影山楂树之恋无法将小说的那种纯真与坎坷表现出来，或者是只有经历过那个时代的人能够瞧得出来，该部电影算不上对原著文本的颠覆，他在一定程度上脱离了消费时代的时代语境，其艺术表现形式还没有实现预期目的，需要将原著中平淡的叙事方式变成曲折的叙事方式，加入一些让底层的、年轻一代的人能够认同的语言，有可能会让影片的票房和评分进一步提升。

第四节 从小说到电影改编中经典消解问题案例分析

小说到电影的改编是一种艺术表现形式转换的过程，而人们对于小说改编电影的理论认识也经历了一个不断发展的过程，在 20 世纪 80 年代绝大部分的学者都认为电影改编文学作品应当忠实于原著，这种忠实的电影改编理论认为电影改编的文学作品实际上是利用电影的表现方式和手段来对文学作品进行翻译的过程，认为文学作品改编成电影要基于原作，不仅要受到电影形式的制约，还要受到文学作品本身的制约。而进入 20 世纪 80 年代的中期，人们开始对文学作品改编成电影的相关思想开始有所变化，出现了文学作品改编的忠实派和创造派，创造派认为文学作品的电影改编可以抛开文学作品本身进行改编，在对文学作品改编的过程中加入自己的东西展现自己的性格与艺术品格，其中张卫[1]通过神似观点希望来统一长期以来相互对立的忠实说与创造说。张卫的观点是建立在忠实

---

① 张卫. 以电影的方式忠实原作 [J]. 电影艺术, 1983, (09): 35-42.

派的基础之上，进入 20 世纪 90 年代，文学的电影改编已经变化，认为文学作品改编电影首先要观察电影是否具有可观性，适应观众的观影需求，其次才是继承原著所表现的主旨。而近年来所出现的西游记改编系列就是对这种文学作品改编电影理论的最好的诠释，比如《大圣归来》《西游降魔》《大话西游》等"大话系列"，其中每一部改编的电影都与原著有着很大的差别，这种差别主要体现在原著与电影所要表现的精神与主旨、叙事方式、人物形象塑造这三方面。对经典的消解与重构是消费时代下小说到电影改编的必然。

电影《西游记之大闹天宫》所体现出来的就不仅是对小说主题的消解了，编剧对于孙悟空各方面都进行了较大的改动。比如其被逼跳进三昧真火，以花果山灭门惨案作为孙悟空大闹天宫的动机，与原著中孙悟空由于不满玉帝安排的狭隘思想有着天壤之别，也使得孙悟空的大闹天宫更加的合理。从开始的神魔对立到后来的孙悟空为情复仇，与小说本身甚至大闹天宫的细节都有着不小的差距，因而编剧是在原著基本情节的基础上，对原著的故事叙事、主旨立意都进行了大幅度的修改和改编。值得一提的是本片的特效非常唯美逼真，极具有视觉冲击力。电影几乎是对原著进行了完全的消解。就电影评分上来看，《西游记之大闹天宫》无疑也是成功地体现了电影改编对原著的消解与建构，这样的改编受到广大的观众的认可和接受。而由周星驰执导的《西游降魔篇》是一部彻底的无厘头式的商业巨作改编电影，从当时的电影票房来看，获得了 12.45 亿元的票房，影片无疑是非常成功的。电影完全是通过离奇的故事情节与怪异的妖怪来吸引观众、博得观众一笑。从影片的真正的思想主题来看，其主旨内涵并不深，但是电影确实迎合了观众的胃口，加之赶上"贺岁档"，电影院数日座无虚席。电影与原著中所表现出的孙悟空火眼金睛、妖怪的善于变化与唐僧的迂腐容易被妖怪蒙蔽所映射出的社会现实存在很大的差异。但是无论如何这部影片对原著故事情节的消解与重构是十分成功的，从影片本身的主题思想来看，本身虽然写的是降魔，但是其中却交织了不少爱情的纠葛，表面上是以降魔为故事情节，实则是爱情为整个故事的主线，要强调的情感才是电影的主题。而电影《大话西游》也是根据小说《西游记》改编，但是其故事情节与原著《西游记》小说完全不同，可以说仅仅借用了"孙悟空""牛魔王"等符号而已。该电影系列分为《月光宝盒》和《大圣娶亲》两个独立的部分，二者都讲述的是二人跨越时空的爱情故事。其中《月光宝盒》讲述的是孙悟空在护送唐僧西天取经的途中，和牛魔王合谋，想要杀害唐三藏并偷走月光宝盒。观音为避免孙悟空危害天下苍生愿意一命抵一命，而后观音令其五百年后投胎做人以赎罪。期间经历的曲折故事不再赘述，至尊宝回到五百年前碰到了紫霞仙子，死后回到了水帘洞正是因为看到紫霞仙子为自己所流下的一滴泪，从而意识到自己真正爱的其实是紫霞仙子，因而决定带上紧箍咒解救紫霞仙子脱离苦海，甘愿受观音菩萨脱离尘世且去西天取经的条件。这个时候也就出现了电影中经典的那一幕：

　　　　"曾经有一份真诚的爱情摆在我的面前，但是我没有珍惜，等到了失去的时候才后悔莫及，尘世间最痛苦的事莫过于此。如果可以给我一个机会再来一次的话，我会跟那个女孩子说我爱她，如果非要把这份爱加上一个期限，我希望是一万年！"

这段电影经典台词至今令观者唏嘘不已，殊不知解救紫霞仙子脱离苦海则让自己又陷入了爱情的苦海，就是插曲中所吟唱的"苦海泛起爱恨"那样。电影颠覆了西游记中原本的故事情节与主旨，将主题定位在了爱情，并且通过虚构的故事情节将爱恨描述得曲折动荡，感人至深，堪称时代经典。以上以小说《西游记》经典名著改编的例子来阐述了当前中国小说改编电影领域中经典的消解问题。我们能够根据小说到电影改编的成功案例看到改编并不纠结于是否和原著在故事情节、主旨、人物形象、叙事方式上的相似，而是要借力经典小说重构出适合消费时代语境的电影作品。简单地说，就是大众喜欢什么，电影就朝什么方向而努力。目前我们能够看到，围绕《西游记》的经典文本进行的绝大多数改编电影作品，都已经将原著中的"磨难、隐忍、误解、宗法规则"等基本主题完全抹去，转向了大众在物欲时代渴求的"猎奇、消遣"的审美态势。在改编的影片中，经典被消解，成了一些日常化的、通俗化的、娱乐化的影片片段，小说的主题思想在电影中被重构，经典被"大话"所代替，完全颠覆了原著本来的主题思想。

消费时代的文化出现了戏剧性的一面，"文化偶像"出现了大众化、世俗化发展。很多文化偶像如鲁迅、陈景润等变得商业化和消费化，他们成了商品或者是商品的一部分。① 当下的网民大众有着不同的偶像追求和权威，即消费时代是一个大众追求多元化价值的时代，文化偶像包括了娱乐方向的文化偶像、时尚方向的文化偶像和商业方向的文化偶像。例如张艺谋执导的由余华的同名小说改编而来的《活着》（1994 年）影片，其主题内涵、叙事策略、人物形象塑造的改编都反映出了从精英化到大众化的发展趋势。原著讲述的是福贵和他的老牛"福贵"至深的命运的友情，彼此相互感激对方却又相互仇恨着无法抛弃对方，在活着时在尘土飞扬的道路上同行，死去时共同化作雨水和泥土。老牛"福贵"就是富贵本人的真实反映，人的一生承受着巨大的苦难和煎熬，要学会应对。评论界一致认为原著小说是讲述关于死亡的小说，同时还讲述了中国人几十年的煎熬的历史进程。原著中讲述的主题内涵在改编电影中，其主题内涵趋于平面化。原著中地主少爷福贵以嫖赌开启他的人生悲剧，死神无处不在，身边的人和事物相继发生不幸，最后只剩下一头"福贵"的老牛和他相依为命，他只能坦然接受这一切，悠然地唱"皇帝招我做女婿，路远迢迢我不去"，从中展示了主人公福贵的坚强、韧忍和中国农民的底蕴。活着就要"忍受"，肩负生活的责任，享受幸福、苦难、无聊和平庸。经过改编，影片中的画面成了切近人们日常的生存现实，展示了中国人独特的生命意识，突出了

---

① 参见新浪网站发布的消息《"20 世纪以来我心目中的十大文化偶像"评选揭晓》。十大文化偶像排名分别是：鲁迅（57259 票）、金庸（42462 票）、钱钟书（30912 票）、巴金（25337 票）、老舍（25220）、钱学森（24126 票）、张国荣（23371 票）、雷锋（23138 票）、梅兰芳（22492 票）、王菲（17915 票）。

"好死不如赖活着"的生命感慨，通过淡化原著的"韧忍"而凸出"苟存"。影片中的主人公的悲剧程度降低，影片结尾则是通过2分钟的长镜头展现福贵家的生活常态，福贵说道："小鸡养大后就变成了鹅，鹅长大后变成羊，羊长大后变成牛，牛以后日子就越来越好了。"预示着生活希望以及生命的延续，这是题旨平面化的表现。张艺谋的《活着》就是展示了一个普通中国家庭近半个世纪的故事。由于中国观众的文化水平和素质参差不齐，《活着》电影的叙事方法只能从最低层面的视角，将主旨内涵通俗化、大众化，这样才能让更多的观众接受"活着"的深意。电影没有以大量的死亡、鲜血、苦难来引起观众的不适和反感，其目的也是为了让观众的观影过程得到愉悦体验和放松。原著中采取的是双重叙事结构，有"我"的叙事，也有"我"所听取的老人的回忆，电影中的叙事方式大幅度修改、删减故事内容，采取线条结构叙述方式，以福贵回忆的叙事方式配合简化和转移的主题。原著中的主人公福贵经历了众多的苦难和韧忍，犹如对禅道的修炼与成长，人物形象复杂。而电影中的主人公福贵的形象却较为单一，老年的福贵成了一个被苦难压平了的人，有着中国农民的麻木不仁、狡黠，对生活逆来顺受，突出了"苟且"成分。

同样，青春文学的电影改编消解了作家的精英身份，同时此类电影改编在消费时代下突出了青春气息。在此我们以辛夷坞的文学作品《致我们终将逝去的青春》（以下简称《致青春》）和由赵薇执导的同名电影为例，分析青春文学作品过渡到电影当中审美的流变。辛夷坞的小说《致青春》于2007年首次出版，这位1981年出生的年轻作家在他的笔下描绘出一群青春洋溢的少年。他们在大学里游弋，在工作里打拼，在青春里放歌，在爱情里踟蹰。故事以一位从江西来的姑娘郑微为主要角色，围绕她的大学生活和工作，陆续讲述了她与陈孝正、林静两个男人的情爱纠葛。其间也讲述了她的同窗好友阮莞、黎维娟、朱小北等姐妹的生活。书中的故事跨越近十年，从郑微的初涉校园直到她成为职场女强人，其间她所经历的点点滴滴都被细致地刻画下来。在厚厚的小说中，读者和郑微一起，感受到她青春的狂放不羁，感受到她为爱苦恼，也感受到生活里无数个暗流涌动措手不及。小说主要涉及的几个重要故事节点分别为：郑微入校、她与同学许开阳的情感波动、她与陈孝正恋情的波澜起伏、她的职场生活、她与林静的再次相恋、阮莞和赵世永的情感纠葛、郑微和阮莞的感情变化等。这些故事基本囊括了郑微这几年的全部生活。小说的章节也分得比较均匀，前半部分是郑微的大学生活以及她和陈孝正的恋情发展，后半部则是她的秘书工作以及她与林静的再次相爱。

　　从小说文本来看，围绕"郑微"生活的片段是非常丰富的。许多人认为"青春文学"抑或"青春电影"必须要围绕"学生生活"，其实是一种不完整的理解。目前对于"青春小说"或者"青春电影"没有一个非常官方且标准的定义，大众目前所理解的"青春小说""青春电影"主要围绕的是"年轻人的故事"。故事的主人公年纪也没有严格的要求，只是泛指"青少年"。故事发生的范围也可以涵盖主人公的家庭、学校以及工作和生活。辛夷坞笔下的郑微，生活多姿多彩。她从小暗恋的林静是一个品学兼优的男孩，郑微为了追随他的脚步，也努力和他考到了同一个城市。然而令她失望的是，当她满心欢喜的去找林静的时候，他已经去美国了。大学校园的繁华令郑微逐渐忘记了林静，她的生活里多出来一个陈孝正——一个性格与她天壤之别的男孩。郑微与陈孝正的前期情感非常曲折，两个人已经到了水火不容的地步。未曾想每日唇枪舌战，郑微最后突然惊醒，原来她已经爱上了陈孝正。时光飞逝，在毕业之际面对去留，陈孝正最终选择了他的高楼大厦，放弃了郑微这"一厘米的误差"，两个人至此分道扬镳。工作之后的郑微意外地进入了中建二公司，成了总经理周渠的秘书。职场生活很快令郑微成熟起来，象牙塔当中的美好回忆也被她彻底封存。然而命运总是在某个不经意的时候给你一个小小的冲击，林静从美国回来成了当地的检察官，他们在工作当中有了新的交集。不久之后陈孝正也从美国回来，成了中建二公司的经理。于是郑微与林静、陈孝正二人的"情感车轮战"从学校转移到了工作中，面对生意场之中的波澜起伏，人与人之间的情感也有了金钱利益的踪影。面对爱情，郑微变得更加成熟和冷静，她的人生也有了更为高远的视野。

　　贝拉·巴拉兹认为："一个真正名副其实的影片制作者在着手改编一部小说的时候，就会把原著仅仅当成未加工的素材，从自己的艺术形式的特殊角度来对这段未经加工的现实生活进行观察……"①那么导演如何将小说文本转化成为自己的理解，并将其再塑，就需

---

① ［匈］贝拉·巴拉兹. 电影美学［M］. 何力，译. 北京：中国电影出版社，1982：280.

要其对原小说进行更为深层次的解读，并且也会包含一定删节和重组。赵薇所导演的电影《致我们终将逝去的青春》（以下简称《致青春》），在基本保持小说主题的情况之下，做了大量的删减和修改。在这部小说"改头换面"为电影的同时，我们就能看到大众审美的变化和趋势。

电影《致青春》当中的主角依旧是郑微、陈孝正和林静，主要的故事情节大体也围绕着他们三人复杂的恋情所展开。但由于电影篇幅的限制，导演赵薇也做了非常大的调整。首先是人物设置的变化。电影中保留了郑微较为丰满的形象，同时还有痴情校花阮莞、识时务的黎维娟以及假小子朱小北。同时也有看似纨绔的公子哥许开阳、大大咧咧的张开（小说中他叫老张），还有陈孝正的"红颜知己"曾毓。导演删除了郑微另外两个舍友卓美和何绿芽，以及后来郑微的上司周渠等一些配角。改编之后人物的形象有了比较明显的变化。例如小说中许开阳虽然是一个公子哥，但是秉性是温柔善良的，对郑微的情感也是真诚和持久的。他和郑微虽然没有成为情侣，但至少当了很久的"铁哥们"。小说中的许开阳在得知郑微与陈孝正在一起之后，他选择离开郑微，切断了一切往来。在故事的末尾郑微偶遇许开阳，看到许开阳身边陪伴的女生，她自然地打招呼问好，却在许开阳的眼里看到了紧张与防备的神情。这是一种自然的体现，对于许开阳这个角色来说，他本身就不应是"完美"的，因此最后的"戒备"也是他一种成熟自然的表现。电影当中，许开阳在得不到郑微之后悄然离场，最后他娶了大学同学曾毓，这不得不说是一个戏剧化的设计，是一种绝妙的讽刺，在爱情里曾经那么不冷静的热血男孩，最终选择了理智的婚姻。同样在小说中非常重要的林伯伯和郑微母亲两个角色在电影中也被删节。虽然林静最初远离郑微的原因是因为他的父亲和郑微的母亲，但后面对于林父和郑母的情感的释然导演将其一笔带过了。可以说林伯伯和郑微母亲的情感在小说当中是一条情感暗线。正是因为他们两个人凄苦的爱情之旅，深刻地影响了郑微与林静，包括林静母亲的情感关系。在小说当中，父母的情感在潜在中支撑着郑微对情感的诉求。郑微每每失意之时，都会打电话求助于母亲的慰藉。当林父去世之前，他与郑微的母亲都在为二人的爱情做最后的努力。他们二人对情感矢志不渝的态度令郑微感动不已，同时对郑微而言，父辈的情感更加厉害，更加自我，这些是她无法学会的。很遗憾在电影中，这两个角色的情感最终没有给出交代，所有的情感比重都集中与郑微、林静与陈孝正身上了。最后关于郑微的同窗好友的修改，可以说，小说中的阮莞、黎维娟和朱小北三个人形象各异，并且都非常具有代表性。温柔大方的阮莞是郑微最好的闺蜜，阮莞对感情的态度远比郑微要透彻和理性，她唯一的软肋是她的初恋男友赵世永，只有面对他的时候，阮莞会变成一个懵懂的小女孩。更多时候阮莞都是睿智冷静的，不管是对待自己还是郑微，她始终保持一种风轻云淡、烂漫随性的态度。阮莞的爱情是悲剧的，这种悲剧从校园一直持续到她成为他人的妻子。在小说当中，赵世永告诉阮莞他就要结婚了，在结婚之前想再见她一次。阮莞心软了，她选择最后去见一次赵世永，未曾想在火车上有一个警察在追击凶犯，阮莞意外中枪死在了半路上。在电影中导演将其修改为阮莞要结婚，赵世永想再和她一起听一次演唱会，纪念一下青春，阮莞也答应了。可怜的她在去演唱会的路上出了车祸横死街头。不管是小说还是电影，阮莞始终都保持了她蕙质兰心的气质，不管出了多大的事情，不管是自己的事情还是姐妹的事情，她都能够保持冷静的态度，但在电影中，她的情节被修改得也很多，她和郑微之间的关系变化、与赵世永之间的纠葛都被缩减，未免有些可惜了。其次是黎维娟这个形象，小说中的她是一个"包打听"，在爱情这件终身大事之上她从来不马虎，考量的天平从没有停止过计算。黎维娟在小说中的结局是非常耐人寻味的，一门心思想嫁入豪门的她最终如愿以偿，但是这种利益的婚姻不可能长久，她三番五次的离婚，并且戏剧化的在"结婚——离婚——再婚"当中获得了一笔可观的收入，她混迹于商场，意外的开了好几家连锁书店。钱场的得意只能显示出情场的失意，黎维娟非常深刻地显现出青年男女在感情上的懵懂和愚昧。因此她下场是如此的薄凉，也非常发人深省。电影中黎维娟的形象不如小说中丰满，导演为她安排了一个补习时候认识的"男友"，在男友上门看望黎维娟的时候，她生怕舍友看出端倪，把男友拉到操场上想要和他撇清关系。在电影的最后，阮莞和郑微一起看望黎维娟，她现在已经是两个"熊孩子"的继母了。黎维娟这个角色存在的意义犹如一面镜子，反映出当下青年对情感与利益模糊的态度。过于崇尚物欲与权力，注定要在生活当中付出惨痛的代价。最后笔者认为比较有意思的角色调整就是"朱小北"这个假小子。故事当中的朱小北毕业之后为了心上人去了新疆，她甘愿当一枚绿叶悄然生活，最后还读到了博士。她的存在就好像空谷幽兰一般，散发着年轻的清新的气息。她脱离了世俗的烦恼，或者说简化了自己的需求，因此她过得比较简单，也过得比较快乐。小说文本中从未提及朱小北的家境，但在电影当中，导演为她挂上了"清贫"的标签。她课余还要去姐姐的包子铺里帮忙，但是她也没有觉得不好意思。电影中朱小北去学校的超市买方便面，被意外的诬陷偷了小卖部的东西。面对校方的诬赖她觉得自己的人格受到了侮辱，尊严受到了强奸，一气之下砸了超市，因此她被劝退。在电影的最后，"她"出现在了一个儿童教育的"讲座"上，变成了一个善于"洗脑"的老师。面对许开阳的疑惑，她毅然决然的否认自己就是朱小北。可以说小说里的朱小北和电影中的朱小北是完全不同的角色。也许是出于剧情的节奏，导演选择将朱小北作"特例"的处理。和其余的在大学中无忧无虑生活的学生相比，朱小北比他们更先一步品尝到社会残酷的锋芒。她的离去也展现出当下校园当中的一些现象，例如学生在学校当中难免有处于弱势的时候，个人心理的承受能力和应对紧急状况的能力都不够强。这些剧情的添加也显示出大众欣赏的口味，银幕之上，观众一方面希望看到青春电影当中浓郁的荷尔蒙气息，一方面他们对校园与社会的交叉地带展现出浓厚的兴趣。学生的命运的变化与未知，也确实吸引了不少观众的注意力。因此导演为朱小北安排了一个"否定自我——再造自我"的结局，也可以看成消费时代下大众对自我认知的一种逃避，他们更加希望看到"不一样"的角色和"不一样"的自我。最好能将现实与美好的愿望有机地结合在一起，产生更为强烈的对撞和满足。

抛去角色的调整，从小说到电影的调整中我们也能看到明显的情节和主题的重塑。相对于电影而言，小说《致青春》可以称作一部"少年成长史"。郑微在象牙塔里度过的美好的青春岁月是她记忆力最为珍贵的段落，她后来在职场当中的 是另一种"年轻的征途"。特别是在她所处的中建二公司，她与她的上司周渠、同事何奕还有李阿姨的交往，涉及各种公司财务业绩的工作包括各式各样的上级领导，都向读者展示出与校园完全不一样的"严肃"的社会环境。但是在电影当中，故事发生和发展的地点都以校园为主。也就是说导演镜头下的"青春故事"的绝大部分都围绕"校园"而展开，在生意场上的起起伏伏全部被略去了。围绕着"致我们终将逝去的青春"而言，这倒是一种较为合适的调整。大众所理解的"青春电影"也许正应该讲述"学生"的生活才是。但是反过来看，没有了"成人世界"当中的生活压力，没有了成熟之后的郑微、陈孝正和林静，那么"致青春"的理由看起来未免有一些单薄。电影《致青春》契合了大众"怀念"的追求和愿望，最大化地细化校园生活，将大学生常见的恋爱、逃课、逛公园、打热线电话、搞宿舍夜谈、毕业聚餐等情节段融入其中，争取真实的还原20世纪90年代大学生多姿多彩的学习经历。观众不仅仅跟随郑微的脚步体会了年轻的情感所带来的令人心跳的感觉，同时也借助影像，重温了学生时代美好的梦。更进一步来看，国产青春电影中常见的"恋爱、争执、初尝禁果、堕胎"等媚俗化的段落在《致青春》当中也是有鲜明体现的。围绕着不成熟的感情进行的各种描述，实则都是为了吸引观众的眼球。"青春电影"中这些略带负面色彩的庸俗段落是否应该被替换成为更为真实和普通化的学生生活段落，"青春题材"一定要包含一些带有情色意味的桥段才能有票房吗？这是一个严肃的问题。

在电影的结尾，陈孝正问郑微："我还能够重新爱你吗？"郑微的回答是："陈孝正，我们一起度过了青春，青春是用来回忆的。"由此也能看出导演对《致青春》文本的自我理解了。电影《致青春》是正儿八经的"致·青春"，将青春里最美好、最彻骨、最精彩绝伦的片段完美地展现出来。在"年轻"当中，所有的不合理都是合理，所有的没道理都有道理。电影将小说中的象牙塔之外的故事缩到最精，只留下干净的校园生活。以郑微为中心的有笑有泪的故事令观众唏嘘，这也表现了为什么要"致"我们终将"逝去"的青春了。不得不说，近些年突然流行起来的青春文本和青春电影，其最大的吸引力就是引起了人们对"青春"的缅怀之情。处在高压生活之下的70后80后们，也包含刚刚走出校门的90后，对纯真无邪的校园生活是非常之怀念的。不管是《小时代系列》《青春派》《谁的青春不迷茫》《左耳》还是《那些年》《匆匆那年》《同桌的你》《李雷与韩梅梅》等数量庞大的青春电影，都是在消费大众的"怀旧"之情。或者可以说，它们中的有些电影已经越出了"校园生活"的范畴，仅仅是将故事的发生背景定为校园，而浓墨重彩地描述情感关系，过度消费青春、肉体，因此难免有些粗制滥造滥竽充数的作品出现。青春应有的积极开朗，心无城府被钩心斗角所替代，被冗长的情感纠葛所羁绊，虽然取悦了大众，也丢失了其应用的教育和鼓励的社会功能，令人惋惜。

贾平凹所创作的小说《高兴》（2008 年，阿甘执导《高兴》）是一部讲述由乡而城的拾荒者人群的故事，他们在都市中生存遭遇各种曲折遭遇，面对不幸命运时表现出一种博大的悲悯情怀与人道关怀。小说采取现实主义手法描述底层民众的城市生存图景，带着反讽的意味讲述了农民进城的故事，故事的题目是"高兴"，然而故事主人公农民刘高兴进城的经历和自身的身世难让人高兴起来。通过改编，电影《高兴》消解了原著的苦难，将一部表达苦难和悲悯情怀的故事改编成了一部诙谐、无厘头的商业喜剧片，使得电影改编娱乐化、通俗化、日常化，消解了原著小说的苦难叙事，这完全是在迎合当代的审美消费。在消费时代，应观众观影需求，《高兴》电影作品的改编必然要符合观众的审美情趣和审美需求，由此，电影制作者必定要对原著进行新的创作改写，影片在 2009 年作为贺岁片上映，加入喜剧元素和洋溢快乐、幸福的本土歌舞电影是一种必然。影片中有多处戏仿拼凑情节，背离原著的审美风格和主题思想。电影中已经不再有原著所要表达的苦难主题思想，这通过叙事结构、情节安排可以看出。原著中的故事的开始是：

"名字？——刘高兴。

身份证上是刘哈娃咋成了刘高兴？

我改名了，现在他们只叫我刘高兴。

还高兴……刘哈娃！

同志，你得叫我刘高兴。

刘高兴！

在。

你知道为啥铐你？

是因这死鬼吗？

交代你的事！

我不该把五富背了来坐火车。

知道不该背为啥要背？

他得回家呀。

家在哪儿？

商州的清风镇。

我问你！

就这儿。

咹？

西安么。

西安?！

我应该在西安。

你老实点！

老实着呀。

那怎么是应该？

真的是应该，同志，因为……

这是 2000 年 10 月 13 日，在西安火车站广场东区的栅栏外，警察给我做笔录。

……

我永远要后悔的不是那瓶太白酒，是白公鸡。以清风镇的讲究，人在外边死了，魂是会迷失回故乡的路，必须要在死尸上缚一只白公鸡。白公鸡原本要为五富护魂引道的，但白公鸡却成了祸害。白公鸡有两斤半，最多两斤半，卖鸡的婆娘硬说是三斤，我就生气了。胡说，啥货我掂不来！我说：你知道我是干啥的吗？我当然没说出我是干啥的，这婆娘还只顾嚷嚷：复秤复秤，可以复秤呀！警察就碎步走了过来。

警察是要制止争吵的，但他发现了用绳子捆成的被褥卷儿。这是啥，警棍在戳。石热闹的脸一下子像是土布袋摔过一样，全灰了。这狗日的说什么不成，偏说是捆了一扇猪肉，警察说：猪肉？用被褥裹猪肉？！警棍还在戳，被褥卷儿就绽了一角，石热闹一丢酒瓶子撒腿便跑。这孬种，暴露了真相，警察立即像老虎一样扑倒了我，把我的一只手铐在了旗杆上。

能不能铐左手？我给警察笑，因为右臂在挖地沟时拉伤过肌腱。这回是警棍戳着了我的裆，男人的裆一戳就麻了，他说：严肃点！我严肃了。"①

从原著中的故事的开头读者就感受到了小说的氛围轻松而诙谐幽默，其实在轻松的笔调下是一个悲伤的故事。小说呈现了一个农村小人物对大城市生活的无奈、对生命的尊严与可悲。原著中，为了挣钱到公安局赎孟夷纯，刘高兴和五富就去挖地沟挣钱，却被骗了，工资被克扣，还葬送了五富的性命。刘高兴背着五富的

---

① 贾平凹. 高兴［M］. 桂林：漓江出版社，2013：1－2.

尸体坐火车返乡，此时却受到警察的盘查，高兴不得已将五富送到殡仪馆。

然而电影中的故事开头为：五福尽力快速地推着坐着刘高兴自制飞机飞向山崖，随后画面呈现出高兴乘坐飞机在天空中，开口惊喊"啊……"的画面，在唢呐声和鞭炮声衬托出喜庆的画面下，高兴觉得自己成功了，笑声欢喜起来，不料飞机坏了正往下跌，让观众感到好奇。随后画面一转，就成了五福一边赶开一群挡路的羊，一边挥着手说："走，走，快走啊！"五福的媳妇和孩子追着五福跑。原来是高兴要带着五福进城打工挣钱。他们走过一段崎岖危险的山路，然后坐上拖拉机唱着歌儿进城去。歌声引来了一个警察前来查问，"你，身份证！"（陕西地方语言）高兴掏出身份证，警察接过手围着拖拉机转，用陕西话问道："你来做啥？聚众闹事？"高兴答道："不敢。"警察问："你叫啥？"高兴答："刘高兴。"警察看了一眼身份证说"你明明叫做刘哈娃嘛，咋成了刘高兴？"答"我现在改名了，叫刘高兴啦。"警察道："身份证上写嘛，这一辈子都叫刘哈娃。记住了吗？"高兴傻傻地笑着连点头几下。

从影片开头可以看到，影片是一部搞笑的喜剧片，而不是像原著那般在诙谐幽默的口吻下叙事悲悯故事。小说中的刘高兴一直充当五富的"人生导师"，然而此时的刘高兴却高兴不起来，他觉得自己的无力让五富成了一个在城市中飘荡的野鬼，原来自己就是一个小人物而已。原著中故事的最后是高兴处理完五富的后事一个人在城里孤苦地晃荡。通过改编，电影的结束却成了高兴和五富一起去派出所接无罪释放的孟夷纯，然后骑着三轮车骑逐渐消失在画面中。进入 21 世纪以来，越来越多的农民进城务工求生存，他们在和城里的人交往共处，并尽量通过自身的努力融入城市生活中来。《高兴》这部小说和电影都是叙述这样一个群体的生存状态、生活遭遇和精神，以挖掘进城拾荒者群体的底层生存状态和精神世界，但气氛却明显不同。电影叙述中完全删除原著的悲剧性，很多情节也发生了改变，例如原著中入乡农民高兴在城市生存条件的恶劣、城乡观念差异等都消失了，而是将农民工入城后表现出和城市居民的和谐共处进行了表述。原著中的孟夷纯是一个按摩小姐，她为找出杀害哥哥的凶手而卖淫挣钱给警察帮助调查而被捕，需要五千元的保释金；电影中的孟夷纯是一个大学生，她做按摩小姐是因为弟弟吸毒所累，为攒够学费做按摩小姐而被捕，需要五千元的保释金。在当前的时代语境中，原著中的基层执法、农民工进城生存的严峻社会现实已经不再，而是换成了在当下时代语境中的年轻吸毒人员增多的社会现象进行揭发，避开执法这个激烈黑暗的社会话题和职业敏感问题，故事中事件的冲突性大大被淡化。电影改编对原著所表达的主题进行了颠覆，电影所传达的完全是一个和谐社会，社会底层中激烈的矛盾不再。考虑到观众的观影心理，电影将原著中五富的生死进行了改动。电影中的五富不像原著中的五福是因为挖地沟，工作生活条件恶劣透支身体，酒醉后突发脑溢血身亡，而是五富在高兴开着自制的飞机上奇迹般地复活，原本的悲剧通过改编成了超现实的浪漫喜剧。原著中的结局是高兴不能将五富的尸体带回乡下，只能在城市火化，孟夷纯继续被关押，高兴继续讨生活，只是缺少了五富的陪伴而孤寂；改编后则出现了大团圆的结局，五富生还，和高兴骑着精心装扮的三轮车一起去接回被保释的孟夷纯，三轮车逐渐腾空预示一片光明与希望。电影中的城乡矛盾远不如原著中的激烈，有深度的、立体的现实生活变成了平面化的生活。电影改编中还呈现了很多如歌舞、Rap、特效等娱乐情节的拼接，共安排了六次歌舞，故事中的人物演变成了唱歌跳舞的能手，原著小说的崇高丢失，而更多的是情爱、娱乐化的搞笑画面，添加了更多的商业元素。电影中的广场歌舞完全是对城市居民生活的一种现实反应。消费时代下，从小说的电影改编突出的是消费者的文化诉求，消费者个体欲望是电影改编的驱动力，由此使得电影将一个压抑悲哀的故事改编成了一个无厘头的搞笑喜剧，原著中发人深思的问题并未得到凸显，而是被搞笑、无厘头、电脑特效等所掩盖，博得消费者一笑。

　　由此可以看到，消费时代对小说文本和电影改编作品的影响都是巨大的。这种潜藏的影响不仅仅改编了小说的主题构架以及电影的思想表达，从高雅的传统的思想转向了一种通俗的、谐谑化的生产习惯。若将这种变化置于时代的影响之下，其实它的出现是非常自然的。大众的精神生产能力逐步增强，对消费及审美喜好的转型也从侧面反映出中国飞速发展的艺术文化产业形势一片大好。但我们确实应该注意，不要单纯为了迎合"消费"而改变"消费"的基本规律，不要为了制造"奇观"而抛弃本质，最终围绕着"消费语境"扩张中的"经典"，依旧会保持其高贵精致的品性。

第三章

从小说到电影改编中的角色符号化

在小说改编电影的过程中，小说当中的角色往往是特定历史时期背景下社会某个群体的缩影和代表者，不仅是两种艺术形式历史观体现的重要元素，同时也是小说与电影矛盾消解的对象。在当代小说中角色（人物角色）符号化的特征十分明显。本章对小说改编电影中角色符号化的特点进行了分析，通过更好的理解和掌握人物的符号化寓意，为小说到电影改编的二次创作以及小说与电影经典矛盾的消解提供基础。

第一节　小说到电影改编中的角色符号学视阈分析

电影符号学理论起源于 1964 年，以法国学者麦茨所发表的作品《电影：语言系统还是语言》为标志，电影符号学的基础是瑞士电影学家索绪尔的结构主义语言，其中涉及电影符号学的著名理论著作包括麦茨的《电影：语言还是泛语言》、意大利学者艾柯的《电影符码的分节》。电影符号学的出现对西方乃至全世界电影理论都产生了深远的影响，由经典的电影理论时期进入到现代电影理论时期，从电影理论发展的历史来看，电影符号是继爱森斯坦的蒙太奇理论到以巴赞为代表的现实主义理论电影理论的继续和发展。电影符号理论是现代电影理论的开端，电影符号理论与前面两个理论有所不同。电影符号学所研究的对象不仅仅是电影文本，而且是把电影当作为一种具有意义的符号。电影符号学在其实质上更像是一种对人类文化进行探索的学科。人物角色是小说改编电影中最为重要的组成部分之一，电影主旨思想与情感的表达在很大程度上都是通过对人物形象的塑造而实现的，本节从电影符号学视角对小说改编电影中的人物进行剖析。

角色是电影中的重要组成部分之一，角色形象的塑造对于电影表现其主旨具有十分重要的作用，在小说改编电影中导演总是根据原著中的角色来塑造电影中的人物形象。在塑造角色形象的过程中，导演往往是根据自己对小说人物的认识以及自身的美学观点来对小说中的人物形象进行描写、塑造。所以电影中人物形象的塑造与导演自身的文化功底、审美志趣以及对基本电影理论和电影制作技巧的掌握、艺术表现手法都具有直接的关系。在文学作品对角色形象的塑造过程中，可以将小说人物角色的塑造分为两种类型。其中一种称为扁平人物，另外一种称为圆形人物。扁平人物的性格特征较为单一且变化较少，非常容易被读者或者是观众所辨认；而圆形人物性格特征较为丰满，其性格特征不止一种，但是这几种特征又能够很好地、有机地融合。而正是这些特征导致了电影中人物在不同环境、不同情况下不同的行为，使得人物的行为更加多样化、更加合理，同样也使得人物的形象更加丰满、更加复杂、更加贴近于现实，进而使得电影中的人物鲜活起来，为表现电影的主旨提供有力的支撑。①

每部电影所塑造的人物形象都有所不同，角色形象的不同是为了电影表达其主旨的需要。但是需要注意的是这些电影中所塑造的角色形象有的时候可以很容易辨认出其所属的族群：比如按照电影的主旨将角色归类为"被压迫的女性""封建时期苛刻权威统治阶级""封建社会中落后的农民"等。有时在主题相同的电影中所塑造的角色形象有相似也有区别。这些可以进行类别划分的电影中的人物角色形象，从电影符号学的角度可以被理解为是电影的符号。电影符号是展现影片主旨的重要组成部分，其人物角色形象的塑造通常具有双层含义：第一层指的是具体的人，例如一般都会有具体的姓名、外貌等。第二层，电影通过一定的艺术表现手法比如围绕个人的心理活动的描述，这并不单单为了表现电影中的角色本身，而是需要通过这些"符号化"的设计来表达导演的某种情感和志趣。所以这些角色不再是简单的角色，而是包含了电影中的符号，被打上某种特殊的标签。电影中所表现出来的角色的言行，其实质是要表现超越这些人行为之上的思想，表现不同思想主题和审美志趣的角色便成了不同的符号能指。

---

① 渠冉. 可为与不可为：第一电影符号学理论辨析［D］. 济南：山东大学，2014.

第二节　改编的"横向"：人物角色的静态比较

　　出于对创作理想的考虑，从近些年电影改编理论来看，电影对原著小说的改编不再强调忠实于原著，甚至可以不必忠于原著的精神，不论是在故事情节还是在人物设置上都有所突破。人物和故事情节的突破往往是为了改编后电影表现其主旨的需要。当前很多编剧在对电影进行改编的过程中加入了自己的一些思想，有些对原著所表现出的主旨思想进行了深化和升华，有些改编自小说的电影将审美主题进行了多元化的处理，还有些改编自小说的电影对小说所表现的思想主旨进行了有选择的删除与保留，这是从编导创作的角度来看待小说到电影中的人物变化。驱动小说到电影人物变化的动力还有另外一个那就是消费者的期望，比如消费者喜欢什么，就在电影中加入什么，导致了小说与电影人物之间较大的差异。比如在消费者个人英雄主义情结下的电影中的英雄人物，消费者对帅哥美女的追逐等，导致电影中所塑造的人物形象和实际小说中的人物形象存在着较大的差距，尤其是当代电影在商业气息浓厚的背景下，很多编剧为了迎合观众，对原著小说中的内容进行了多处的改编，使得其能够获得较高的票房收入。对于电影人物角色的改编动机，必须提到一点是当代的政治环境，这是一个无法回避和避免的问题，当然也要庆幸我们生活在这样一个好时代，可以从客观的角度来展现历史、重现历史。但是出于对文化、习俗和法律以及意识形态领域中的约束，很多电影不得不对原著中的人物进行大刀阔斧的改编以能够通过审核，因而进行了相应的调整。

在根据陈忠实同名小说所改编的电影《白鹿原》中，笔者对其中重要人物的特点与电影进行对比分析。比如在原著中白嘉轩是重要的主人公之一，是白家家族族长。他善良质朴，在小说中体现的多是其正面的形象，参与家族大事的决议，且注重人与人之间情感的交流，且其一生的经历也没有进行过分的情感交代。而电影中的白嘉轩让人感觉或多或少缺乏了那么一点人情味。对于小说中的重要角色，为了压缩故事情节而将其中朱先生和白灵等角色删去了。朱先生是白鹿原一位懂知识的老师，为人正直，沉稳成熟，但是在电影中却被删除。从小说本身来看，小说中关于对历史和时政的论述观点都是通过朱先生的口说出来的，而在电影中将该角色砍掉，这或许就是上述改编动机中的第三个因素——文化、习俗、法律以及意识形态方面的审核。而白灵为白嘉轩的女儿，其代表着自由主义和新社会的思想，最终在"肃反运动"中被杀害。小说中对其描写含义较为复杂，在此不做深究，但是在电影中也没有出现此角色。在书的末尾白嘉轩说他梦见了一头白鹿，白鹿的脸转过来是白灵，这一段描述非常震撼人心，在电影当中也没有了任何的表述，不得不说是一种遗憾。在原著中鹿兆鹏是一个坚定的共产党员，但是却在革命即将要成功的时候牺牲了，电影中的鹿兆鹏是由于留学归来学到了新的思想，认为只有革命才能改变当前的现实，且从始至终他一直在从事这项活动，因而与原著中的角色差异不是很大。小说中黑娃是塑造得非常成功的角色，在原著中他是鹿三的儿子，与田小娥发生奸情。后来又参加土地革命、干革命当土匪，最后接受了劝说参加了起义，但是却被镇压。在小说中，黑娃在经历这些事情后整个人改变很大。而在电影中，黑娃的那种围绕人性的复杂性并没有很好地体现出来。比如他身上应该具有的善良的本性、原始的欲望以及非黑即白的是非观、对命运无奈等，都消沉在"欲望消费"的镜头中了。在原著中的田小娥是一个苦命的女人，通过字里行间对她的关注，读者可以感受到田小娥混乱的情感关系透露出来许多的无奈和可悲。一方面出于生存的需要，另外一方面出于自身的孤独寂寞。原著中可以看出田小娥内心还是非常想被这个宗法家庭所接纳，但是她使出浑身解数却徒劳无功。如果不出卖色相，那么可能早就饿死了。在电影中没有完全解释田小娥行为的合理性，没有前情交代，让观众看了之后认为好像田小娥真的只是为了欲望而糜烂，人物角色内部的历史苦痛和悲剧性被抹杀。

出于剧情需要与政治敏感性的考虑，白孝文在小说原著与电影之间也发生了很大的变化。在小说中对其描写得比较丰富，白孝文这个角色实际上代表了大多数底层民众的平庸思想。但是在电影中似乎将这一切转化为了积极的方面。比如从"某种亢奋"变成了"性功能障碍"，将主动投军变成了走投无路被抓了壮丁而一跃从投机者变成了受害者。这种处理无非是想让电影在一定程度上体现出正气与理想的一面。这或许存在政治方面的考虑，但是相对于原著当中这个人物角色的多面性、真实性与深度则难以体现出来。在原著中对鹿三这个角色作者给予了他额外的关注，其中有很多地方值得读者回味深思。比如从不认黑娃的"姘头"田小娥，极力反对她入门，后到因为村里的流言蜚语杀了田小娥。鹿三的悲剧性淋漓尽致地体现在他最后被田小娥的鬼魂附身而苍老致死，一个忠心耿耿一辈子老老实实的长工最后在精神和血缘上彻底与白鹿原做了了断。但是电影中塑造的鹿三却与小说原著中有较大的差异，故事情节大致类似，但是因为没有了最终那超现实主义的一幕，使得电影似乎缺少了点灵气，没有将其性格中的封建性地体现出来。小说中很多关于人物的描写与电影中的差别也不得不引起观众的注意。比如黑娃在原著中算作是一个赤色分子，后来不得已落草为寇。原著中的他浪子回头组织革命起义并取得了胜利，但是最后却落得枪毙的下场。而那个"沉迷女色"外加"吃喝嫖赌"在中国传统文化看来"不是东西"的白孝文却最终成了"县长"。如果按照原著进行改编势必会产生敏感性，因而从这个角度来看将白孝文转变为一个正义的角色也就不奇怪了。围绕着小说庞大的角色群体，电影做了较大的删减和修改。虽然由于电影时长的限制，不可能让原著中每一位角色悉数出镜面面俱到，因此银幕上的"他们"难免显得单薄脆弱。但小说的魅力之一正是如此，通过细致描述角色的个性和生活状态，通过向角色投出关注的目光，才能感染读者，令读者身临其境体味小说故事中的悲欢离合、嬉笑怒骂。从这一点上来看，如要精准地体现角色的现实意义和思想内涵，还是需要在改编的过程中多多打磨。

在对小说改编到电影的过程中还必须考虑的一点，就是在消费时代下迎合观众胃口的问题，这也是为什么在许多电影作品当中人物角色总有一些空洞和相似的味道。围绕着黑娃和田小娥的情感关系的变化，在小说中其实没有做太大的渲染。血气方刚的黑娃和温柔如水的田小娥，两个人从相识到相爱，最后在爱情的挣扎和折磨中悄然退场。这一切都非常自然，并没有什么奇怪。黑娃是一个敢爱敢恨的人，为了自己的女人敢和自己的父亲叫板。他不畏世俗的眼光，对传统封建的宗法规矩和族群权威嗤之以鼻，这也是为什么到小说后半部分他能够成功地领导革命。在小说中，黑娃代表了许多读者心目中那个"自由的自我"，他因现实的压抑和苦难的折磨变得敏感，但是又很快适应时代和社会的变革迅速做出调整。他的各个多面性在小说中相互辉映，比较精致完美地展现了这个人物角色的可爱之处。同样，田小娥在小说中是一个"旧社会牢笼当中无助的软弱妇女"的典型形象，她的命运具有太过浓烈的悲剧性。她的所作所为很大程度上已经由不得她自己，为了生活、为了生存，她必须屈从于父性的权威。她的行为举止虽然妖媚，但她的骨子当中还是保持着中国妇女传统的情感操守，她付出的一切最终还是为了她挚爱的黑娃。田小娥这个角色存在于小说中是一抹鲜艳的色彩，是灰蒙蒙的白鹿原上为数不多的青春艳丽。她与黑娃的情感，不论是肉体的交合还是精神的相互持守，都是作者对旧社会当中苦难底层人民对情感浓烈的向往和坚持。他们的存在，也激起了读者对小说世界与现实世界之间对比而产生的愤慨共鸣。这和黑娃与田小娥究竟有多少"激情戏"没有太大的关系。但我们看到在电影当中，黑娃和田小娥的激情段落被大大地夸张化和戏剧化了。观众围绕着二人的交合段落津津乐道，可以说将电影当中其他部分自动过滤。在电影当中，黑娃和田小娥情感积累并未做过多的交代，二人从相识到共处一榻显得非常仓促。伴随着预告片当中浓墨重彩的二人特写镜头，这部电影版的《白鹿原》彻底将小说中深邃宏阔的历史主题消解殆尽，在小说中围绕白鹿原这一片广袤土地上人民的悲欢、家族的兴衰等一系列沉重而丰裕的历史内涵都消融在了银幕当中。电影《白鹿原》更像是一部"田小娥悲情史"，角色也从丰富的、充满个性特色的群体式的形象描绘，转向了强调某种大众文化消费当中"奇异"的个体符号。不管是白家还是鹿家，不管是黑娃还是田小娥，不管是盲目愚昧的村民还是国共两党，这些本应做细致化处理的角色形象在电影中纷纷沦为一种消费能指。他们指向了大众在进行文化消费时候充满玩味色彩的野心，指向了观众对"身体"与"欲望"的渴求和猎奇心理。导演在这一点上确实抓住了观众的心理，但是在改编的过程当中，一味地强调"身体消费"，一门心思强化欲望，结果适得其反。被符号化的黑娃和田小娥，被概念化的族长族人，这些空洞乏味的能指最终并未对电影的艺术主题展现作出太多有益的贡献，最终这部"野心勃勃"的《白鹿原》成了文学与电影嫁接成果当中的一个残次品。

同样在由小说《盗官记》改编成的电影《让子弹飞》中，导演也有意识的强化了一种来自"异性"的噱头。小说原著讲述的原本是一个绿林好汉、平民英雄的悲剧故事。在小说当中极少有女性角色出现，基本还是围绕男性叙事来进行故事建构。小说的主题极为深刻，主要透过故事看清当时的社会现实，揭露当时政权下的黑暗与不公，展露官场上丑态百出的官僚与地主的贪婪与愚蠢，体现普通民众是如何在压榨与欺骗下艰难而麻木的生存，人与物、事与势完美地融为一体，活脱脱一幅川人众生相，衍射出当时整个中国社会的艰难时日。

电影《让子弹飞》的故事情节基本保持了对小说的还原度，但是来自消费时代的欲望诉求还是鲜明地体现在了镜头当中。电影当中加入了非常多的女性元素，以柔带刚，让本应该充满雄性荷尔蒙气息的故事多了几分委婉和俏皮。例如妖娆妩媚、只认官衔不认人的"县长夫人"，聪明美丽机智过人的花姐，还有一些身材曼妙的女性配角例如黛玉晴雯子。这些女性形象的加入令电影增色不少。以戏剧性的处理方式，凸显了女性在当时社会中的地位。电影中的鹅城就像一座小型的乌托邦，社会法则严密，民众没有自由。在这种自给自足的、自律循环的小城里，女性的存在本应是隐性的，但在镜头里，有非常多的围绕着女性特征和魅力的展示。例如花姐在城门口迎接马邦德一行，后面的黛玉晴雯子婀娜多姿拾级而下，还有县长夫人嬉笑娇嗔，"女性"的表达已经成为一种显性的表征，展示着"女人"的独特魅力。面对粗狂耿直的男性，女性在电影当中成了智慧的象征、生活的哲学家。在追求自我、向往自由的精神层面上，不论是县长夫人还是花姐，都显示出了一种超脱于世俗的智慧和理性。不过这样的设计还是有非常明显的"讨好"意识。在电影当中，特别是英雄主义电影的表达上，往往还是偏爱"美女配英雄、佳人配才子"的段落设计。姜文自己也曾说过，"这是一部能够闻到女性荷尔蒙味道的影片"。在《让子弹飞》当中，观众能够体会到新加入的女性符号的一种自然性，他们不会觉得不适，反倒是非常乐于接纳这些柔性的代表。但是也能看出，这是导演特意为其加入的一种"点缀"，最后她们还是指向了大众的一种文化消费习惯，在男性与女性的差异当中感受到了浓烈的、身为男性的自豪感。

第三节　改编的"纵向"：人物角色的动态比较

上面一小节对小说改编电影中的人物进行了横向的比较，横向比较基本上是一种静态的比较，它所涉及的是小说与电影中人物形象水平化的差异。而纵向比较是从一种动态的角度，从时间与故事情节发展的角度对小说与电影中的人物进行比较。是一种从历史变化的角度审视小说与电影中人物角色关系的方法。如果熟悉从小说到电影中人物角色以及角色自身关系的勾连，熟悉人物发展过程中的变化，那么对指导电影的改编将具有重要的意义。此外小说与原著中人物角色发展变化的不同也间接地折射出了导演的创作的理念与其受到的制约，这对于厘清当前消费时代背景下影片的改编创作语法具有非常现实的意义。笔者接下来继续以几篇从小说改编为电影的个案来具体展示电影与小说人物角色在发展过程中的不同，以此对编剧或者导演的创作理念、动机还有制约因素进行剖析，展示当前消费时代下小说改编电影的现状、存在的问题以及今后小说改编电影的走向。人物纵向发展变化与小说中的差异，多是为了表现编导或者导演自身的创作主题，或是为了故事情节发展的需要，与前者存在着一定程度的不同，因而要区别对待。

由余华的同名小说改编而来的《活着》（1993 年，导演：张艺谋）曾获得了夏纳国际电影节评审团大奖，围绕小说原著的改编可圈可点。小说讲述了普通的农民福贵惨痛的一生，故事中充满了苦难的气息。通过福贵细碎生活和个人命运的刻画，反映出了中华民族的苦难史。由于对活着的向往，中国人的煎熬、所承受的苦难都不算什么。因为要活着，所以从来不存在绝望。原著中的福贵是一个地主少爷，因为嫖赌输光家产，从此开启了接二连三的人生悲剧。首先是气着父亲，父亲因此掉进粪缸而死；接着母亲生病死去；福贵被抓进国民党军队当兵，莫名离家几千里；再后来是赌赢他家产的龙二"代替"他死；之后福贵赶上土地革命，分土地，福贵从此焕然一新，洗心革面要和家人"好好活着"；然而不料儿子有庆为县长夫人输血，因把血抽干无辜死去；到"文革"时，福贵亲耳听到春生轻生的消息，女儿嫁了好人家却难产死去，妻子也因软骨病离世；后来女婿二喜死于施工事故，外孙苦根吃了过多青豆而被撑死。年老的福贵此时孤苦伶仃，唯有和老牛"福贵"相依，但继续坦然地面对生活。原著中，福贵的一生都被死神包围，如此多灾多难的人生路途上，老年的福贵还在坚忍不懈地活着，并悠然自得地唱道："皇帝招我做女婿，路远迢迢我不去。"原著中的福贵在面对接二连三的死亡和苦难时，还在"忍受"着现实生活的艰辛，这便是"活着"的力量。当改编成电影后，张艺谋采取中国式的黑色幽默讲述福贵的坎坷命运。影片中的福贵面对死亡只能默默忍受，显示出了他对生活的无奈。电影中的福贵由阔少爷因赌败光家产，将家产输给了龙二，气死父亲；妻子家珍阻劝不了而带着女儿回娘家；而福贵也从此戒赌重新做人；随后是妻子带着子女回家，只图能和福贵安安生生过日子；为生计所迫，福贵和春生一起做起了皮影戏，却被抓到国民党军中成为壮丁，之后又被解放军带走在军队里唱皮影戏；解放了，福贵"活着"回家，而春生则是为解放军开车；后来福贵母亲逝世，女儿变成哑巴，当福贵回到家时，过了短暂的幸福而清贫的生活；直到龙二被枪毙，福贵因为早就把地产输给龙二躲过一劫；后来大跃进时春生当上了区长，却出了车祸撞倒一堵墙，将墙根下打瞌睡的福贵的儿子有庆压死了；由此，家珍痛恨春生，福贵一家都非常悲痛；后来春生被批斗，后来他忍受不住痛苦轻生，福贵一家也原谅了春生；女儿凤霞生产却因大出血延误治疗而死，外孙馒头（原著中为苦根）出世就是电影的结尾。这是一个温馨的结尾，看着馒头，福贵说道："你是赶上好时候了，将来这日子就越来越好了。"

从以上可以看到小说和电影中的角色调整力度比较大。在抗战时期、土地革命时期、大跃进时期、"文革"时期，经历不同的时代，电影消解了原著的苦难，淡化悲剧，将原著中死亡截止到女儿的死，电影中的人们只能默默承受死亡，虽然沉默悲拗，但是归根结底导演还是赋予这个故事以一丝希望之光。影片结尾时，福贵取出多年前的装皮影的箱子并帮馒头把小鸡放进去时，馒头问道："小鸡长大后变成什么？"福贵却答道："鸡长大了就变成了鹅，鹅长大了就变成了羊，羊长大了就变成了牛，等牛长大了，馒头也就长大了……那个时候啊！日子就越来越好了。"福贵的话在隐喻回归现实、踏实的生活。而当年福贵回答儿子有庆的答案却是："等牛长大了，共产主义就到了。"这是一个普通农民对当年宏大理想的一种告别，预示普通百姓要回归到踏实的生活中来。电影中的福贵的苦难遭遇已经没有原著小说中的那般悲悯、沉重，福贵所遭遇的苦难比原著少，到电影结尾时，福贵的妻子家珍和外孙馒头、女婿二喜都在，生活还是充满着希望的。

从小说与电影人物的纵向对比来看，原著中福贵由又嫖又赌的少爷变成了小心谨慎的农民，在经历多次刻骨铭心的悲怆体验后，最终成了豁达乐观的老人。不似年轻时的彷徨无助和中年时的苟且生存，老年的福贵显得到宽广柔韧，就如佛道中的修炼、涅槃，通过生活的积累缓解了苦难，同时滋生出些许幽默与超然。电影中对福贵这一角色符号的塑造则显淡薄，主要是塑造一个普通的底层中国农民的形象。福贵及其家人受政治压力的压迫，对待生活只能苦中作乐，尤其是在龙二被枪毙时，福贵战战兢兢地说，"地早输给龙二了。"从福贵回答儿子和外孙的问话"小鸡长大后变成什么？"时所说的那一番话，也可以看到福贵的理想变化，从宏大到平淡、到现实的踏实。福贵这个角色符号发生了极大的变化，和小说有明显的不同，福贵的角色形象更显得扁平单一，但突出了福贵（葛优饰演）给观众的视觉冲击力。原著中的福贵遇到接二连三的苦难和死亡，每一个遭遇都处于一个极端的环境，在极端的环境中塑造了一个坚定、韧忍的人格。电影淡化了福贵这一角色的性格起伏，主要还是为了电影的艺术化手段，追求"大团圆"似的大众审美习惯，通过淡化角色的韧忍来达到油滑、幽默的效果，博得观众一笑。毕竟观众的领悟力和情感体验各不相同，这样的角色做了柔性改编是为了照顾到大多数观众的欣赏水平和情绪。

回到电影《白鹿原》，在小说中塑造人物角色与在电影当中展现人物角色是不同的。第一个差异是围绕白孝文这个角色。小说中的他具有多面性，有身为白家人的耿直单纯，也有处于农民阶层的投机。他一面义正词严地拒绝田小娥，一面却无法忍受女性的魅惑气息。自从他"自甘堕落"之后，和田小娥在炕上抽大烟，还恬不知耻地继续意淫他糜烂的生活，自暴自弃陷入绝望。这样一个见风使舵的人，最后竟然糊里糊涂地成了一个县长，在镇压黑娃等人的起义的时候毫不留情心狠手辣。在小说当中白孝文这个角色极具讽刺意味，对黑暗社会和严苛的宗法制度对人性的摧残做出了激烈的抗议和呐喊。但是放入电影当中，这个角色失掉了他应有的"棱镜"的功效，变成一种单一的、积极的表意。

同样人物角色流于表面的还有黑娃。这个在小说中具有非常鲜明、刚烈性格的男人，为了爱情奋不顾身，最后被镇压致死。在黑娃的人生起落中，他的性格决定了他所要经受的悲剧属性。在时代的洪流当中，人的性格永远处于被打磨的状态，与命运抗衡的代价是惨烈的，因而才有了普罗米修斯式的英雄。黑娃在原著当中透露的血性在电影中也被消解，镜头中的黑娃成为一个"欲望"的符号，稀释了英雄主义的光辉，转向了迎合大众通俗化的审美口味。

不管是出于剧情的需要抑或意识形态的考虑，电影在对小说文本进行解构和再塑的时候，都会做出相应的调整。小说《白鹿原》所辐射的时间段落和历史背景极为辽阔，因此要想真正体现这部文学巨作深刻的社会价值是有难度的。总体来看，电影在对小说进行改编的时候，有一部分导演是因为没有把握好原著的精髓，对小说文本进行了"自以为是"的调整。另有一部分导演在进行二次创作的时候，追逐消费的新潮与媚俗，将创作的重点转移到迎合大众的消费审美当中，仓促地追逐利益最大化，这或许是消费时代之下电影改编者"心态浮躁"和"追名逐利"最为鲜明的体现。他们缺乏的正是冷静严谨的改编逻辑，以及对小说到电影的艺术处理方式的重视。

第四节　小说到电影改编中的人物符号化问题案例分析

经过之前的统计，在新中国成立后的几十年来由小说改编而成的电影有上百部之多，前面也已经从符号学的角度讨论过，电影中的人物角色都是特定的时代背景和环境下某个社会群体的缩影，由于不同作者的创作风格不同，其个人作品中的风格也日渐符号化，这种符号化正是当前由小说为改编电影的活动中思想主旨"流行"的表现方式，是不同小说作者和电影创作者的个人象征和烙印，体现了不同创作者不同的创作理念和创作风格。从电影本身来讲，人物角色符号化对于读者和观众理解小说或是电影具有重要的作用。电影中的人物符号像是诗歌中的典型的意象，认同感逐渐在读者和观众中增强。比如"松梅竹菊"象征高洁，往往被作者用来表达自己高洁的志向；比如"出淤泥而不染"通常用来象征作者自己不与世俗不同流合污，不随波逐流；比如"月亮"经常用来表达思乡与思念亲人故人；比如"杜鹃"代表凄凉悲惨；"梧桐"与"芭蕉叶"代表悲凉或幽深的意境；还有送别的"长亭"代表分离；"乌鸦与燕子"代表衰败与兴衰，"落花"与"流水"代表消逝等数不胜数。这些意象元素在千百年的文化积淀中已经被符号化了，通常人们读到相应的意象就立马能够反应出作品的特点与创作的风格，还有作者所要表达的情感。电影的符号化与诗歌中的意象有着异曲同工之妙，但是由于电影出现的时间较晚，人物角色的符号化还处于慢慢发酵的过程中。目前，借由人物符号的设置来引起观众共鸣的手法非常常见，在这种集中创作的过程当中观众逐步获得一种文化认同。

电影《杀生》（2012 年）改编自陈铁军的中篇小说《儿戏杀人》，电影讲述了一群人如何联手来杀死一个"不合规矩"之人的故事，折射出各种乌合之众的民族集体心理，且将人性的复杂性以及真实面目展现了出来。[1] 电影中的主人公之一牛结实，是一个被全镇人公认的不守规矩之人。电影通过一系列的故事情节展现了其不守规矩的典型形象，给他戴上"撬寡妇门""挖绝户坟""欺男霸女""童叟都欺"的标签，认为他是全镇的大祸害。比如牛结实大闹"圣水仪式"，对男女之间的无所顾忌以及张牙舞爪狐假虎威等都将其"混蛋"形象展现得一览无遗。电影把他定义为在一个落后的具有严重封建思想社会群体中违背"社会秩序与风俗"之人。从电影符号学的角度来看，牛结实角色形象的塑造相对于现实社会中那种"不守规矩之人"的描述要更加的夸张，而这也正是电影艺术的

---

[1] 周斌. 论新中国的电影改编［J］. 当代电影，2009，（09）：65-71.

一种艺术化表现手法。虽然牛结实生性顽劣，但其本质却不坏。比如长寿镇的人为了维持镇上的声誉，不惜找到一个失语的寡妇为老者输血以维持其生存。而牛结实则偷偷地带酒给老人满足他的愿望。因为这个年轻漂亮的寡妇，镇上的女人们害怕自己的男人动心思、坏了镇里的规矩，在水葬老人的时候将寡妇一起沉塘。这个时候牛结实钻进水中救下了寡妇，在发现寡妇失血过多之后给寡妇输血。从上面的两个例子来看，牛结实的内心还是非常单纯善良的。小说当中的牛结实看起来更加刁蛮无赖，借助各个村民的口述，读者对这个"泼皮无赖"的印象也越来越鲜明和完整。在文章末尾围绕牛结实的死亡还是一个未解之谜，但是这个谜底读者心里非常明白。正是人性当中冷漠和自私断送了牛结实的性命，悠悠之口，其言可谓。在电影当中，围绕牛结实这个形象则是进行了直接的描绘处理。由黄渤饰演的牛结实衣着邋遢，言行放浪。他的"觉醒"来自面对满地的尸首。相较于小说文本，电影中牛结实这个角色的特色展现更多的是来自他的外在形象。导演最终还是选择以外表上的"顽劣"来强化这个角色的悲剧意味，以脏兮兮、破破烂烂的造型引起观众对其的同情，达到讽刺社会和人心的目的。原著中来自封建农村愚昧观念对人的荼毒也被弱化，小说的道德教化意义在电影中被消解。

当代小说也是"改编热"的宠儿，相较于老旧的历史背景，围绕老百姓身边的故事也有相当大的艺术创作价值。方方的中篇小说《万箭穿心》被改编为同名电影于 2012 年底上映。这一部没有大牌明星、没有奢华特效的写实主义电影，描述了一个已经支离破碎的家庭十多年间的生活琐碎。方方作为"新写实主义作家"而被读者所熟知。在 20 世纪 80 年代中后期她有不少高质量的代表作出现。《万箭穿心》是她的代表作之一，也是和《风景》一起最为大众所认可的作品。

《万箭穿心》的小说非常精彩。故事当中的主角李宝莉，是一个土生土长的武汉人。她虽然是小学文化水平，但却对中专毕业的马学武一见倾心。她虽然是一个平头老百姓，却是知晓大道理的。武汉潮湿的空气滋养了李宝莉的脾气，她下岗之后在汉正街批发袜子，做生意的精明让她在家中愈发的尖锐刻薄。马学武没升职之前，经常挂彩，升为厂办主任之后，他也没能彻底的消停下来。李宝莉在家当"霸主"当惯了，马学武的学历也当不了挡箭牌，反倒是隔三差五还要被李宝莉"呛声"。"搬家事件"或许真的只是一个虚无的"稻草"，作为压死他们婚姻"骆驼"的最后一个轻飘飘的理由。李宝莉或许不知道马学武在外面有了相好"打字员"，她只觉得马学武升了官，底气足了很多。这或许是一个女人最可悲的地方，她所自恃的倚靠不知何时悄悄地离开了。①

小说的后半段更为苦痛和悲拗。李宝莉在马学武跳江之后，整个人全身心地扑到了养家糊口这件"伟大的隐忍"之上。她起早贪黑挑扁担挣钱，每每回家也只是仓促的扒拉几口饭就昏睡过去，早上三四点起床去赶第一波生意。无论刮风下雨她不敢耽搁，不敢偷懒，更不敢生病。即便她和何嫂子因为打群架腿上缝了八针，她也

---

① 张瑶. 社会的文化转型与人物的"万箭穿心"——电影《万箭穿心》的文化考量 [J]. 北京电影学院学报，2013，(01)：86–90.

只能仓促地住了几天医院，又为了小宝奶奶生病奔波，最后伤口都烂到能看到骨头。然而可悲的是，李宝莉的这些努力，在小宝和爷爷奶奶看来，是再正常不过的日子。她出工，她拿钱回家，她累到不想说话也被公婆说成只会吃喝干糙活。小宝祖孙三人把李宝莉当作了空气，或者连空气都算不上了，李宝莉被彻底地抽离出这个家庭。她默默安慰自己：有的人来到这个世上是为了放债，有的是为了还债。她就是来还马学武的债的。她还对未来怀有希望，她争气的儿子是火箭班的头号火箭，高考能考 700 分，稳稳上清华的料。一起挑扁担的伙计们聊天三句话就能聊到李宝莉，聊上李宝莉的三句话就能聊到小宝。只有在这个时候，李宝莉的脸上层层叠叠地堆满了笑容。什么叫"万箭穿心"？就是生活的利剑把你的心当成靶子，来来回回都不忘在你心上使劲地揉扒。李宝莉押了大赌注的儿子，最后却冷冰冰地将她一脚踢出门外。在"吃干抹净"她的生活之后，还不忘记再给她来一记"冷漠"——搬出了当年李宝莉干的一桩"好事"。在小说当中，马学武不甘心的去找过"打字员"，惦记着温柔乡的他从"打字员"口中得知了那个令他震惊的真相。对于一个男人来说，最痛苦的莫过于结发妻子断掉自己的后路吧？暗地里毁掉他，表面上还要做出包容他的样子。这些对马学武来说，太可怕了，这个女人是往死了要整他啊。加之马学武被"下岗"，不堪重负的他最终选择自杀了结自己的一生，在生命的最后关头，不忘留下一份没有任何谈及妻子的遗书。在小说里，这份隐去了李宝莉名字的遗书有了非常诗化的衔接——李宝莉最终离开了这栋"万箭穿心"的屋子——在留下一封从未谈及小宝的字条之后。

　　小说当中，李宝莉的命运更加的丰满和曲折。她从搬入新家开始，就接连遭受了生活向她投来的重拳。从捉奸在床到马学武自杀，从腿部受伤到公婆的冷嘲热讽，从父亲的离世到儿子的冷漠，从马学武的遗像到最终天台的揭伤疤。李宝莉在内心不断地接受母亲的暗示和规劝，她"忍"，她得"忍"，这是命运早就安排好的，是她的"还债之路"。在这个悲痛的故事当中，李宝莉的母亲是不能略去的。李宝莉就是母亲年轻时候的缩影，一个独立能干又坚强的女性，一个在生活的艰难困苦里能够不断宽慰自己的女性。若不是母亲的劝阻，李宝莉也许早就崩塌了。可以说这对悲情的母女构筑了整个故事当中最为重要的处世价值观，那就是"忍"，作为一个女人，一个妻子，一个女儿，一个母亲，一个儿媳，只有"忍"才能抚平生活里所有的创伤。在小说当中，李宝莉的母亲不止一次地对她说：

　　　　"我晓得你心里蛮苦……听姆妈一句话，这个世上没得道理的事比有道理的事要多。而且各人都有各人的道理。当初我在厂里当主任，我觉得蛮有道理，大家都觉得没得道理；后来让我下岗回家，我觉得没得道理，但是大家都觉得很有道理。所以，人活着，不用去想什么道理不道理。人生蛮多事，其实根本就没得道理好讲。想通了这个，心情就会轻松些。"①

---

　　① 方方. 方方自选集［M］. 海口：海南出版社，2008：598.

母亲就是这样，没有什么别的方式来安慰自己的女儿。又或者说，"母亲"作为一脉血缘，在思想上也保持着"母亲"的思维惯性。在面对生活当中的许多矛盾的时候，她们除了"忍耐"之外，别无他法。在小说里，母亲最后还是幸福的。宝莉父亲去世的时候，对宝莉母亲说他这辈子最幸福的事情莫过于娶了她。这对李宝莉来说，恰恰是她生活里最大的一个窟窿，而那个挖出这个窟窿的人，早就与她阴阳两隔，她连追讨的权利都没有了。这不能不说是一种深刻的对比，来自"母亲"的生活选择与所获得的悲剧性的收场。同样都是女人，刚烈的女人，相比之下，李宝莉的生活愈发的可悲①。

另外在小说当中，马学武的父母都健在，生活虽算不上大富大贵，但还有退休金可以贴补家用。一对老夫妻搬来与儿子同住，倒也无可厚非，只是生活上总有一些"马家人"的传统思想，认为这个儿媳妇就是个外人。自打马学武死后，老两口更是把小宝紧紧地圈在自己的势力范围里，把李宝莉撇了个干净。这一对老夫妻的角色在整个小说中都带有一种嘲讽的意味。是作者对老百姓生活当中最为直接的刻画，毫不留情。李宝莉与小宝之间的隔阂也和他们的"隔离"有关。若不是这有形的门窗和无形的疏离将李宝莉和小宝完全分割开来，或许在日后他们母子还有缓和的机会。直到小宝上大学，他不让李宝莉动用爷爷奶奶的退休金，让她想办法拿出学费和生活费。走投无路的李宝莉只能去卖血，一个月内卖了两回。她的好闺蜜万小景知道了，背着李宝莉跑到小宝爷爷奶奶那里臭骂一顿。

---

① 陈维维. 论方方《万箭穿心》中的女性形象［J］. 大众文艺，2013，（09）：22 - 23.

截止到此，这两位老人的内心才多了些许的愧疚，很快，这种愧疚就被孙子越来越有出息所取代了。

谈到从《万箭穿心》小说原著到电影《万箭穿心》，有几个角色的修改点不得不提。首先，最重要的角色"建建"的丰富。在小说当中建建是一个标准的扁平人物，所有的经历基本由万小景口述。李宝莉和建建年轻时候的往事被一笔带过，两个人一直到故事的最后也没有给出明确性的结果。小说里的建建很"野"，也很实在，虽说替人坐牢不是什么光彩的事情，但是一提到是为了老母亲，大家也都表示能理解。建建和李宝莉一样，都是能快速自我安慰的类型。生活纵使太苦，可心却不能长期的泡在苦水里。建建也是头脑灵活的男人，三搞两搞就发了家，他仗着义气有朋友帮他投了一个酒吧，在武汉做得风生水起。后来李宝莉当首饰，也是建建豪气地掏了一万块。不过这些片段，都是由小景口述给李宝莉听的。在建建为数不多的几次亮相中，围绕着他的描述少之又少。建建的第一次出场就只是：

"……李宝莉在医院看到万小景的同事，还看到跟在她后面的一个男人。李宝莉一眼就认出来，他就是建建。李宝莉没有跟建建说话，她只顾着回答万小景的提问。等她讲完，万小景抚着心口说，我的个天，你居然在大街上甩起扁担打群架？建建笑了笑，说宝莉硬是老样子，什么都没有变。声音也是很熟悉的。"①

---

① 方方. 方方自选集［M］. 海口：海南出版社，2008：502.

在小说当中，作者给建建的外貌描述基本为零。"他"被削减为寥寥几句，还都是些简单的动作和语言。在小说的结尾，小景对着建建说："建建，莫怪我逼你。你必须跟我把宝莉抓得牢牢的。"建建大声的说："我晓得！"这应该是全文当中建建形象最"有力"的一次出现，也象征着小说的完结。虽然读者知晓了建建对宝莉的情义，但对"建建"这个人物形象却存在着或多或少模糊的认识。究其原因，就是文章中涉及建建的篇幅少之又少，另外他的行为语言也相当的精简，因此读者在脑海当中，难以构筑出一个"热血汉子"的形象。"他"存在的方式相当于一种精炼的符号——代表着拯救女性的男性。所有的修辞被抹去，留下的只有"救世主"的形象，并始终保持着一种褒义。

反观电影《万箭穿心》当中的建建，他的存在也隐隐地贯穿在整个故事当中。当李宝莉第一次在汉正街卖袜子的时候，担着扁担的何嫂子被几个收保护费的混混拦住。宝莉上前就说："新来的！新来的？不知道何嫂子不用交清洁费吗？哪个让你收的？建建呢？让建建来。"毛头混混回身望向楼梯，这时候，穿着花底衬衫的建建出现了。他从楼梯上慢慢地"颠"下来，手里还捏着没吃完的油饼。他嬉皮笑脸地说道："老子跟你讲，新来的，就要到宝莉这来受教育。晓不晓得？是不是，宝莉？"李宝莉推了建建一把，说："你蛮幽默啊。"这个时候的建建是汉正街小商铺里面的"黑老大"，他在电影中也早早地亮了相。这个剃着平头戴着金项链的男人看起来凶神恶煞，却独独对李宝莉笑容有加。这样一来，观众心里对"建建"

形象的了解也就多了许多。在此之后，电影将小说中建建替人坐牢的情节修改为他自己敲破了别人的脑壳，去吃了十年牢饭。并未直接展示斗殴场景，而是借何嫂子之口传达给宝莉。在电影当中，这是一种省略"副线"笔墨的方式。建建和李宝莉的情感递进则是由建建出狱开始。他们在路边摊上相见，建建还是那个样子，他用牙咬开啤酒瓶盖，咕嘟嘟灌了几口，信誓旦旦地说要"东山再起"。听闻建建要回汉正街要账，在路上遇到打架的混混，李宝莉还是会担心是不是建建又吃了亏。建建自己搞了一个面包车准备拉货，他与李宝莉的"第一次亲密接触"就是在那辆面包车里。已经很久没有接触过男性荷尔蒙的李宝莉，她的春天被建建吹醒了。在电影中，宝莉和建建这一对苦情鸳鸯可以说是艰涩生活里唯一的暖光。建建和宝莉一样，嘴上不饶人。他前脚嘴瓢说让李宝莉拿身体抵医药费，后脚还是不忘问问李宝莉的近况。在小宝高考的时间段之内，建建与宝莉共同相处了一阵子。在他的房内，李宝莉帮他擦背，他嗑着牙花看报纸，两个人俨然就是一对相处默契的夫妻。小宝赶来冒冒失失地骂宝莉"恶心""不要脸"，建建也像一个爷们一样护着自己的女人。在建建和小宝的扭打中，宝莉情急之下拿啤酒瓶敲破了建建的头。其他的兄弟们都要围上来替建建收拾小宝，但建建还是让他们娘俩走了。与小说里曾经凶恶后来憨实的建建相比，电影中的建建更像一个"混混"。他收保护费、他入狱、他出来之后照样混得风生水起。但这样的男人，却恰恰应该成为李宝莉的"真命天子"。这两个在生活的水平线上挣扎的人表面上互相道声客气，暗地里却是有情愫滋长的。电影中建建的存在，确实为不断遭受生活磨难的李宝莉抚平了一些心之缺口。

　　小说当中，由马学武跳江开始，将文章分成了两个鲜明的章节。在前半节核心人物是李宝莉、马学武和小宝，后半截则成了李宝莉、小宝和小宝的爷爷奶奶。在电影当中，导演王竞将李宝莉的父母、马学武父母（也就是小宝的爷爷奶奶）浓缩为一个角色——小宝奶奶。也删掉了宝莉父亲去世、小宝爷爷奶奶冷淡得对待李宝莉的许多生活片段。因此我们在电影当中看到的除去李宝莉、小宝和马学武三个主要角色以外，剩下有关家庭板块的角色设置就只剩下"小宝奶奶"一个。考虑到电影时长的限制，删节部分角色是可取的。但令人遗憾的是，在小说当中浓墨重彩地强调了李宝莉遭受到了来自公婆的冷漠和排挤，这种非常鲜明的家庭指征被淡化，留下的只有"小宝奶奶"——一个瘦弱单薄的家庭权威代表。实际上李宝莉的丧夫之痛是短暂的，而来自公婆的冰冷和儿子的疏离才是她后半生里冗长的悲剧。但是这在电影当中并没有做过多的说明。方方的小说更偏向于强调"女人的悲剧"，具有鲜明的指向性。电影里李宝莉的父亲和马学武的父亲都被删除干净，也就是说，导演刻意删除了"父权"的分量，这里倒也合适。这样更加弱化"男性"的角色特征，对比马学武的孱弱是可取的。但是删除了李宝莉的母亲，未免不合时宜。上文已经说到，导致李宝莉悲剧生涯一直持续，和李宝莉的母亲有很大关系。可以说李宝莉就是她母亲的翻版，年轻时傲气逼人，年老时只能靠自我安慰过活。李宝莉的性格当中有绝大一部分的特征与她母亲相似，在电影中被转化为一个简单的片段，就是在马学武东窗事发之后，小景来她家吃饭。两个人在厨房收拾碗筷的时候，李宝莉气愤地说："当初我老娘走的时候，他（马学武）是怎么跪在我老娘面前发誓要一辈子对我好的！"——简单的一句台词，就断掉了角色性格的源起。这不能不说是改编中的一种缺失。"母亲"角色的含义并没有灌注进李宝莉的角色设置当中，因此银幕上的她，看起来有些"刁蛮"过头了。由此可以看出来，电影中的李宝莉是被"提炼"过的人物符号，她已不是文本中简单意义上的"母亲"和"妻子"，她的形象当中贯穿了当下女性生活困境的线索，同时也像镜子一样反映出现实压力当中女性的压抑与艰辛，她的个人"特征"被冲淡，转向了一种更为精炼的"女性指征"。

此外，不管是《大红灯笼高高挂》当中的四房太太们，还是《秋菊打官司》当中大无畏的"秋菊"，包括还有《红高粱》里面"我的爷爷""我的奶奶"等，这些被广大读者和观众熟知的人物形象也都不再单单指小说文本当中独立的个体，而是泛指为现实生活中的特定"符号"：例如反抗的女性主义的觉醒、不畏强权暴政的英雄主义，以及崇尚自由追求平等的被压抑的"平民"等。综上所述，几乎所有电影中所塑造的人物形象都是来源于生活但是又高于生活的。这是一种将阶层代表者的特征整合到典型人物身上的艺术表现手法。这种手法便于电影中的"聚焦"，不论是故事情节的"聚焦"，还是矛盾的"聚焦"。在这个过程中逐渐形成了不同阶层，或者说是作者想表达社会中的特殊群体就成了电影中的符号。

第四章

小说到电影改编中的民族性

民族性属于小说改编电影中历史观的范畴，由于民族性是小说到电影改编过程中非常重要的一环，本章单独对小说到电影改编过程中的民族性进行分析。在当代小说中关于民族性的认识和发展有一个逐渐向前的过程，一个逐步由狭隘的汉族正统意识到多民族融合意识发展过渡的过程。在改编的过程中重视民族性问题有利于增强各民族之间的团结，实现各民族之间共同的进步和发展，也是当代电影改编必须要面对的一个问题。关于"民族性"一词，其英语单词就有 Ethnicity、Nationality、Nationhood、Peoplehood、Racial 等 5个，分别有不同的指示。Racial 定义在人种学意义范围；Nationhood 的范围较小，指国家范围的国民性，是对 Nationality 范围的缩小；Peoplehood 这一民族性代表了平等、自由思想。最常用的是 Ethnicity 和 Nationality，其中的 Ethnicity 这一民族性和血统、文化相关；而 Nationality 这一民族性和民族、国家的内容相关，被社会学家韦伯认为是"政治族性"，含有政治目的的意思。《民族性：理论和经验》（内森·格莱泽，丹尼尔·莫尼汉）中对 Ethnicity 产生的背景进行了研究，并延伸了"族性"的概念，人们坚持其群体的独特性和认同感，以及源自该群体特性的新权利，人们认为"族性是政治和社会行为真实的、能够感觉到的基础"。社会普遍认同"族性"，并以此作为族群争取利益、政府分配资源的工具。① 内森·格莱泽和丹尼尔·莫尼汉对"族性"的扩展延伸引起了学界的批判与认同，约翰·科马洛夫和吉恩·科马洛夫认为文化差异归因所产生的合理的不平等社会结构，使得族性表现出了极强的存在主义的现实特征。② 戴维·米勒对民族性的理解为：在适当的团结形式中有着共同的信念和相互承诺，是一种历史的绵延，有着积极向上的特征，特定的地域相连，其公共文化独特并区分于其他共同体。③ 中国学者对民族性、对现代构建和多元诠释则较为简洁概括，主要从民族性的根源和表现来解释，客观地阐述了民族性：指同一民族在语言、地域、经济生活、文化传统以及心理素质方面的共同点，是与其他民族在思维与行为方式、情感习俗等方面相区别。

电影艺术的民族性，就是通过电影作品来反映一个民族的社会生活、民族文化和民族精神，通过电影创作，打造一个有着鲜明的民族风格和民族特色的电影产业文化。电影艺术有着鲜明的世界通用性的特点，人们通过电影语言能够了解到一个国家或民族的历史与风土，电影对国与国之间的跨文化交流起到了重要的作用。消费

---

① ［英］斯蒂夫·芬顿. 族性［M］. 劳焕强，等，译. 北京：中央民族大学出版社，2009，107 – 108.

② 龚晓珺. 哲学的民族性研究［D］. 北京：中央民族大学，2013.

③ ［英］戴维·米勒. 论民族性［M］. 刘曙辉，译. 南京：译林出版社，2010，23.

时代的电影文化"消费行为"影响到电影艺术的民族性，中国导演的创作理念以消费市场为导向，倾力打造娱乐消费类电影，电影改编中的民族性也有着不同程度的影响、持守与发展。

第一节　小说到电影改编中的民族性体现

从中国电影诞生至今，已经有了百年的历史，中国数代电影人在电影制作中致力于走自己的民族电影之路，出现了很多优秀的、有中华民族特色的民族电影。它们为中国带来骄傲，引导中国电影走向世界，同时又丰富了电影理论。然而电影作为文化商品，由小说到电影改编的过程中必须考虑消费者的诉求和投资者所渴望的市场回报，这使得中国的电影改编在考虑"民族性"的同时也要重视西方消费者对中国的"东方式"想象，尤其是一些想要从国际影坛获取奖杯，然后在国内大卖的电影作品，有的时候难免会考虑到西方消费者的电影制作思维。

对于很多观众所喜欢的韩国电影、美国好莱坞电影、印度电影，其青睐的原因在于这些外来影片有着其本民族特色。说到韩国片，那就是正宗的"大韩世界"，所谓的好莱坞大片就是正宗的"视效一流"，而印度片那就是正宗的"歌舞为王"。这些舶来品的镜头画面和表意都具有各自的民族特色。再看看国内的部分大片，例如《无极》《满城尽带黄金甲》等，这些国产大片的制作似乎滑向了一种"迷茫"，电影带着极大的魔幻色彩，为了"特效"而"特效"。

其所代表的文化虽然有着中国独特的文化，然而对现实的在场却成了缺席或者说现实被漠视，将这类国产大片和西方电影中的《指环王》（同样带有西方文化的特色）相比，明显力不从心。一些早期的电影例如《边城》《黄土地》《红高粱》等，这些电影就带有独特的中国传统文化要素，并且恰当地将现代色彩融入其中，展示了国产电影改编的本色风格，这样的电影才叫真正的中国电影。这些优秀的国产电影深度挖掘并发展了中国传统艺术精神，真正将中国电影的民族精神、民族特色展现出来。这是本质上追求有别于其他民族精神的电影，而非仅仅是形式上和世界审美接轨，也正因为如此，这些电影才会博得世界关注的眼球。

小说到电影改编受到西方电影市场的影响，其电影改编的文学题材来自或融合了西方文学，使得中国电影改编制造出了能够满足西方对中国想象的文化商品。20 世纪 90 年代以来，中国的电影制片模式发生了改变，中国电影市场进行了重新定位，由此西方观众成了中国电影制作新的市场目标。很多导演的电影制作以海外市场为导向，并获取海外的跨国资本资助，力求其电影作品能够在海外获奖，例如在奥斯卡金像奖、戛纳国际电影节、柏林国际电影节、多伦多国际电影节等获得奖项。受海外市场和海外资金支配的影响，中国导演的电影改编行为必然受到极大的"西化冲击"，从小说到电影改编中必然会融入一些西方国家的意识形态以及道德价值等，同时在本土电影改编中对民族性形成一种冲击。① 例如《夜宴》是根据莎士比亚的《哈姆雷特》的故事蓝本改编而成，在西方消费者目

---

① 刘卫丽 . 2008 年以来中国影视改编透视与分析［D］. 重庆：重庆工商大学，2014.

标市场和中国消费审美需求的驱使下，该影片必然要采用能够让东西方消费者都能接受和理解的改编方式。虽然从人物造型、历史叙述均采用中国的元素，但其故事情节、道德价值观却是西方的。消费时代正是一个全球化时代，它让各国各民族的文化走向世界每一个角落，为消费者提供消费选择。而"好莱坞文化"在电影文化中是一个强势文化，西方文化正通过好莱坞的传声筒传入东方，并企图"同化"东方，中国电影改编中的民族性不免受到来自西方文化的冲击。

一、西方文化价值观对中国电影改编作品的影响

西方消费者渴望了解中国某种神秘的历史和人文，在电影消费行为中表现出了一种猎奇心理，这也是中国早期部分电影能够走向世界的原因之一。部分优秀的中国电影作品凭借其浓郁的民族特色在国际电影节中屡获大奖，例如《大红灯笼高高挂》《霸王别姬》《卧虎藏龙》《英雄》等。但还有多数电影作品则处于跟风状态，电影艺术创作缺乏创新意识，无法博得国外消费者的青睐。未获奖的改编电影作品也非常无奈，一方面中国电影急于进军好莱坞这样的国际性电影市场，有些导演在改编中身不由己地迎合国际电影节所要求的各种条件，包括政治、商业、艺术评奖原则等；另一方面电影也要受制于西方文化的霸权作用。例如2016年一个非常典型的来自"文化冲击"的现象一度引发观众热议：吴天明导演的《百鸟朝凤》首映日遇到了《美国队长3》，《百鸟朝凤》首日票房仅30万，

而这个好莱坞影片首日票房为 2 亿。一部优秀的国产电影作品和好莱坞电影作品同时上映，最终惨遭挤压。《百鸟朝凤》的电影票房甚为惨淡，就国产片和好莱坞大片相比较而言，其在主题上其实没有什么横向的可比性。《美国队长 3》是一部超级英雄电影，影片充斥着个人英雄主义和个人价值观；而《百鸟朝凤》是一部讲述传统艺术的电影，展示唢呐的艺术魅力以及老一辈艺术家的辛酸生活。大家在崇拜好莱坞大片精彩的特效的同时，忘却了这部优秀的国产艺术影片。其实《百鸟朝凤》这部电影的艺术价值还是非常深邃的，该影片中饱含珍贵的中国民俗文化，具有深刻的民族性。在好莱坞电影文化的冲击下，观众总是更加愿意为"视觉"买单，由此可以看到中国电影所受到的民族性冲击，反映到电影改编行为当中，就变成了不自觉的"被同化"。

消费时代下的消费者非常明显地受到西方文化意识形态的控制，好莱坞电影所代表的是美国霸权文化，其融合了显著的意识形态和美学特征，代表了美国的主流文化。美国通过好莱坞电影推行其文化霸权，以电影传播的方式渗透美国的文化和政治功效，可以说好莱坞电影是美国渗透其霸权文化的"先行军"。"好莱坞大片"被烙印上了"美国流行文化"的标志，从而在其全球放映中顺利被消费者接纳。西方文化中的很多"流行的"文化价值观对社会主义国家的文化价值观形成强烈的冲击。① 消费者为何会如此青睐好莱坞大片？首先在于好莱坞影片的制作技术，其所采用的高科技和高成本

_____

① 倪璇璇. 从"不可影像化"到奥斯卡大奖［D］. 上海：上海师范大学，2014.

的影片制作。此外影片的主题基本表达了美国主流的文化价值观和时代精神，在影片中实现电影的商品价值，并植入自身国家的文化价值观与国家形象，进而完成文化扩张，对中国电影的民族文化形成冲击。能清晰反映美国文化霸权的好莱坞电影，一方面实现了其国家价值观的传播，另一方面又为其国家收敛巨额利润，并利用其所收敛的巨额利润进一步推进文化霸权，企图通过洗脑的方式影响其他国家的文化认同。而纵观多数好莱坞大片，实质上均采用特效手段，以此掩盖其电影作品中单一的思想性。消费时代是一个大的熔炉，我们必须要深入剖析好莱坞电影所带来的围绕民族性所产生的冲击，从而让中国电影改编的创作人员认清现实，践行社会主义核心价值观，探求符合中国电影发展的道路，并创造、创新电影改编。

当前中国电影市场中有"异国情调""民俗奇观"等文化现象，例如改编自苏童的中篇小说《妻妾成群》的电影《大红灯笼高高挂》（1991年，张艺谋）。电影保留了原著的主题思想，原本是带着批判的色彩叙述了乔家大院里的恩恩怨怨、明争暗斗。然而在外国人看来这是一种"民俗奇观"，一个是乔家大院的美让人惊叹，"高墙耸立封闭的大片灰色建筑——乔家大院"是一种对旧社会的隐喻，在这里却成了一种"异国情调"。第二个是电影中虚构的点灯笼习俗成为一种奇观①，这种男尊女卑的体现令国外的观众惊奇不已。当一部成功的电影享誉世界后，很多国产电影纷纷利用这样的文化资

----

① 李艳. 张艺谋电影的文学改编之路探析［J］. 当代文坛，2015，（02）：116-119.

源，将其当作与国际电影市场可以交换的文化资本，希望通过这样
的电影将本民族的电影作品推上国际化舞台。而中国电影要打入国
际市场，还需要对西方观众的观影需求进行分析，并开始学习好莱
坞电影的制作。由此，很多好莱坞电影的制作模式开始影响中国电
影的制作。而西方文化价值观也通过这样的手段、渠道流入中国电
影市场，并对中国电影改编形成民族性的冲击。以好莱坞电影为例：
好莱坞影片在不同时代中以中美关系的亲疏构建不同的"中华形
象"，或悲天悯人、或鄙视、或仰望，无论以何种眼光看待中国，均
是对中国的"凝视"。在 20 世纪，好莱坞银幕上对中国出现过两种
极端的态度：第一是利用负面叙事"妖魔化"中国及其华人；第二
是采用正面叙事歌颂、高度推崇中国及其华人。① 无论好莱坞电影
采取何种叙事策略，在中美关系友好，中国国家综合实力水平的背
景之下影响到好莱坞影片对"中国"的表达。不管是对东方文明的
曲解、误读还是曲意迎合，都带着某种功利性质。例如 1933 年好莱
坞影片《阎将军的苦茶》这一电影，利用"唐人街"来臆想中国本
土，展现中国嘈杂的麻将馆、肮脏的妓院和中国官员的豪华府邸等，
借以反映旧社会的黑暗与惨淡。而在 1932 年的《上海快车》影片中
又展现出中国的鸦片馆、歌舞厅、赌馆等，这一切都成为外国人来
东方冒险、寻找香艳情色乐园的最好理由。由 1896 至 1973 年，好
莱坞的电影银幕中都将中国描述得脏、乱、落后、贫穷、愚昧。然
而也有对中国正面叙事的"礼赞"，这是美国利用好莱坞表示对华的

---

① 翁君怡. 全球化语境下的"中华形象"［D］. 福建：福建师范大学，2011.

"友好"与"善意"。但此时期的好莱坞电影主要以情色、猎奇、冒险、赌博、鸦片等为艺术化手段冲击中国的民族性。第一部正面肯定中国的好莱坞电影是格里菲斯根据《石灰屋区的夜晚》改编而成的《落花》，赞美东方的和平优雅。然而极少数礼赞中国的好莱坞影片并不能改变西方人的中心主义思想及其所设定的世界秩序。对于西方白人种族来讲，中国是西方文化的他者。① 在尼克松总统访华以后，中美关系开始缓解，好莱坞电影改编中的中国形象逐渐发生转变。20 世纪 90 年代国产功夫片走红好莱坞，功夫成了文化输出点，很多好莱坞电影作品中均开始模仿中国功夫，塑造了许多会拳脚功夫的中国人形象。但也就限于拳脚功夫的角色塑造，而没有角色性格方面的展现。中国许多经典小说到电影的改编受到好莱坞电影的影响，同时也为了满足消费者的审美需求，从而展现出更多的猎奇、情爱等现象。就连中国电影值得骄傲和为之自豪的武侠功夫片，也受到好莱坞电影的影响，加入了很多情爱、搞笑的画面情节，流向了一种庸俗化和媚俗化。

其次我们能够看到在改编作品中的"个人主义突出"问题。所谓个人主义，也就是突出自我，强调个人自由和个人权利的重要性。个人主义是美国文化的一个组成部分，美国人崇尚个人价值，推崇个人的自由发展空间。由于人们对自身的生存环境感到忧虑和恐惧，渴望拥有过人的能力保护自己，个人英雄主义由此诞生。② 这样的

---

① 薄玉迎．新世纪中国小说改编电影市场分析［D］．济南：山东大学，2016.
② 朱怡淼．选择与接受：新时期以来电影对中国现当代文学作品的改编［D］．南京：南京师范大学，2012.

"英雄"有着完美的个人理想和英雄品质，总能在人们遇到危险的时刻挺身而出，保护他人。事实上这样的完美形象只是虚构，仅仅是为了慰藉一个人心灵，在现实生活中并不存在。个人主义模式反映在好莱坞电影上就是一些"孤胆英雄"的形象：例如《蜘蛛侠》系列所打造的平民英雄彼得·帕克，此外还有《007》《非常人贩》《虎胆龙威》《杀手：代号47》《生死狙击》《超级战舰》等电影，均打造了一些有着个人理想追求的完美的英雄形象。美国作为一个资本主义制度的国家，企图在全世界推行其霸权政治和霸权文化，好莱坞电影成为其大众文化的象征，透过电影向大众消费者传达美国的生活和价值观念。电影作为大众化传播手段，美国电影凭借"好莱坞"的名气在世界范围内传播其大众文化，使得世界各国的消费者深受其价值观的影响。受西方个人价值观、个人英雄主义的影响，当下中国的诸多小说中都能够看到许多的个人主义的形象。这些小说质量低劣，但却以曲折的情节如奇观、劈腿、情色、暴力、叛逆、拜金等吸引众多读者。消费时代下的大众消费者多数为底层、普通的大众人民，他们的文化水平和知识素养有限，而部分小说中的个人价值观和个人英雄主义等思想在不知不觉中会感染大众消费者。从小说到电影改编作品带有个人英雄主义情结的影片有《霍元甲》《陈真》《叶问》《狼牙》《让子弹飞》等。多数体现个人英雄主义的国产改编电影往往有着极高的票房，例如《让子弹飞》（2010年）的票房是6.61亿元，好莱坞影片中的个人主义已经深深地影响了中国的文学和电影艺术，已经对中国本土文化的民族性形成冲击。在现实生活中，个人主义在极度膨胀之后会显示出"狼性"

的人性，影响集体力量的发挥，导致人际关系的冷漠。在电影制作中，个人主义会导致个人为追求自我利益而枉顾国家和民族的利益，进而形成扭曲的社会道德观。国产电影在一定程度上受到好莱坞电影的影响，少数电影中的主角表现出个人英雄形象，例如《霍元甲》《陈真》《叶问》等传记小说类改编电影。这种冲击受到国产电影改编活动的重视，电影制作中适当利用个人英雄主义塑造角色，丰富电影创作，提升国产改编电影的票房和电影的艺术性，这本无可厚非，然而有的国产改编电影却是过多地关注个人的一面，忽视了人类整体的真、善、美等普遍人性。由此使得中国电影改编得不到世界认同，其成就也就不如那些好莱坞大片。虽然绝大多数的中国导演都认真学习了电影专业知识，然而其所制作的电影并不如大片那般令人拍掌叫好，这并不因为导演的专业知识不够，而是电影艺术制作立场的问题。

另外，在电影中透过西方文化价值的蛊惑，大众逐步将金钱、物质理解为"成功"。电影中美国人都在为追求自己的"美国梦"而努力，他们心中的成功就是要比别人拥有更多的金钱、物质、地位、权势。① 这可以从《阿甘正传》《当幸福来敲门》等好莱坞电影作品中找到成功的影子。所谓的"美国梦"就是要成功，要比他人拥有更多的金钱，诱使他人形成"成功等同金钱"的病态思想观念。人们为了获取金钱，做事失去原则，由此会出现部分急功近利者和拜金主义者，这些和社会主义国家的精神文明建设、主流道德相背

---

① 卢淑娟. "中国梦"与"美国梦"的比较研究 [D]. 烟台：鲁东大学，2015.

离。特别是当前中国很多青春小说所塑造的主人公，均是拥有权势、金钱、物质的个人。而由青春小说改编而来的国产电影作品，必然出现了一些过度追求拜金、物质享受、权势等以求成功的画面，误导了一部分盲从的青少年，对他们的身心产生不良的影响。例如在郭敬明的小说《小时代》中描述了一个非常奢侈的世界：顾里非常崇拜 LOGO（标志），在日常玩乐中追求 STARBUCKS（星巴克）、CARTIER（卡地亚）、LV（LOUIS VUITTON，路易威登）和 PRADA（普拉达）等高档消费，企图以这些高档的名牌来展示自身身份地位，找到自己生存的意义，为自己的社会群体和地位进行划分。原著小说中的有很多展示名牌的描述：

"星巴克里无数东方的面孔匆忙地拿起外带的咖啡袋子推开玻璃门扬长而去。

外滩一号到外滩十八号一字排开的名牌店里，服务员面若冰霜，店里偶尔一两个戴着巨大蛤蟆墨镜的女人用手指小心地拎起一件衣架上的衣服……外滩的奢侈品店里，店员永远比客人要多。他们信奉的理念就是，一定要让五个人同时伺候一个人。

而一条马路之隔的外滩对面的江边大道上，无数从外地慕名而来的游客正拿着相机，彼此抢占着绝佳的拍照地点，他们穿着各种大型连锁低价服装店里千篇一律的衣服，用各种口音大声吼着"看这里！看这里"。他们和马路对面锋利的奢侈品世界，仅仅相隔二十米的距离。

......

顾里完全不介意，伸手抢回手机，轻轻地抚摸了两下，表达了对新手机的喜爱，然后毫无眷恋地丢进了她的 LV 包包里——我们都知道，过一两个月，她包包里又会出现一个新的手机。"①

而在电影文本中，导演直接将小说文本的品牌名称等小说语言去掉，以一种奢华现实的画面呈现出来，让电影的画面更具冲击力。小说语言文本中所描绘的上海繁华，在电影中则通过绚烂的上海夜景和一些人物、街景的奢侈画面进行展示。原著文本中所描绘的奢华在电影语言文本中就成了明确的顾里豪华的家、各种奢侈品和宫洺豪宅的玻璃阳光房、游泳池等，就是一个充满梦幻的时尚画面。关于"奢侈"，《小时代》的不同语言文本的转换是非常直接的，将无声的、抽象的文本语言，转换为现实的、形象的真实图像，将小说中所虚构的人物由电影中真实的人物表演出来，从而将小说文学给"具象化"了。小说文本变成了实打实的充满诱惑力的画面，让观众在图像中获得一种视觉震撼，让他们得到心理和精神上的满足。《小时代》中的奢侈画面对于当代青少年的影响极大，有可能引导青少年形成一种崇尚物质生活的习惯，甚至因此走上歧途。此外如《致青春》中的堕胎、《万物生长》中的多个性暗示等，这些电影改编是电影人基于消费时代的背景而一味迎合观众的行为。这种做法

---

① 郭敬明. 小时代一：折纸时代［M］. 武汉：长江文艺出版社，2013：3.

原本没有错，但是想要创作出优质的电影，必须要树立正确的价值取向，要统一改编电影的真、善、美，以满足观众的精神生活需求。同时，改编电影还应该发挥其教育和引导作用，促进改编电影的商业性和艺术性的完美结合，这对影响青年一代的青春电影尤其重要。

二、祛除"崇高"：世俗化的影响

在古罗马时期，就有美学家对"崇高"进行了不同的阐述，这些不同阐述的共同点是都认为崇高是对物质世界或感性世界的超越。在消费时代引入"崇高"的概念，对一个国家或民族的社会生活都会起到极大的作用。它鼓舞人们建功立业，促进个人和社会的进步，避免物欲、情欲等不正之风侵蚀人的内心。消费时代的商业消费气息浓厚，电影艺术受到庸常俗世的漠视与排斥，拒绝崇高已经成为消费时代的必然发展趋势。从小说到电影的改编顺应了现实语境，背离崇高，出现了与光辉历史书写相对的叛逆。

消费时代下的商业电影都是为了获得高额的票房利润，以此作为判断电影作品是否成功的标准，使得当下的很多电影作品以牺牲艺术性来追求商业上的成功。从小说到电影的改编历程中，有少数经典改编影片虽然获得较高的艺术成就，然而曲高和寡，往往得不到市场认同，票房收入微薄。由此，有一部分导演为了顺应消费潮流，在经典改编中出现矫枉过正的情况，使得影片缺乏思想性和文学性，只在电影刚出炉的短时间内获得较高的票房，缺乏电影的艺术价值。许多国产改编电影的主题非常荒诞离奇，远离崇高，例如

1997 年由同名小说改编而来的《埋伏》，原著中对官场腐败与权力角逐的风气进行了无情的批判，在改编电影中，却被荒诞事件和人生悖论所代替。影片中的罪犯有极强的反侦查意识，曾数次潜逃，但终于被捕。影片中的民警叶民主与田科长最是吊儿郎当，居然在一个最无关紧要的埋伏点中埋伏多天后阴差阳错地抓获罪犯，成为破案英雄。而业务熟练、心思缜密的刑警杨高却因为遗漏失误而错失良机。像这样的电影改编情节在国产影片中经常能够看到，故事情节荒诞离奇，与崇高形成了极大的背离，极具讽刺意味。类似的具有反崇高的影片很多，例如 2008 年由同名小说改编而来的《我叫刘跃进》、2000 年由小说《生存》改编而来的《鬼子来了》、1995由苏童小说《米》改编而来的《大鸿米店》、2002 年由北村的中篇小说《周渔的喊叫》改编而来的《周渔的火车》等，这些改编电影中的一些情节中均有在知识、历史等某种光环笼罩下的庸俗、虚伪、荒诞、离奇。

将原本崇高的东西世俗化，以一种滑稽或者是戏谑的态度展现出来。消费时代下的电影改编出现了很多情节或语言的"拼凑"，传统文化中的"文以载道""兴观群怨"受到排斥。电影改编中象征、隐喻的表现手法受到颠覆，出现了普遍的现实生活的平面化复制现象。① 消费时代下的文学呈现出还原现实世界"生活流"的表达方式，很多描述底层世界的小说逼真地复制现实生活，颠覆权威，以

---

① 周建华. 西方文学电影改编理论的发展流变［J］. 巢湖学院学报，2015，17（02）：57-62.

平面化的创作导致人们忽略对生活的反思，其中情欲是较为突出的一个方面，消解了人们对精神生活的追求与信念。例如在《周渔的火车》中，诗人陈清向往对周渔的爱情，并收获了她的心，而周渔却被俗世驾驭。陈清的清贫使得张强对周渔有机可乘，张强身体强健，拥有极好的性能力，能够很好地满足周渔的欲望和情感。然而他不能给周渔爱情，使得周渔奔波在理想爱情和放纵性欲之间。原著的主题是通过人性探讨迷失的爱情，而影片中则成了女人在现实生活中对精神渴望与欲望放纵的一种焦虑，以情欲的现实写照弱化了原著主题的深刻哲理。该电影恰如其分地将电影艺术与电影的观赏性进行了有机结合，将消费时代下的都市情感中的思想性和文化蕴涵以一种"猎奇"的方式展现了出来。又如在中国的乡土文学电影改编中，很多电影以精英主义的立场而没有深入探究农村及农民的问题就开始创作，往往使得影片创作脱离乡村实际，电影作品缺乏思想深度，无法深入地打动观众。针对很多原著的电影改编，导演无心、也无力去展示小说原著的思想内涵，而是一心去挖掘消费者所关注的情欲，以此转移观众的注意力，而使得观众无心思考电影作品的深刻内涵。[①]

阎连科的乡土文学作品《丁庄梦》主要表达了艾滋病带来的人性悲哀。由顾长卫执导的《最爱》（2011 年）电影，故事情节的主干成了在艾滋病为背景下赵得意和商琴琴的爱情故事。该改编电影

[①] 艾芸芸. 艺术精神的互融共生——新时期乡土文学的电影改编研究［D］. 武汉: 华中师范大学, 2016.

作品首先变更了故事主干，原著中末端才出现的爱情故事，在影片中却从一开始就成了电影故事的主干叙事。电影以商琴琴的身体吸引观众眼球，根据故事情节的发展引导观众对农村艾滋病现象产生思考。当前的很多商业电影改编均采取这样的方式，以爱情、身体、欲望等转移人们对现实问题的关注，从而消解了电影作品的现实意义。在消费时代，电影商品必然要追求利润，然而也不能忽视其社会责任和义务。电影作品在追求利润的同时，也需要履行社会义务。利用情欲、身体来吸引观众眼球的同时，要采取一定的方式告知观众社会现实问题，通过电影引发观众思考社会现实问题，提高电影的内涵、深度。

2004 年由同名小说改编而成《天下无贼》（导演冯小刚，原著作者赵本夫），原著小说所要叙述的是一个意识形态化的故事，将傻根心中坚固的"天下无贼"的执拗作为故事的隐喻，以此表达"天下本太平"和"保护天下太平"的意思。原著中的故事蕴含丰富的哲学道理和社会理想，通过故事鼓励人们趋善求治，并对当下社会管制问题进行了批判和讽刺。原著中傻根坚信"天下无贼"，由此带着六万块钱坐火车回老家，而不是将钱邮寄回老家。此时傻根已经被多个贼盯上，包括王丽、王薄、扒手瘸子等人，然而王丽和王薄善良，看到傻根的不易，决定一路竭尽全力保护傻根的六万元，最终却因此失去生命。作为一个贼要去保护傻根的六万元，这样的小偷是一个英雄。原著都是在反讽相关职能部门职责的崇高性。原著中的一个片段如下：

"先前王丽制止傻根让座，并把那个瘸腿老人赶走，是王丽看出瘸子是个扒手。他骂骂咧咧是装样子的。这种小伎俩骗得了傻根，却骗不了王丽。王丽把他赶走，是不想让他在这个车厢里作案，准确地说是不想让傻根发现真有贼，她宁愿让那个傻小子相信天下无贼。

其实王薄早已看出这个刀疤脸是个角色，只是一时还不能确定是什么角色，小偷还是劫匪？但有一点可以肯定，他的注意力同样在傻小子的帆布包上，他不会允许任何人碰它。王薄在心里说，你也别碰，大家都别碰。

他决定成全王丽。

这是一个美丽的梦。"①

电影改编则偷换了原著的概念，仅崭露出"保护天下太平"的意思，描述了一个盗贼满世界流窜的社会现实，为观众带来眼花缭乱的各种惊险刺激的"贼文化"。原著中净化"无贼"的理念成了电影教导大家"防贼"，而原著中有着英雄主义气概的男贼王薄则成了一个戳破美好，不去守护王丽"保护傻根"的这个梦，而是去偷傻根的钱的贼。电影中的王薄说道：

"我们为什么要掩盖社会真相，不让傻根看到生活的严酷？告诉人们无贼是不对的，我们为什么要让人们一直善

---

① 赵本夫. 天下无贼［M］北京：作家出版社，2009：56.

良下去？人们应该自己看到生活中真实的残酷，而不是被粉饰的美好，到头来傻根终究要知道，被贼保护的太平不过是一场骗局，那将是更加残酷的现实。"

另外，原著中的"傻根"的名字有着极深刻的隐喻功能，暗指人们生活当中为了利益而犯下的大大小小的"傻"，这种"傻"也有一种"根性"，它便是人类丑陋的贪欲。而电影中的"傻根"仅是一个没有受到文化侵蚀的人之初的姓名，包括由王宝强来饰演的"傻根"，其造型本身就有一种滑稽之感。观众很难想到这个名字所蕴含的深意而去自省，电影中的这个"傻根"偏向于包含十足的嘲讽之意。

第二节　从小说到电影改编中民族性的持守

一、中国传统文化范式与意象思维的持守

对于影视艺术，其基本的、直观的表现规律有两个，分别是影像和意象追求，电影的神理与神韵都有对在场的魅力和不在场的韵味的追求。对于中国的电影创作，应该秉持艺术创造的境界的立场，对于电影创作应体现出民族意义，应该要认识到生命的意义、人性的善恶美。[①] 优秀的国产改编电影有着美妙的画面和丰富的颜色元

---

① 朱全国. 民族性：中国电影艺术赖以发展的精神内核——评《民族电影理论体系导论》[J]. 湖北民族学院学报（哲学社会科学版），2007，（01）：158－160.

素，这些都是为了表达电影的意蕴。电影需要通过丰富的图像来表意和叙事，而非是仅仅丰富视觉图像缺乏电影表意和叙事。后者是一种快餐式的文化艺术，其艺术生命是短暂的。

国产电影改编保留了中国传统文化范式与意象思维。所谓的"范式"就是指具有代表性的经典或典范。儒家学派创始人孔子提倡"仁"，其仁学可以说是中国传统文化的范式。[1] 儒家思想传统的知识分子尊崇"养性、躬身、修身、齐家、治国、平天下"的信条，讲究内外兼修，这是中华民族的行为范式。在中国传统文化范式中，"孝"首当其冲，是范式的核心，由此形成了中华民族"伦理型"的文化范式。中国东方文化伦理观和西方文化伦理观有极大的不同，直到现在，中国文化的伦理观仍然以家族为本位，注重职责与义务；而西方文化中的伦理观是要突出个人主义，以个人为本位，注重自由与权利。[2] 中西文化伦理观的差异使得中国的改编电影和西方国家的改编电影在情感表达方式、伦理精神展示方面都存在极大的差异。西方国家的电影改编中突出了极端的个人本位主义，这可以从进口好莱坞影片所塑造的英雄人物中看出来。

好莱坞电影中就总有一些孤胆英雄的形象，例如《钢铁侠》系列所打造的个人英雄托尼·史塔克。他在一次绑架中被炮弹碎片击中心脏从而受制于恐怖分子，而此时的另一个人质英森博士用汽车电磁铁吸住了托尼心脏处的弹片，保住了他的性命。恐怖分子利用

---

① 冯天瑜，等. 中国文化史［M］. 上海：上海人民出版社，1990：232.

② 张岱年，程宜山. 中国文化与文化争论［M］. 北京：中国人民大学出版社，1990：66.

托尼和英森博士研制威力巨大的武器，而托尼借机制造出了具备极强战斗能力的钢铁盔甲，这个盔甲的驱动和托尼生命的维系都由聚变能源完成，托尼由此产生了拯救世界成为钢铁侠的想法。许多好莱坞影片中的英雄形象基本为孤胆英雄，其行动是自由而不受限制的，是一种极端的个人主义。"英雄是人类心理史上的一种独特的情结，是人类心理的一种需求。"① 根据《人物志》对于英雄的阐述，所谓"英"是聪明秀出者，所谓"雄"是胆力过人者，而英雄则指的是有杰出的才能、胆魄、见识出类拔萃的人，这样的人往往能够引领群众，是心智与力量的完美结合体。此外，《人物志》对于英雄的阐述还补充了应是适应时代的伟人，为人民利益而奋斗、牺牲的人。在儒家文化的熏陶下，中国的英雄很大程度上是指民族英雄，往往和战争联系起来，例如岳飞、文天祥、张自忠、黄继光等。文化中的英雄往往是指力量强大的人，有着令人欣赏的英雄气概。对于中国的英雄，在一个时代中往往代表的是某个群体或某个阶层的人，体现的是一种英雄精神、英雄思想。中国历史上的岳飞、林则徐这一类的英雄，对后人有着深刻的教育意义。他们教导我们如何做人，这类英雄是有血有肉的鲜活生动的人物。电影市场面对的是众多的大众消费者，其思想自由而不受约束，在网络信息时代呈现出多元化的审美需求。改编电影作品中塑造的英雄形象有着鲜明的个性，国产改编电影当中的英雄人物除了历史上的伟人、传记小说中的人物外，还包括了普通教师、医生、公务员、乡村邮递员等。

---

① 刘涛. 新世纪以来的国产英模电影研究［D］. 长沙：湖南大学，2012：13.

总之，一些英雄人物是越来越接地气，例如一些杰出的基层人物。《党员吴显才》（2008 年），讲述了党员吴显才多年赡养 45 位孤寡老人的真实故事。而《王忠诚》（2003 年）作品讲述的是神经外科专家、党员王忠诚救死扶伤搞科研的故事。还有《一个都不能少》（1999 年）、《法官妈妈》（2002 年）、《女检察官》（2007 年）、《我的教师生涯》（2007 年）、《最后的讲座》（2010 年）等。在物欲横流的消费时代人们需要英雄，通过电影中英雄人物的塑造来引领和启发大众消费者空虚的思想和迷茫的信仰。

东西方的传统思维方式存在极大的差异，西方思维特征突出逻辑中心主义，通过语言分析来表现思维过程；而中国的思维特征则是透过书写语言来会意，有内省和体悟的直觉思维，也有理性分析思维。中国的汉字以形象为基本特点，由此演化出来形象思维特点。例如"忍"字是心字头上一把刀，由"刀"字和"心"字组成；"冰"是固体，由"水"演变而来，只是比三点水少一点。由此说汉字是"会意"，是可描绘的。在爱森斯坦看来，汉字组合现象是一种蒙太奇，而电影的叙事手法也可以借鉴汉字形象化表意的思维方式，用影像思维的蒙太奇手法来表示。中国汉字表现出原始的具象和形象思维，而中国语言有一种独特的艺术性，当主体情感介入以后，其文字貌似会缺失逻辑，实则表现出一种意象思维。意象思维在中国古典诗歌中表现最为明显，例如"孤村落日残霞，轻烟老树寒鸦，一点飞鸿影下。"诗歌的前面两句勾勒出"孤村""落日""残霞""轻烟""老树""寒鸦"这六个图景，均描绘出秋景的萧瑟。然而在最后一句的"一点飞鸿影下"，立即激活了萧瑟的气氛。

电影艺术亦采取了这样的意象思维进行叙述，例如李安执导的《卧虎藏龙》中就有东方诗情画意的情节，画风如朴素、清雅的水墨画一般，在古朴素雅的江南小镇上，平静的水面如同水墨画布，男主角李慕白长衫步履就出现在这温和恬静的画面中，预示一片安宁祥和。影片中还有一个画面是李慕白立于正方形的窗户前，借助传统园林艺术中的方状窗孔隐射出道家天圆地方的思想和侠义自荐的精神。在影片中的高潮部分，李慕白与玉娇龙的竹林之战隐喻"天人合一"。中国传统文化博大精深，反映在改编电影的制作中，就是借助某些事物营造画面意境，隐射传统文化精神。

二、"文以载道"思想的持守

采用中国式思维进行电影叙事总会"文以载道"，在电影实践中探究电影的功用性理论。在电影制作实践中，电影人总会研究电影和时代、社会、人民、政治等关系，"文以载道"的思想使得电影艺术创作一直在时代主题、思想、情感等所要表现内容的程度以内，而不能超越。消费时代的中国电影改编，总是从小说文学中看到其思想、精神层面的内容，尽量保持忠实原著。中国小说到电影的改编也受到传统美学的熏陶，改编电影中有着浓厚的艺术趣味创作。中国文学有间接和含蓄的特点，小说文学的创作更是为读者带来更多发挥想象的空间。而小说到电影的改编中，电影艺术的表达同样有这样的含蓄、蕴藉深厚和追求意境的特点，如同朱光潜先生所说：

"陶渊明浑身都是'静默'，所以他伟大。"① 这对由小说到电影改编中的制作艺术有着深刻的现实意义。由小说到电影的改编作品中，也借鉴了传统文学的韵味，使得电影艺术能够展示充分的魅力，在消费者的观影消费中通过画面提高受众的审美积极性。改编电影通过文学语言来强化自身的艺术感染力和意蕴，在消费时代，虽然多数消费受众喜欢惊险曲折离奇的故事情节和刺激的画面，但是随着大众文化水平的提高和对生活的深入探究，消费者终究会更喜欢有思想、有生命、有深度意义的电影。而电影的民族性则最能体现电影的思想和生命。部分国产改编电影中构建着浓厚的民族性，例如《金陵十三钗》，其原著小说的主旨表达了大部分的中国军人当逃兵，被日军枪毙，突出一段屈辱的历史和中国军人窝囊的死法，这是对这种行为的不耻进行的鞭笞。然而那位在教堂避难的李教官则是两手掐住日本中尉的脖子做最后一搏，表达了低沉的、无声的怒吼和反抗。在改编电影中，中国军人则表现出宁死不屈的英勇抗战气概，十多位中国士兵为了保护女学生的生命安全在教堂前浴血奋战，有九位战士壮烈牺牲，只有李教官和浦生还活着。这样的改编保留了中国军人的英雄形象，加重民族氛围，以人民英雄舍身救人的情节来吸引观众，提升影片的商业价值。影片中利用了封建传统中的封闭性塑造出的封闭、压抑，并通过带有民族色彩的皮影戏、青纱帐、染坊、旧上海歌厅这些色彩，默默倾诉着旧时代中国女性所遭受的压抑，这是特定时期的中国文化特色。

---

① 刘思. 叙事学视域下的中国电影意境研究［D］. 上海：上海戏剧学院，2015.

　　由小说《陆犯焉识》改编而来的《归来》（2014 年），是一部极简主义风格和含有悲剧意味的艺术电影作品，在传统浪漫悲剧的固定模式中含蓄和简约地叙述一个知识分子的一段创伤性的历史故事，当背景音乐响起，影片中以苦煽情的镜头让人难忘。原著和电影中的冯婉喻形象是相同的，作为一个女性，冯婉喻的心理归宿就没有离开过陆焉识和爱情，通过电影让人们反思爱情，揭示人性①。严歌苓的《陆犯焉识》中，其书本的封面写道"当政治与人生相遇，孰是孰非？"是提示所写小说的重点。原著的主旨一方面写政治对人在肉体、精神方面的戕害，一方面写政治扭曲了人性，突出了政治影响了人的信仰。原著中陆焉识有两段露水情缘，分别是和意大利姑娘旺达、重庆女子韩念痕，而陆焉识的父亲亡故后，继母为了掌控陆家财产，为陆焉识赐婚，将自己的侄女嫁给陆焉识，由此有了冯陆二人旷世奇缘。这段感情如同恩娘和陆焉识的畸形之恋，而日常琐碎也无不体现出二人正常的感情。陆焉识原本追求自由，要逃离包办的婚姻，然而在国外，他又选择回国，在"文革"期间被囚禁，刑满释放回到上海时，发现自己已经无法融入这个时代的圈子，由此又再次回到大西北这个曾经的囚禁之地。此刻的他领悟到和妻子的情爱，一生都在错过，从包办婚姻到逃离婚姻到国外，后来归国逃到学校办公室，不能回家，再后来入狱出狱和妻子团聚，此时的妻子冯婉喻却失忆不再记得他，他连对妻子说对不起的机会都没有。而纯情的妻子冯婉喻也是一生守着空缺的情爱，和自己的

① 刘仁辽.论严歌苓对小说影视改编的策略［D］.兰州：兰州大学，2016.

丈夫在想象中度过。二人的情爱价值贬值，以至于虚无。在电影中，完全缺失了人生和政治主题、情爱与自由的纠扯，将所有的一切化简成妻子冯婉喻为了爱情而等待与坚守，主要述冯陆二人的旷世之恋、"文革爱情"，以曲折离奇的故事情节吸引观众。电影冯婉喻失忆，让整个故事都以误解发生着，使得陆焉识一辈子都不能对妻子说"爱"。小说中当陆焉识出狱后多次回家见冯婉瑜，而冯婉瑜却说道："出去！出去！焉识他还活着。"儿子、女儿受政治压迫的气息使得他们对陆焉识非常的绝情，当陆焉识出狱回家时，儿子害怕父亲是逃出来的，他本是一个很有才华的人，由于恐惧政治，不得不装傻，害怕警察又会把父亲抓走，导致家里遭殃。电影中女儿丹丹则烧剪了所有陆焉识的照片，在楼道和父亲巧遇时，丹丹恶狠狠地低吼"我不认识你，没有人想见你！"电影还安排了街道办李主任问冯婉喻的一个情节，李主任问道："你是不是相信组织？"失忆后的冯婉喻回答："相信。"① 通过电影改编在告诉观众一个道理——"政治与人生相遇，孰是孰非！"以小我窥视大的历史，而冯陆二人的爱情撞上政治，也就出现了尘满面鬓如霜，却是对面不相识的结果。这可能会令很多外国观众难以理解，然而这样的历史叙述也会加深这段历史的记忆。中国小说到电影改编的作品中，总会"文以载道"，通过电影说明或叙述某种思想、道理，从而构建民族特色。

---

① 刘仁辽. 论严歌苓对小说影视改编的策略［D］. 兰州：兰州大学，2016.

第三节　从小说到电影改编中民族性的发展

从小说到电影改编作品当中有力地保持了"文以载道"的民族精神，同时在电影作品当中，由不同方面的"民族性"的恪守形成了不同种类的电影分类。粗略总览围绕小说文本进行的电影改编过程当中涉及"民族根性"表达的作品，可以分为如下几类。

首先，围绕传统的"民族气节"，早在各类传统武侠小说当中已经有所体现。中华武侠精神源远流长，"武侠"二字的主导者是"侠"，在古代文字学家的考据下，"夹"字如人肋穿上衣甲之形，又因为"夹"与"甲"音、义相近、相通，由此得出带甲之士就是"侠"。武侠小说的精神内涵非常集中，主要围绕侠客的"行侠仗义、劫富济贫"，讽刺封建制度的肮脏腐朽，同时也非常直接专一地颂扬"侠士"精神。中国古代的侠客一般都出身于底层平民身份，《史记·游侠列传》就记录过侠者的身份，称为"布衣之侠""匹夫之侠"。而古代的"士"，一般是指那些倚仗皇亲国戚的人，有一定的封地和社会地位，然而对于"侠"而言，他们只有名声，以修行砥名。在先秦时期就有招士养侠的风气，随着封建体制的完善和健全，侠者活动受到限制，其社会地位也逐渐衰落，当侠者的活动威胁封建集权，那么封建统治者还会束缚豪侠。由此侠士远离封建政治舞台，当侠士在真实世界的日渐衰落却促成了其在虚构世界中审美形象的塑造，对于封建统治集团专制行为的不公，引起了许多文人墨客在文学中抒发武侠义士的精神，以追求公正、完美的社会，求得精神慰藉。① 现代文学作品当中被改编的作品不胜枚举，比较知名的有《神雕侠侣》《倚天屠龙记》《七剑下天山》等，其中《七剑下天山》被香港导演徐克改编为电影《七剑》上映。从武侠小说及武侠电影当中，其所表现出的是一个民族的精神节气、价值取舍、思维方式以及道德伦常，目的是为了体现出一个民族的文化身份与文化特质。这个时候的作品立意精准集中，围绕各种民间传说与历史精华当中出现的英雄侠士进行多方位的颂扬，他们多孑身一人，行走于江湖名不见而经传。两手本不沾儿女情长，但涉及老百姓安危与本族（或帮派）的利益之时，他们往往可以奉献自我、牺牲自我。不过，由于消费思潮的"大举进攻"，颂扬英雄主义与侠义精神的武侠小说，在其改变为电影的道路当中，也出现过各种"剑走偏锋"的尝试。比如金庸先生的经典武侠小说《笑傲江湖》改编而成的电影《笑傲江湖之东方不败》，则完全脱离的小说原本的故事框架。不论是在人物设置上（英雄放下身段拥有儿女私情），还是在镜头表达上（令狐冲与东方不败二人在林间打斗飞行，充满古典浪漫气息），都与原文没有什么直接的关系和再现了。这也是目前围绕文学作品改编当中不容忽视的一点，那就是"欲望"是不是真的能够盖住"精神"的锋芒，成为当下大众在审美当中的一种"随波逐流"。

第二种为"古装电影"，一般被称为"古装片"。之所以称之为

---

① 尹晓丽.儒家文化传统与中国电影民族品性的构成［D］.上海：复旦大学，2007.

"古装片"，实则是为了与现代时装片进行造型上的区分。其故事不一定非要以古代的某些故事为蓝本抑或电影发生的时间段落一定要为古代。古装片在消费时代的影响之下可以衍生出我们熟悉的"穿越题材"抑或"戏说题材"，这些不同样态的电影表达在主旨上也是类似的，基本上只是借用了"古装"作为一种造型外壳，其故事本质依旧是现代化的。

美国好莱坞是通过对中国功夫的认识而逐渐改变了其对中国人是"东亚病夫"的看法。将武术功夫与民族主义情绪表达联系在一起成了中国电影走出国门的一条重要渠道。自美国人心中的功夫偶像——李小龙以真功夫拍摄电影以后，中国功夫就令美国人向往，并为之好奇，而《卧虎藏龙》改编电影则凭借其完美融会中西文化艺术而跻身好莱坞奖台。武侠电影对武侠原著小说的改编，有延承的地方，也有新创作的部分，而新创作的部分的灵感或许来源于原著小说。消费时代中国不由自主地进入了国际化大环境中，武侠电影改编的主题发生了一定的变化。武侠电影作品中继承和发扬了武侠小说中的忠孝、诚信、惩恶扬善、宣扬正义的传统文学精神。大侠为国为民，小侠则锄强扶弱，武侠小说立足中国传统文化，描述了一个道义江湖。① 这个江湖一直都有"教化"功能，当改编成武侠电影后，更是为浮躁冷漠的社会注入一股正能量。2015 年，台湾导演侯孝贤执导了由裴铏小说集《传奇：聂隐娘》改编成的《刺客聂隐娘》（古装），该电影可谓是一部艺术片，武打动作简洁，尽显

_____

① 刘思. 叙事学视域下的中国电影意境研究［D］. 上海：上海戏剧学院，2015.

儒家"仁爱"思想。影片中的打斗场面尽力避免使用刀光剑影，影片画面构图稳定而饱满，例如田季安与田元氏坐榻聊天，前有小儿走来走去的嬉戏，也有湖光山色、人物的长镜头，画风显示了东方特有的山水画风格，传达"天人合一"的思想。影片中的"反骨"①，利用空长镜头将日常生活的各种场景都展示出来，以突出电影故事中戏剧化冲突的情节，从对日常生活场景的展示体现了东方民族的那份恬然、静谧、安宁的气质禀赋。《刺客聂隐娘》影片以抒情的叙事手法尽量淡化人与人之间的矛盾冲突，例如聂隐娘与田季安之间矛盾、后来和空空儿、精精儿师徒交手以及与师父的决裂，每一次矛盾冲突原本是带着血腥与暴力的，然而都采取三招两式定胜负，通过突出人深处的情感，淡化矛盾，彰显中庸之道。聂隐娘孝顺师傅，遵从师傅之命，将田季安杀死，然而又对田季安怀有旧情，还无法做到杀死他，由此违抗师命，以情感来主导影片剧情的发展。影片以含蓄的表达方式将人物的情感大量留白，少有人物喜怒哀乐的展示，代之以行动、背景音乐、画面预示人物丰富的内心。在聂隐娘和师傅断绝关系时，聂隐娘首先是跪着叩谢了师傅的教育之恩，然后下山而去，却在山道中和师傅打起来了，但动作也就三招两式，最后师傅肃立，聂隐娘离去。以影片的情感与意境的留白传达一种中庸的精神。②

　　第三种为魔幻神话电影，又被称为"神怪片"。自 2000 年以来

---

① 所谓"反骨"，并非骨相学上的贬抑之意，亦非其生理的表征，而是指那些有时不按常理出牌或有意反其道而行之的智慧。

② 刘思. 叙事学视域下的中国电影意境研究［D］. 上海：上海戏剧学院，2015.

国产魔幻神话电影非常受欢迎，不管是原创还是改编，都以其新鲜灵动的角色元素、天马行空的想象力吸引了众多的观众。特别是本文中提到过的"大话"系列电影，围绕《西游记》的经典文本，各大影视公司都做出了不同的涉水和尝试。魔幻神话电影基本已经将小说的精神内涵藏匿起来，凭借大量的特效手段和艺术表达吸引观众的眼球。意识形态话语的变化与文化权利的更迭，在很大程度上影响了文学经典的权威的建构。20世纪90年代以来，学界对文学经典"消解"的担忧在影视改编当中也有所体现。不难看出，所谓的"视觉爆炸"时代早已来临，围绕着文学文本与电影作品之间那道"看不见"的鸿沟也悄然出现。当物质诱惑逐步增多，原本质朴的消费理念必将受到冲击，这也是从小说到电影改编中无法避免的一种过渡样态。

最后是功夫片，特别是功夫喜剧，这一类别针对性和所指性更强。武术作为东方的产物，一直以来在文学和影视作品中占有牢固的一席之地。中国武术中的打斗传达的是一种武术精神，而武侠电影则是侠士之武，武侠小说中所传达的武侠文化精神表现在武侠电影的暴力打斗中，就成了一种暴力美学。[①] 功夫和喜剧往往是结合一体的，消费时代下的观众更需要的是一种通俗性与大众性相结合的艺术，在观影过程中要从欣赏活动中获得娱乐效果。由此，很多由小说改编而来的功夫电影开始在"娱乐"上作文章，使得功夫电影的改编出现了喜剧风格。可以说这类影片基本消解了"武侠"的

---

① 石克煦. 试析当代电影中的"暴力美学"［D］. 武汉：华中师范大学, 2008.

英气，转向以媚俗的笑料取悦大众。例如《叶问 2：宗师传奇》，虽然同名小说为其影视同期书（例如书籍和电影同时面世），但其基本消解了传统的角色形象，叶问逐步"走下神坛"为柴米油盐而烦恼。我们应该看到，改编电影在其对艺术性的守持和对商业性的不断追求中，其最终还是要追求利益的最大化，它始终是以后者为主要"奋斗目标"的。

"民族性"是一个宏阔的议题，武侠小说或者武侠电影只是其中小小的一部分。随着科技的不断发展、人工智能越来越纯熟，理应围绕着时代的进步和科技的革新来讲故事、拍电影。但是中华传统与民族操守依旧保持着简单朴素的状态，由远及近，由旧换新，在消费时代的汪洋中保持理智的航线。但我们也能看到，消费语境的改变深刻地影响了文艺生产，在追求物欲与视觉化的当下，要发掘一部能够完全秉持古老民族深厚根性，弘扬民族气节与历史道德的作品还是比较困难。例如前文提到的《白鹿原》从小说到电影的转化中，将原著里纵横捭阖、意蕴悠久的历史感和民族表达统统隐去，转向追求表面与肤浅，把"民族秘史"变成了"民族艳史"。特别是围绕"田小娥"这个角色的设置，已经完全凌驾于白嘉轩、鹿子霖等主要角色之上，私人化的叙事代替了公共空间的展示，窥探式的拍摄角度与猎奇的"性"的展示，使得"女性"的个人话语过于强烈和畸形，私密指征十分明显。于是电影故事从小说的严肃深沉当中抽离出来，又回到了"红颜祸水"的通俗叙事当中。电影当中也看不到原上的父老乡亲勤恳踏实、敦厚质朴的民族性表达，陈忠实先生赋予小说的庄严神圣消解殆尽，只有电影当中浮夸的、轻佻的身体展露，以及充满低俗意味的堕落和交换。由此来看，围绕消费时代之中的改编作品中的民族性表达，远不止于单纯满足"相似化"，并不是将时空拉回过去、凸显人物的传统造型那么泛泛。"在某种意义上说，艺术存在的合法性就在于它表达的人类的生命尊严、悲剧精神、崇高诉求与形而上的超越品质，舍此，艺术在其本质使命问题上是形迹可疑的。"① 这句话来针砭《白鹿原》从该小说到电影的改编，其内在的消费主义倾向的确是瑕疵众多。

第四节　从小说到电影改编中的电影民族性案例分析

消费时代下的小说到电影的改编受到时代语境的冲击，国产电影必然会在全球化的过程中受到各种文化思潮的影响，出现拜金、情欲、膨胀的个人主义等倾向，电影艺术向多元化方向发展，远离"民族的崇高"是一种"必然"趋势。同时，从小说到电影改编中仍然需要我们立足中国文学、中国传统文化，这使得中国的电影改编仍然保持有中国传统文化打斗范式和意象思维，继续"文以载道"，并逐渐发展电影改编艺术的民族性，继承和发扬中国传统文学精神和文化理念。

然而从小说到电影的改编当中，严肃且崇高的民族性的体现往往无法以真实的面貌示人。由于消费时代的引导，特别是成熟的电

---

① 李胜清. 消费文化的反悲剧意识［J］. 中南大学学报，2008（12）.

影需要进入院线，传统古老的叙事方式很可能会对快节奏的消费观念"水土不服"，因此无法避免地产生了一种通俗的转化。这种转化像一把"双刃剑"，虽然为大众审美铺上了轻松的修饰，但也相应地缺少了民族内涵的深刻体现。

贾平凹所创作的小说《高兴》是一部讲述由乡入城的拾荒者人群的故事，他们在都市中生存遭遇各种曲折，面对不幸命运时表现出一种博大的悲悯情怀与人道关怀。小说采取现实主义手法描述底层民众的城市生存图景，带着反讽的意味讲述了农民进城的故事，故事的题目是"高兴"，然而故事主人公农民刘高兴进城的经历和自身的身世很难让人高兴起来。小说的氛围轻松而诙谐幽默，在轻松的笔调下道出了一个悲伤的故事，呈现了一个农村小人物对大城市生活的无奈、对生命的尊严与可悲。

在导演阿甘的镜头之下，我们看到了一个"截然不同"的《高兴》，这部电影是真的"高兴"，从头到尾洋溢着幸福的味道，略带花哨的镜头设计和歌舞桥段已经令这部电影彻底成为一部无厘头的搞笑之作。由郭涛饰演的刘高兴周身散发着昂扬积极的态度，这个"拾破烂"的故事已经被解构成为一出消解生活压力、展现梦之美好的略为肤浅的作品。原著当中所强化的人生悲凉与无可奈何被拆得支离破碎，小说当中的"苦难"已经被电影成功地消解，我们也由此看到了生产机制对底层截然不同的诠释方式，这也是小说到商业电影改编当中两种不同文化观念的对撞。

贾平凹的《秦腔》里，还有为落败的清风镇最后献上的几句乡村挽歌，《高兴》则完全不同了。它已经摒弃了生活里艰难困苦的

"大本营"，展示了迫不及待离家而又迫不得已离家的农民在城市当中的孤立无援。希望通过这些苦难的形象符号唤起人们对进城务工农民生存境遇的关注度和同情心。对这些可怜的农民，贾平凹有着自己的理解和看法："农民进城，其实是无奈之举，他们在这里受到种种不公，他们会有抵触，刘高兴的城市生活是不断寻找相融进去的过程，是与农民意识挣扎的过程。"① 贾平凹没有强化农民的"苦难"与悲拗的心理变化，而是以乐观明朗的笔触来塑造人物角色，以开阔活泼的视野构筑小说结构。主人公刘高兴是一个正直、善良、乐观积极的农民，他进城之后虽然干的是"拾破烂"的营生，但是他并未感到过羞耻。他经常说，"我叫刘高兴，当然要高兴"。"高兴"是他自己给自己起的，代表了他的信仰。他把他的"高兴"带到了他的铁哥们——憨厚的五富身上，同时也感染着像他一样的底层民众胡杏夫妇、啰嗦的黄八。这些蜗居在城市角落当中的农民，日子并非总是"高兴"的。为了生计，苦难总是多于快乐。但是贾平凹先生并没有刻意地强化这种苦难经历，他把苦难藏在表面的幸福当中，唯有舔完了生活外部的糖衣，内在的苦涩才会溢出来。唯有这样，才能体现"高兴"的弥足珍贵，正像老舍小说善于表达"笑中带泪"一样，贾平凹的小说原著也能达到这样的效果。在大喜大悲之间跳跃，带领着故事中的人物和读者一起体味人生百态，从而达到强化苦难的艺术表现主题。

---

① 贾平凹. 讲边缘人的生存悲歌［EB/OL］. http：//www.ce.cn/xwzx/xwrwzhk/peo-plemore/200711/20/t20071120_ 13652589. shtml

　　小说当中围绕民族性的表达有几处比较鲜明。首先是想要强烈地融入城市、融入现代化生活的刘高兴始终无法被城市所容纳。他一直追求的成为一个城里人的梦想最终破碎了。他拥有极为强烈的城市认同和自我认同感，他认为城市代表着先进、文明、高雅时尚。同时他也坚信，只要凭借自己的努力，成为一个"合格"的城里人不是梦：只要能为城市的发展作出贡献，就是一个合格的城市人。他没有排外思想，也没有仇富心态，对于城里人，他自始至终保持着乐观包容的态度。然而现实是冰冷的，这个城市从头到尾都没有想要将他纳入进来。他收破烂的时候人们直接喊他"破烂"，他见义勇为却被污蔑，他和五富一样被城市人视为"过街老鼠"，备受敌意与轻视。随着"换肾"的真相大白，刘高兴终于明白，他与这个城市不曾有任何的接触和感情。他自我安慰说，"肾"是他与这个城市一个实体的连接，足以证明他是一个城里人了。这样单纯的想法能够获得一时的幸福，但后来他得知那个富商移植的根本不是肾，他才发现他与这个城市唯一的联结已经断了。刘高兴被城里人排挤的尴尬处境，恰恰展现了生活在城市当中绝大多数进城农民的可悲境况，这是他们无法逃开的命运。

　　其次是刘高兴爱情的"昙花一现"。在众多的小说作品当中，围绕"底层人民"的情感表达是一剂宽释苦闷的良药。虽然众人都知道这种情感可遇而不可求，但并不妨碍他们对这种纯粹的情感充满期待。虽然"农民工获得真爱"的桥段可信度极低，但在《高兴》当中，贾平凹给刘高兴安排了一段浪漫的邂逅。孟夷纯虽然是一个妓女，但她善良美丽，在刘高兴看来就是一个"仙子"。这段看似不可能的爱情实则寄托了贾平凹对刘高兴的怜悯和关照，徒增悲凉之意。对进城农民来说，情感的空白不是一个个例，交际面窄的他们只能与同样是来自底层的妓女相接触，而这些妓女往往也来自农村。即便作为城市最底层的农民工，他们也希望获得一段美好的爱情。但现实决定了他们的爱情无法突破社会牢固的阶层划分。没有现实基础与经济基础为依托的情感关系是脆弱的，最终孟夷纯还是被关进了监狱，刘高兴没有办法将她救出来。刘高兴与孟夷纯这一对在城市边缘地带苦苦挣扎的小人物，除了相互同情和怜悯之外，现实已经注定他们无法走到白头。

再者是小人物与小人物之间一种互相帮持的表达。大多数读者默认这些生活在社会最底层的人都是一些"阴险小人"，多怀有对城市的憎恶、对社会的不满等消极情绪。小说《高兴》当中没有这样刻意地强调等级秩序与阶级蔑视。在本身就已经非常艰辛的生活当中，这些小人物相互抱团取暖，以微小的力量温暖彼此。刘高兴拥有中华传统文化所积淀下来的高尚仁义品格，就算是匆匆一瞥的陌生人，他也愿意极尽所能施以援手。但是作为社会等级极低的底层劳动者，他们大多时候只能在心理上同情对方、关照对方，而无法提供实质性的帮助。刘高兴把五富从穷苦的清风镇带出来了，除了让五富提前感受到了乡亲们看不到的繁华都市之外，余下的并没有什么。五富和刘高兴一样只能拾破烂，为了给孟夷纯凑足保费，五富在挖地沟的时候突发脑溢血死亡。一贫如洗的刘高兴面对兄弟的离去束手无策，只能选择拖着他的遗体回家乡，这与开头兄弟二人所设想的美好生活差之千里。在种种现实的压力面前，这些悲凉的小人物往往只能保全自己，他们连解决自己的问题都困难，更不用说帮助他人脱离苦海了。《高兴》的故事当中，围绕着所谓的"农村人"与"城里人"的泾渭分明，哀叹现实社会当中的"底层"的微弱与渺小。淳朴敦厚的民风逐步被逐于利益的世俗观念所取代，最终消逝在了无尽的薄凉当中。

相较于小说《高兴》的笑中有泪，电影《高兴》基本上已经抹除了小说中严肃的叙事以及苦难的主题。电影呈现在观众面前的是一出充满温情、充满乐观积极态度的生活喜剧。特别是歌舞桥段的加入，使得这部电影的娱乐性达到了一个小高峰。导演阿甘坦言，"没有什么比歌舞更能展现欢乐的气氛了"。在欢乐的歌舞桥段中，刘高兴和其他的兄弟姐妹一起，为了生活载歌载舞：

> "破烂王，破烂王，我们是快乐的破烂王，日出而作日落而息，为了养家糊口走街串巷，我们也有伟大的梦想，希望长着翅膀去飞翔，没车没房没钱又咋样，高兴起来咱最张（二声，陕西方言里表示很有能耐）。"

电影杂糅了说唱与陕西方言，配以群舞，使角色展现出一种狂欢的状态。特别是结尾的设计，一心想要开发飞机的刘高兴和五富到公安局来接孟夷纯，刘高兴骑着三轮车载着孟夷纯和五富，像美国大片《ET外星人》一样，逐渐地飞向天空。"飞"是一个写意化的设计，现实生活中的刘高兴无法自由地飞翔，那么电影的结局为他的"梦"插上了翅膀，象征着他的灵魂获得了时代的认同，再也不会孤单地在外围徘徊。同时电影当中还有许多"山寨"的桥段，刘高兴为孟夷纯的筹款活动被胡杏夫妇改成了模仿奥斯卡颁奖礼的"大型慈善晚会"。刘高兴与孟夷纯一首对唱《为什么呢》实则也是对某届春晚当中一个小品所用的口头禅"为什么呢"一个滑稽的借鉴。整部电影通过多层次的喜剧结构和大量的歌舞及陕西方言说唱，营造了一个脱离现实社会冰冷苦闷，充满人性温情的乌托邦。

　　小说《高兴》与电影《高兴》所产生出的巨大反差表面上看是因为小说与电影完全不同的艺术形式所引起，实际上它也是由消费文化时代当中文化生产的内在逻辑所决定。就《高兴》的改编差异而言，消费时代的文化生产作用非常鲜明，不仅"改写"了故事的主题，也将强调的角度从寻找民族认同、揭示社会的颠簸不公转移到温柔的安抚底层人民所感受到的时代创痛。在21世纪，消费时代已经如洪流席卷，"消费社会的理论范式强调的是欲望的文化，享乐主义的意识形态和都市化的生活方式"①，不难看出，消费时代的大众消费文化已经摒弃了传统的主题立意，也淡化了对高雅审美的追求，对深度意义、永恒价值的热情不再，转而崇尚追求欲望消费、追求感官刺激。由于大众对物质文化消费的需求不断增加，特别是当下追求"速食"体验的文化市场，消费文化自然而然地为了配合大众的消费习惯产生了特定的流水线，它以迎合大众、满足大众为生产宗旨。《高兴》就是一部典型的产自于娱乐化流水线的产品。电

---

① 周宪. 视觉文化与消费社会［J］. 福建论坛（人文社会科学版），2001，（2）：30 - 36.

影遵循大众消费的生产逻辑，对小说进行"解码"，消除小说中崇高的思想主题，重新注入娱乐化元素。电影对传统文化和崇高的民族性进行了改写，对经典权威进行戏拟以及对流行话语的效仿。消费时代下，从小说的电影改编突出的是消费者的文化诉求，消费者个体欲望是电影改编的驱动力，由此使得电影将一个压抑悲哀的故事改编成了一个无厘头的搞笑喜剧。例如电影当中五富这个形象，已经完全不是小说当中那个憨厚老实的五富，他在镜头当中成为一个热爱吃喝、爱贪小便宜的胖子，成为一个代表当下人贪婪、油滑、肥胖的"小丑"形象。电影中的大团圆结局完全符合"贺岁档"的宣传诉求，在一派祥和之中，贾平凹关于对冰冷城市隔绝体质的困惑、对消费时代人们物质化趋势的批判，都被消融殆尽。

如果说当代电影的都市题材还能为改编找到一点理由的话，那么古装片可能就面临更为严苛的考验了。电影艺术传承了文化，以影像的方式记录历史社会的发展变迁与人类生活，向人们展示历史与文化艺术，带给人们精神上的享受，以此熏陶人们的思想。2000年，李安对《卧虎藏龙传》原著小说改编的电影《卧虎藏龙》上映，可谓是脱胎于原著。《卧虎藏龙》影片的改编，首先要分析李安导演自身。他生于台湾，其父亲是中学校长，这深深地影响到了李安，李安从小所受到的教育都带有中国东方色彩，小学是在台湾花莲和台南上的。在台南的小学，李安接受了开放式的美国教育，语言为英语，初次体会了中西文化间的差异。高考的失利使得李安在台湾艺术专科学校（2001年改名为台湾艺术大学）点燃了学习电影戏剧的激情，他深研中国传统文化，将传统文化融入日常生活的点滴，这就多赋予了李安电影更多的中国传统文化哲学的元素。首先是分析小说到电影改编中的民族性冲击，《卧虎藏龙》影片中融合了西方的文化精髓。从小说到电影的改编过程中，往往会根据电影语言与镜头语言所要传达的主题思想来进行叙事，从而转换叙事视角。电影艺术是一门综合性的视听语言艺术，将原著文字中的留白处进行填补、想象和丰富，根据采取的叙事视角会对人物关系和形象进行改变。在王度庐的原著中描绘的社会风貌广阔而生动，通过心理与功夫的较量中逐渐展开一片江湖，讲述了江湖与人心的悲剧。

例如所塑造的江南鹤与罗晓虎："江南鹤少时顽皮凶劣，经历人事沧桑后转为宽容大度；罗晓虎豪气干云却为情所困，一蹶不振……"当写到下层游民刘太保这个青皮混混头目时，小说写了刘太保初见玉娇龙的心理，"我到今年三十二，还没有媳妇呢！一想到媳妇儿的问题，刘太保就很是伤心，他想：'无辜我还不如李慕白，李慕白还拼了会使双刀的俞秀莲，我连个会使菜刀，做饭煮菜的黄脸婆也没有啊！'"当写李慕白和俞秀莲在几年离后再别见面时，小说对侠士江湖和心理对描写为："那当空一轮似圆未圆的月亮朦胧地散出水一般的光华，照得地下像落了一层盐霜，霜上映着两条模糊的人影和一匹马影。李慕白仰首看着青天，薄云、明月，秀莲却牵着马看着李慕白那魁梧的身子，两人心中都发生了无限的感想。他们想到旧事，想到那像因天公故意愚弄似的，使他们两个人都不得不抑制爱情，再各抱着伤心。"在李慕白退出江湖交出青冥剑时，影片中的李慕白对俞秀莲说了一句："我并没有得到喜悦，相反的，却被一种寂灭的悲哀环绕。"这是对李慕白想"出世"思想的展现，

"将手握紧，里面什么也没有，将手张开，你拥有的将是一切。"
"无知无欲，舍己从人，才能我顺人背。"①

　　原著中的人物角色在市井气的社会空间中生活，各个角色的结局却是殊途同归的悲剧命运。原著似乎是站在上帝视角进行叙事，故事初始经过三言两语就直接呈现出杨小姑娘出嫁后的安稳日子和杨健堂初到北京城的风火的日子，叙事方式有很强的镜头感。原著小说的开头以不同的镜头切换写道：

　　　　"岁月如流，转瞬又是三年多。此时杨小姑娘已与文雄成婚，她放了足，换了旗装，实地做起德家的少奶奶了。这个瘦长脸儿、纤眉秀目的小媳妇，性极活泼，虽然她遭受了祖父被杀，胞兄惨死，姐姐远嫁的种种痛苦，但她流泪时是流泪，高兴时还是高兴，时常跳跳跃跃的，不像是个新媳妇。好在德大奶奶是个极爽快的人，把儿媳也当作亲女儿一般看待，从没有过一点儿苛责。"

　　　　"这时延庆的著名镖头神枪杨健堂已来到北京。他在前门煤市街开了一家'全兴'镖店，带着几个徒弟就住在北京，做买卖还在其次，主要的还是为保护他的老友德啸峰。"

　　　　"德啸峰此时虽然仍是在家闲居，但心中总怕那张玉瑾、苗振山之党羽前来寻衅复仇。所以除了自己不敢把铁

① 张瑾. 王度庐《鹤—铁》系列小说研究［D］. 苏州：苏州大学，2008.

砂掌的功夫搁下之外，也叫儿子们别把早先俞秀莲传授的刀法忘记了，并且请杨健堂每三日来一趟，就在早先俞秀莲居住的那所宅院内，教授儿子和儿媳枪法。"

……

杨健堂立时把枪撤回，不能再顶他了。刘泰保也吓得赶紧退步，躲到远远的墙根下。文雄和杨小姑娘正笑得肚肠子都要断了，他们立时也肃然正色，放下枪，规规矩矩地站着。原来第一个进来的旗装的中年妇人正是德啸峰之妻德大奶奶，随进来的是一位年轻小姐，身后带着两个穿得极为整齐的仆妇。杨健堂照例地是向德大奶奶深深一揖，德大奶奶也请了个"旗礼"蹲儿安，然后指指身后，说：

"这是俞大人府里的三姑娘，现在是要瞧瞧我儿媳妇练枪。"①

原著中不断转换叙事视角，后来安排了俞秀莲的出场，逐渐将各个人物之间的联系勾勒出来构建《卧虎藏龙》的"江湖"。而电影改变了这一叙事格局。将多个叙事角度集合，将原著中北京城喧嚣繁华、鱼龙混杂的场景变成了俞秀莲押镖马车进入北京城，镜头由远及近，以全景呈现北京城景，虚化了原著中的多个市井景象，却以贝勒爷简单的话语展现，用全景衬托玉娇龙受困与挣脱的困难，并描述了江湖生活的市井化，在大隐琐碎中道出江湖的"奇"和

---

① 王度庐. 卧虎藏龙［M］. 武汉：长江文艺出版社，2006：1－2.

"绝"。该影片有两条主线，分别是玉娇龙和罗小虎、俞秀莲和李慕白之间的情感纠葛，电影立足消费时代，为了让西方观众能够对中国文化的认同和接受，以西方观众的接受意识进行玉娇龙和罗小虎之间的情感叙事。原著中玉娇龙的东方含蓄温婉和重注家族在电影中有所改变，电影中对玉娇龙的角色塑造是从西方文化关注个人来进行叙事的。①

　　通过西方文化视角，让人们看到玉娇龙和罗小虎之间的完美的情感结局。被称为"半云天"的罗小虎是远离中原的新疆人，没有受过汉族正统礼法文化教育，他混迹于强盗之中，性野，生活自由。而玉娇龙虽是京城的豪门高官府邸的小姐千金，却因管教疏忽而并没有传统闺门小姐那般的性子和行为，此外受"碧眼狐狸"的武艺教导，她性子显得任性而大胆，在遇见罗小虎后隐瞒父母与其相恋并私订终身，她讨厌京城的各种束缚，极其渴望自由。电影以西方文化精神来塑造这对东方的鸳鸯情侣，玉娇龙并不像原著中人物，电影中的玉娇龙在面对爱情中采取主动的西式"进攻"，而非东方式的"安守"，二人在面对玉娇龙的父母的强行逼她时无所畏惧，出现了罗小虎半路抢婚，而玉娇龙也大胆任性地跟随罗小虎，两人开始了逃婚之路，继续不守礼法。这显然具有美国西部牛仔风格，二人均显示出极强的自我个性意识与反叛精神，这非常符合西方人的文化观念。影片中的李慕白和俞秀莲之间的情感主线采取了柏拉图式

---

① 付仕.李安电影《卧虎藏龙》中的道家思想研究［D］.成都：四川师范大学，2016.

的浪漫和莎士比亚式的对白，塑造了一个崇高、浪漫的爱情，李慕白为师傅报仇杀死碧眼狐狸，故事情节虽然很像《基督山伯爵》的主线。《卧虎藏龙》电影作品在西方文化价值观的影响下，是继《红高粱》之后受到西方国家的肯定的一部兼具艺术和商业性的高质量电影。①

《卧虎藏龙》电影在对原著进行电影改编时，保留和挖掘了很多中国传统文化的元素，例如应用了很多中国古代的二胡、大鼓、古筝、葫芦丝、热瓦普等传统民俗乐器的音乐配乐，凸显雅致的中国传统文化和民族特色。② 关于人物形象塑造方面，李慕白为师傅报仇杀死碧眼狐狸，除了像《基督山伯爵》的故事主线，还是对中国传统儒家精神之报主、尽孝的伦理的体现。让中西方的观影者都能够接受影片这样的故事叙事安排。影片中的侠客含蓄内敛，深沉稳重，表现出忍、恕的品德，在东方社会规范的压抑、约束之下，最终没有表现出武侠笑傲江湖的豪气，却是以悲剧终结。徽州古村，慕白一袭长衫，牵马负剑而至，洒脱地抛开江湖恩怨远走天涯，尽显豪侠不计较个人得失的大侠风范。影片中虽然有李慕白和玉娇龙竹林斗剑，却成为优美的剑技绝唱。李慕白练就超群的武当玄牝剑法，但其思想道德境界高远，有着侠义阳刚的性格，面对宏大的场面没有表现出剑压群豪的气势，从细节中暗喻社会由暴力、野蛮向

---

① 曾慧，栾海龙，肖剑. 清代小说《卧虎藏龙》服饰研究（一）［J］. 满族研究，2015，（01）：83－88.

② 苏运蕾. 电影《卧虎藏龙》蕴含的中国古典意象浅析［J］. 枣庄学院学报，2016，33（01）：86－91.

优雅文明转变。在儒家伦理道德的人性束缚之下，李慕白和俞秀莲的爱情因为孟思昭的牺牲使得二人只能谈一场柏拉图式的精神恋爱，在豪侠的眼里，情和义只能选其一的话，只有舍情取义了，由此铸就了二人的爱情伦理悲剧，在传统文化伦理的压抑下，二人都在压抑各自的感情。中国武侠电影的艺术魅力在于其民族性的保持与发展，尊崇中国传统文化和武侠文化精神，通过传统伦理本文推动叙事本文的发展。文化艺术是人类历史的精华，在传播中不分国度，文化也不分高低贵贱，其世界价值和地位是同等的。《卧虎藏龙》影片中展示了许多中国传统文化元素，例如如水墨一般的中国山水、佛道文化、江湖侠义精神，以及李、俞二人含蓄内敛的爱情，这些无不展现原著所拥有的浓厚武侠气息和中国东方深层次的人性理念。李慕白与玉娇龙"竹林大战"的场面，以大片翠绿色的竹海为背景，风吹叶动、刀光剑影。身着白衣长衫的李慕白与娇小敏捷的玉娇龙在竹叶的尖端站立停泊，一招一式之间皆是东方古典气韵。王爷府上的园林山水装饰、亭台楼阁错落有致，均为借助传统园林艺术表达中国古典文化当中的闲庭信步、气韵悠长。中国传统文化博大精深，反映在改编电影的制作中，就是借助某些事物营造画面意境，隐射传统文化精神，给观众带来视听上的享受。而李慕白的为人处事恪守中国礼法，但和玉娇龙的交手中却不忍伤害她，还对她的个性、爱情的执着感到震动，从而欣赏和接受她，由此被玉娇龙的师傅趁机重伤，用微弱的气息对俞秀莲说出了碍于礼法一直不敢说的深情告白："我已经浪费了这一生，我要用这口气对你说……我一直深爱着你！"这是对自身受制于传统礼法的一种拷问与否定。而俞秀莲同样也受到同样的震动而放过了玉娇龙，这体现了中国古典哲学中的"人我合一"的"仁道"思想。而玉娇龙在这样的经历中看到了李慕白和俞秀莲身上的闪光点，从中悟出"道"，从而放弃与罗小虎的相守，选择跳悬自尽的方式礼敬李慕白的侠义。影片最后的中西方文化的水乳交融不得不令人敬佩，让全球的观众都看懂东方文化精神，中西方文化的融合也恰到好处。

第五章

从小说到电影改编中的语言变化

作为语言艺术的文学和擅长视听艺术的电影有极大的区别。文学作品为电影提供源源不绝的创作灵感和效仿模板，电影艺术也为文学作品的传播提供了更为便捷的方式。尽管文学和电影看似水火不相容，二者却通过电影改编有机地结合在一起。文学与影视的"联姻"如何氤氲美学精髓，同时又保持高度的社会价值和消费价值的统一，都是值得我们深入探讨的。

第一节　文学语言与电影语言之碰撞初探

小说创作所采用的文学语言与电影创作所采用的电影语言，从表面上来看虽然同属于语言的范畴，但是实际上二者存在着十分显著的差异。而说二者完全不同，二者又都被称为"语言"，因而二者必定存在某些相似之处。

从小说与电影的作用来看，二者实质上都是用来传递信息的。

读者阅读小说的过程与观众观看电影的过程实质上都是人与小说和电影这两种艺术形式交互的过程，其目的是获取小说和电影中的信息。而在这个过程中文学语言与电影语言两种语言都起到了媒介作用。读者与观众对小说和电影交互的过程实际上就是小说和电影的创作者分别利用文学语言和电影语言对小说和电影进行编码的过程；也是读者与观众通过阅读和观赏根据文学与电影语言的规则进行解码的过程，二者的交互过程非常类似。不仅如此，在小说与电影创作的过程中文学语言与电影语言的作用也非常的相似。① "语言"从"字"到"词"再到"句"作为一种基本框架，是文学作品的基本特征，它是一种"纯文字"的构架。在此基础之上，文学所具有的间接造型、诉诸想象的特点使其为读者提供了更为丰富的阅读延伸和联想空间。读者的想象力愈丰富，愈能在文学形象中获得更为生动的美感享受。虽然只有"看"——即"阅读"，但是凭借着文字的有机组合，读者依旧能够从既定的生活经验和审美习惯中体会作者所要表达的主题内涵。电影则是一种"视听艺术"，它以视觉和听觉作为欣赏活动的先导，由外及内影响观众对作品的领会水平。如果要从"文字"的层面来衡量小说与电影的传播效果，那电影理论上是更胜一筹的。因为其直观的视听体验，观众无需掌握"文字"，只需要保持观看和聆听即可。但如果抛去"字词"的筛选条件，无论是小说还是电影，其最基本的传播目的是一样的，它们都以描绘角色、讲述剧情、展示环境为基本手段，将一个故事"讲述"给大

---

① 崔静. 论《悲惨世界》的电影改编 [D]. 济南：山东大学，2014.

众的传播方式，从而达到进行社会教育的终极目标。

从小说与电影的创作思路来看二者又是相通的。虽然文学语言与电影语言在形式上差异较大，但是其在创作基础以及所要表现的主旨思想上都具有相通之处。比如小说的现实主义流派在电影中同样可以表现为现实主义，二者都是以西方哲学为理论基础。叔本华的唯意志论、尼采的超人哲学以及弗洛伊德的精神分析等都深远地影响了中国小说与电影的发展。同时在小说与电影的创作风格上也有趋同的倾向，尤其国产电影创作中兴起的关于"人性的异化"荒诞化的表现手法、意识流的表现形式等都在小说与电影这两种艺术形式中同时出现。小说与电影这两个基于不同载体的"文本"在表达方式当中也出现了相互借鉴交融的新图景。例如旁白的设置、内心独白的展示等。这些在小说当中非常常见的角色表达方式在电影作品当中也可以"同义置换"。"上帝视角"不再是文学的专属，它经由电影当中"声"的转化，同样可以起到补充故事内容，展现角色内心变化、添加第三人称评价等作用。

从表现的主旨思想上来看，不论是文学作品还是改编的电影作品，基本上都必须尊崇于原著，这是"改编"当中非常重要的信条。不过从"改编条例"最开始强调"一定要忠实于原著"到后来这个条例变得松弛，只要忠实于"原著精神"即可。直到当下，由于大众审美口味的多元化和猎奇化，改编可以在原著的基础上进行思想上的二次创作，因而出现了很多"神似形不似"或者是"形似神不似"的改编作品。虽然可以将"改编"通俗地说成是"由文学语言到电影语言的翻译"，但是直接将文学语言"翻译"成为电影语言明显是不合时宜的。在追求"再现"小说文本的主旨时，还是需要我们善用"电影语言"，而不是将"字句"直接转化为"视听"。

能够较为完美地展现文学与电影之间互通性的改编作品是存在的，例如老舍先生的代表作《骆驼祥子》。这部长篇小说讲述了 20 世纪 20 年代北平城里一个拉车夫起起伏伏的悲惨一生，在他的身上也体现了旧中国的兴衰沉浮。小说的主题非常简单直接，就是要揭露北洋军阀统治之下社会的黑暗与腐朽，故事情节不复杂，但是充满曲折。它以一个叫祥子的车夫买车、丢车三起三落为主要情节，描述了他在希望中挣扎、又深陷绝望无力反抗生活的故事。老舍在创作《骆驼祥子》时，就一直有意无意地运用"电影化"的创作方式。正如他夫人所言：

> "老舍自己没有写过电影剧本，他可非常喜爱电影……
>
> 我觉得，老舍自己写作品时讲究认真，讲究说龙像龙、说虎像虎，讲究笔下有画面、有色彩，讲究逼肖生活，他的这些创作特点的形成，因素当然是多方面的，其中，不能说和他爱看电影并受到中外优秀影片的现实主义影响没有关系。他在小说《骆驼祥子》中写虎妞夜里到曹宅找祥子，两个人出门沿着南长街马路东边往北走，边走边说话儿，走走停停，一会儿看见故宫角楼和景山了，一会儿往西一拐到了团城和金鳌玉练桥了。'街上非常的清静，天上有些灰云遮住了月，地上时有些小风，吹动着残枝枯叶，远处有几声尖锐的猫叫。'这些文字描写，都颇有电影味

儿，大概这就是电影行话中所谓一组'短镜头'吧。"①

这些在电影《骆驼祥子》当中，得到了非常完美的再现，或者说老舍先生在描述场景的时候，就有意识地将环境拆分开来，充满了镜头意识。凌子风导演在进行改编的时候，自然也就得心应手。从对小说《骆驼祥子》的改编当中我们不难看出，现代文学作品在改编当中已有了"电影语言"的意识，其作品本身应具有适合于电影改编的要素，这个要素可以是"叙事"方式的适应，也可以是内容的适应。在确定了改编方向之后，导演就需要充分发挥和利用电影画面的造型作用，确立和把握整部电影的风格以及对小说文本的还原程度。从某个层面上来说，改编文学作品的导演比一般的电影导演在进行电影创作时要更为辛劳，因为要考虑的因素要更加的烦琐和广泛。

同时小说中的文学语言与电影中的电影语言也存在着很大的差异，这种差异如果是基于同一故事情节、同一人物、同样的场景，那么小说中的文学语言与电影中的电影语言就会出现激烈的"碰撞"，这种冲突在小说与源自小说改编的电影在叙事、塑造人物形象与场景的描述过程中表现得尤为明显。

首先，文学语言与电影语言二者在构成要素上差异巨大。从文学语言的角度来看，文学语言都是基于文字符号存在的，基本的字词句段是组成语言的重要要素。反观现代电影语言却与文字语言有

---

① 胡絜青．老舍与电影，中国电影年鉴［M］．北京：中国电影出版社，1983：271．

着本质的不同，其语言要素主要是由电影中的画面与声音来传递信息的，因而从这个角度上来看电影实质上是一种视听语言，通过视觉与声音来向观众传达信息的语言。此外"语言"作为一种规则具有较为完整的理论体系，从字词句到语法结构到句子成分到段落大意到篇章主旨等都有既定的规则。从电影语言的组成来看，其是通过一个个的镜头拍摄所形成的场景为基本的组成要素。比如文学语言在塑造人物形象与描述场景气氛的过程中使用了非常多的形容词，那么电影就需要考虑是以人物的表情还是环境状态来展现这些"形容词"。这个时候既定的语言规则就被消去，电影创作转而求助于"视听"了。

其次，在文学作品中语言讲究修辞手法的运用。比如在文学作品中常见的比喻、拟人、夸张、双关语等，这些精妙的修辞为文章添色不少。而在电影中虽然也有类似的手法，但是却与小说存在着显著的差异。爱森斯坦在很早就提出了电影语言中的隐喻和象征手法，并且其认为这两种手法体现在蒙太奇上——也就是隐喻蒙太奇和象征蒙太奇。隐喻蒙太奇是通过镜头或场面的对列进行类比，含蓄而形象地表达创作者的某种寓意。这种手法往往将不同事物之间某种相似的特征突现出来，以引起观众的联想，从而领会导演的寓意和领略事件的情绪色彩。如普多夫金在《母亲》一片中将工人示威游行的镜头与春天冰河水解冻的镜头组接在一起，用以比喻革命运动势不可挡。隐喻蒙太奇将巨大的概括力与极度简洁的表现手法相结合，具有强烈的情绪感染力。不过，运用这种手法应当谨慎，隐喻与叙述应有机结合，避免生硬牵强。① 镜头之间的切换是存在修辞关系的，绝大多数情况下是隐喻和象征。爱森斯坦进一步认为隐喻和象征的本体并不是存在于场景中的而是与文化所指有关，在当代的电影中都随处可见。比如电影《夜》中空无一人的城市反映出城市的冷漠；电影《白鹿原》中苍凉的牌坊与一望无垠的麦地的场景，暗示着在这片土地上发生着悲壮苍凉的故事，也暗示着一切斗争的根源——土地；电影《传奇》中支离破碎、空无一人的城市，暗示着地球即将灭亡等。这些电影都说明"本体"并不是存在于场景中的而是与文化所指有关。文学语言可以采用话语来描述这些细节展现当时的场景，进而将作品中的暗示通过修辞手法体现出来。而电影只能够通过场景包括其中的色彩、服装、道具以及声音等方面来实现。在电影中暗喻与象征的场面也随处可见。比如局部色彩的转换在电影《辛德勒的名单》中体现得尤为明显。犹太人在被纳粹迫害的时期一直采用的是黑白色调，而到了纳粹投降犹太人解放的那一刻，电影突然将黑白画面转换为了彩色画面。再比如姜文导演的电影《让子弹飞》中，张牧之骑马号召大家起来反抗黄四郎，一次次地骑着马转着圈喊口号，这就是电影表现手法中的一种排比，不仅体现了张牧之大无畏的英雄气概，也将在面对强权面前人们的那种心态体现得淋漓尽致。② 空白也是电影中（在小说中也有类似

---

① 百度百科. 隐喻蒙太奇［EB/OL］https：//baike. baidu. com/item/隐喻蒙太奇/863392？fr = aladdin
② 陈燕文. 从文学语言到电影语言的矛与盾［J］. 艺术百家，2014，（05）：255 - 256.

的留白）十分常见的一种修辞手法，这种手法没有将故事的结尾点明，而是让观众自己去发挥想象去思考。空白的修辞手法让观众参与到电影作品的互动与思考中来，让其自己去想象故事情节后续的发展，或为了隐晦的必要，或是导演认为电影的多样性所可能带来主题的多样性，这样的处理方式能够增加电影的韵味。所有的修辞全部是通过镜头来完成，通过画面与画面之间的剪辑构成，这种带有修辞性的表现手法能够不受传统电影语言的束缚，跨越其局限性，使得表现的方式更加多样。

其三，电影语言与文学语言存在着表达方式上的冲突。电影语言的表达方式从实质上来看是模拟人的视听和人物的思维活动，并且通过电影中的画面与声音直接传达给观众。相对于电影语言，文学语言表达的方式则存在很大的不同。文学语言多是通过叙事、论述、描写与抒情等方式来推动小说中故事情节的发展。在塑造人物形象的过程中电影与文学语言存在的差异各有千秋。文学语言可以采用对人物细节与心理活动的描述来展现人物的性格特征。比如小说《金陵十三钗》中对英格曼神父的心理描写：

> "女孩子们听见了院子里的对话。她们见英格曼神父和阿多那多走进大厅，全是满脸空白。这种魂飞魄散的空白更让英格曼神父心痛。他说："孩子们，只要我活着，谁也不会伤害你们，祷告吧。"女孩们慢慢坐到前排椅子上，垂

下头，闭上眼。英格曼神父知道她们的静默是一片哭喊
求救。"①

　　而在电影中的约翰却没有将英格曼神父的心理活动体现出来，
这种"魂飞魄散的空白更让英格曼神父心痛"的表达，在电影当中
基本是无法表现出来的。电影也有其优势之处，相对于小说，电影
展现的内容更加直观、更加形象。它能够以一种视觉感官的形式与
观众直接接触，这种视觉上的直观性是文学语言所不能及的。此外
电影按照时间放映所展现出来的画面，与现实生活中的画面基本无
差。由此可以看出，文学语言像是一种静态的语言，而电影语言则
更像是一种动态的语言，是发展变化的。小说是通过文字、语句等
基本逻辑单位通过读者在脑海中的重构来实现的画面，而电影则是
由小说文本到画面重构的过程，它直接完成了在观众脑海中的体现。
在没有接触电影而直接进入文本阅读时，读者会根据不同的生活经
验"想象"出不同的小说主体形象，而如果先接触了电影，再进入
文本的阅读，那么读者在电影当中所看到的形象将无可避免地"自
动"套用到小说当中。因而随着各个读者对文学作品或电影的不同
期待，也会产生出对待"改编"的不同态度。造成这种态势的主要
原因，也在于文学语言与电影语言的"对撞"。

　　其四，在众多小说所改编的电影中都直接体现了文学语言与电
影语言二者之间的差异和碰撞。在小说《金陵十三钗》与电影《金

---

① 严歌苓．金陵十三钗［M］．北京：中国工人出版社，2017：56.

陵十三钗》中最后上车情节的描述，二者有着截然的不同，小说的
描述如下：

"女孩们又开始闭目祈祷时，听到阿顾大声喊"等等，
就来开门！"然后她们听见沉重的铁门打开。她们睁开眼，
回过头。又是一院子纵横交错的手电筒光柱从窗帘的缝隙
和破洞透进来。只有书娟一人走到窗子边上，看见十三个
白衣黑裙的少女排成两排，被网在光柱里。排在最后的是
赵玉墨，她发现大佐走到她身边，本能地一躲。但又侧过
脸，朝大佐娇羞地一笑。像个小姑娘犯了个小错误，却明
白这一笑就讨到饶了。日本人给她那纯真脸容弄得一晕。
他们怎样也不会把她和一个刺客联系到一起了。"①

而电影中的情节则是通过画面来展现的，首先出现的是一群穿
戴整齐的"女学生"走向运输车的场景，接着是"学生们"含着泪
回首约翰，慢慢走向运输车。日军给约翰拿了一包慰问品，约翰把
这些慰问品一一分给了"女学生们"。其中一名叫"小蚊子"的
"女学生"突然精神崩溃叫嚷着不肯上车，但在约翰的安抚下也登上
了运输车。"学生们"探出头含着泪向约翰告别，车子就这样远远的
开走了。

通过文学语言与电影语言二者之间的对比来看，同样一个故事

---

① 严歌苓. 金陵十三钗［M］. 北京：中国工人出版社，2017：156.

情节体现出来的意思却是完全不同的。小说将焦点放在了赵玉墨身上，她的娇羞一笑展现的是她的智慧，同时也展现出了其面临即将到来的灾难时的无畏精神。小说通过对赵玉墨这个角色神态的描写将其古灵精怪、心思敏捷淋漓尽致地体现了出来。反观电影，演员表情再到位也难以将人物的心理活动直接展现出来，只有通过"女学生们"脆弱又而坚强的流泪场面和无声的行为动作，将秦淮河女人为解救女学生而投身火海的大无畏精神体现出来。导演所插入的小意外——小蚊子的崩溃，也暗示了此去是有死无生，更显凸了这些秦淮河女人在女学生面临灾难时崇高的选择。

通过文学语言与电影语言二者之间的对比，我们能看到导演对小说文本的"再造"能力十分重要。有的时候不单单是需要"大场面""大制作"，很多时候主要围绕小说的"精神内核"下手会更为直接和有震撼力。大众所理解的"视听"更多程度上单单指"视觉刺激"，然而实际上不管是环境还是人物，不管是剧情还是氛围，都可以通过"电影语言"对"文学语言"的"改编"来实现。

在陈燕文的《从文学语言到电影语言的矛与盾》[①] 中谈到，电影艺术似乎站在一个视觉奇观的高度来力求回归古老的艺术——"讲故事"，笔者非常认同这个观点。张艺谋在其电影《归来》中不仅注重视觉冲击力也十分注重电影的叙事，注重叙事的手法与技巧，似乎在找寻一种能够支撑电影语言的人物内心心理，希望从单一地

---

① 陈燕文. 从文学语言到电影语言的矛与盾 [J]. 艺术百家，2014，(05)：255 - 256.

注重视觉效果的岔路上走回来，同时注重电影的叙事进而实现叙事与视觉效果某种意义上的平衡。他改变了以往那种影像语言为主的风格，而转向叙事主导的电影创作当中。从电影《归来》的故事情节来看，张艺谋已经不再是一味强调宏大的叙事场面，又或者强化某种视觉奇观的导演。他通过缓慢的叙事讲述一个失忆的女人等待她丈夫归来的故事。电影摒弃了以往宏阔的叙事环境，弱化了视觉上的震撼，主要通过围绕主人公心理变化来展开叙事。在叙事的过程中紧扣故事情节发展，例如从小说文本来看严歌苓对陆焉识所犯罪的描述：

　　　　"黑鸦鸦的人群里，有个身高可观的中年男人，案卷里的名字是陆焉识，从浙赣 109 监狱出发时的囚犯番号为 2868，徒刑一栏填写着"无期"。案卷里还填写了他的罪状。那个时期被几百辆"嘎斯"大卡车装运到此地的犯人有不少跟陆焉识一样，罪名是"反革命"。除了以上的记录，还有一些关于陆焉识的资讯是案卷里没有的，比如：他会四国语言，会打马球、板球、弹子，会做花花公子，还会盲写（所谓盲写就是在脑子里书写，和下盲棋相仿，但比盲棋难的是，必须把成本成册的盲写成果长久存放在记忆里）。"①

---

① 严歌苓. 陆犯焉识［M］. 北京：作家出版社：2014，（05）：206.

　　而在电影《归来》中导演却直接跳过了这个场景，将小说中对这些"反革命"分子避而不谈，而将开始的画面就定格在了陆焉识逃跑之后领导和婉瑜和丹丹的对话上：

　　　　"画面中领导向婉瑜母女告知陆焉识逃跑了，然后介绍了陆焉识逃跑的一些细节问题，并威胁婉瑜母女知情不报后果十分严重，然后画面就直接切换到陆焉识在雨中打扮得严严实实逃回家的场景，接着是农场的指导员到陆焉识家中了解情况的画面，丹丹的老师讨论丹丹前途的画面，陆焉识雨中潜逃回家的场面等。"

　　电影的叙事环环相扣十分严谨，也减少了那些大场面的场景。但是画面场景的塑造与电影叙事契合得非常好，比如陆焉识的每次出现都是在黑暗中、人群中和雨夜中。所以综合来看电影更加注重的是叙事，场景的塑造也都是为了叙事而服务，这与其以往的电影风格存在着很大的不同。

　　张艺谋以往的作品都存在很强烈的民族特色的设计，不管是环境场景的设定还是人物角色的造型，中国传统元素在他的镜头当中都充满了古老又曼妙的魅力。但《归来》不同，没有了大红大绿的色彩，也没有了民俗的猎奇展示。围绕严歌苓的《陆犯焉识》，张艺谋在银幕上做了"减法"。小说当中陆焉识漫长的心路历程被张艺谋从电影中抽离了，留下的是陆焉识的长情。电影中更是缩减了人物角色的台词，不到万不得已"不开口"，这和小说当中大段的陆焉识和冯婉瑜的内心独白有很大的不同。围绕文学语言与电影语言二者关系的衡量体现在不同的作品当中有不同的比例，因此所谓的"改编得当"当中，也有很大一部分是将两种语言的"辩证统一"的关系处理得自然顺畅，不留痕迹。

第二节　从小说到电影的改编中文学语言的转变

　　小说改编为电影时，其中的文学语言会随之发生变化，转变为电影语言。因而实际上文学语言的变化指的是电影语言对于小说原著中文学语言的转化，从小说到电影作品的改编当中，电影语言相对于文学语言的变化笔者认为有四个不同之处。

　　第一，电影语言结构更加复杂。文学作品的艺术性具有过程性，其内容是通过阅读在读者脑海中形成既定的想象。而电影作品与文学作品有一定的区别。电影的制作其实包括三个过程，即表演过程、拍摄过程与剪辑和处理的过程[①]。其中表演指的是所选的演员在选景以及各种道具的配合下将电影中的故事情节演绎出来。拍摄过程是将演员的表演以及周围的环境拍摄成画面段落，在剪辑处理过程中按照导演对镜头的构思将镜头与声音（包括音乐、音效等）重新组合起来。从这个过程来看电影语言委实要比文学语言复杂得多。比如用镜头之间的衔接与组合来全面地展现现实生活中各种现象之

---

　　① 薄玉迎. 新世纪中国小说改编电影市场分析［D］. 济南：山东大学，2016.

间的联系。在电影《一九四二》当中，前一个镜头还聚焦在灾民忍饥挨饿、尸殍遍野的场景，而下一个镜头就转向了国民党政府官员在吃鸡蛋喝牛奶，这就是以电影中常用的一种对比蒙太奇的表现手法来展现相应的主题思想。在马尔丹《电影语言》一书中提及的"画面是电影语言的基本元素，而蒙太奇是电影语言的基础"，因而构成电影的要素应不止包括组成电影画面本身的事物，还应当包括各种镜头的排列组合所形成的蒙太奇的表达范式，包括镜头内的再分割以及镜头与镜头之间的连接所对应的隐喻。比如以电影《桂河大桥》为例，通过远景镜头以及电影画面所配的音乐来展现军官在炸毁自己所修筑的桥的时候矛盾的心理，同时也反映出在面对日本军列下的自我抉择。另外在电影《上海滩》中音乐以一种起伏的节奏来暗合电影中主人公许文强在上海坎坷的人生经历。相对于文学语言，电影语言中影响的因素包括演员自身的表演以及角色之间的配合。镜头内部因素以及镜头的叙事方式和镜头之间的衔接、画面和声音、音乐之间的配合、人物与场景的选择以及演员的台词等都是电影语言的重要组成部分。要熟练驾驭电影语言要比单纯驾驭文学语言更加困难。我们可以看到文学语言向电影语言的转换，实际上是向多种元素以及他们之间的配合的转换，要实现完美的转换不仅需要充分理解原著中文学语言所塑造的人物形象以及叙事的逻辑结构，还要掌握利用电影语言要素（主要包括镜头、声音和光影、蒙太奇手法等）来进行人物塑造叙事的基本理论和技巧。

第二，电影语言的相对确定性。任何读过文学作品的人都会有这样的体会，采用文学语言所描述出来的人物或者是场景，往往不同的人会有不同的解读。这就是通过文学语言传递的信息所带来的不确定性。① 尽管在上述经典的作品中作者采用了大量塑造人物形象的方法以及对人物内心和细节的描述来对人物形象进行塑造，但是在读者进行"解码"的过程中，重构的却是各自相互不同的"人物画面形象"。虽然可能大致相同，但是肯定会存在不同之处（大致相同是因为源头相同，不同是因为个人阅历与知识积累等不同）。相反，电影语言所塑造的角色形象以及环境场景则相对确定得多。至少在观众心中所设想的相关样态在电影语言中的表达中得到了统一。电影语言是一种凭借外部刻画来描写包括角色形象及场景环境内在的艺术的表现形式。由于外在状态的客观存在性，因此小说中所描绘的各种"造型"都将由"客观存在"的镜头画面原封不动地展现出来，这样由读者到观众，均能在真实生动的电影镜头中完成对"想象"的具象化。小说中可能模糊的设置和表达，在电影当中将大大降低其不确定性与不稳定性。比如张爱玲的短篇小说《色·戒》当中，最后围绕"汉奸老易"处决王佳芝的段落交代得非常干脆：

> "易先生站在他太太背后看牌，撳灭了香烟，抿了口茶，还太烫。早点睡——太累了一时松弛不下来，睡意毫无。今天真是累着了，一直坐在电话旁边等信，连晚饭都没好好地吃。

---

① 徐继鹏. 茅盾文学奖获奖作品电影改编叙事策略研究［D］. 济南：山东艺术学院，2015.

他一脱险马上一个电话打去，把那一带都封锁起来，一网打尽，不到晚上十点钟统统枪毙了。"①

电影当中围绕最后的"诀别"的段落却是悠长的。在"易先生"端坐于办公桌前，手里捏着那枚粉色的"鸽子蛋"，眼神凝重。接下来的镜头转至郊区的采石场，王佳芝他们跪在深坑旁边，邝裕民扭过头看了她一眼。虽然没有枪声，但镜头慢慢上拉，这一群爱国青年面前漆黑无比的深渊越来越明显……电影到此并没有结束，镜头又回到了"易先生"这里，他来到了"麦太太"住过的房子，在她的床榻上坐下来，伸出手轻轻地抚摸了一下残留着她气息的被褥。这时候易太太走进来，不经意地问："麦太太走啦？"易先生收起了他低垂的目光，说："恩，香港有急事。"镜头最后聚焦在了"易先生"在墙壁上投下的黑长的影子，电影至此结束。从这两段使用了完全不同的语言内容来看，电影语言在它的描述及抒情方式上都比小说来得更加精确和煽情。

第三，也是文学语言变为电影语言非常有意思的一个特点，就是画面语义的不确定性。文字以一种客观的实体存在于纸张之上，不管围绕故事的环境抑或人物角色的活动及典型样态，都以非常具体的描述状态跃然于纸上。从实质性的环境和角色到抽象的精神活动，这些看似漫无边际，实际上在"文字"当中都可以有具体的所指。读者通过阅读，自动在头脑当中产生相应的画面和较为准确的

① 张爱玲. 色戒［EB/OL］http：//www.kanunu8.com/book3/7114/155391.html

理解，一般不会产生太大的歧义。但是电影不同，首先是镜头的长短、拍摄内容的变化会影响整个段落的表达。在电影创作的过程中采用的"电影语言"包括了人物角色的造型、叙事以及围绕场景的描述。从小说到电影改编当中这些必要元素经过镜头及剪辑的影响，会在原有的具有发散性的思维范畴之内产生更为广阔的思想内涵。小说当中类似于"肚子饿得咕咕叫"这种非常直观简洁的描述转化成为电影语言，可能就有"肚子的特写加上咕噜噜的声响""一个老人坐在公园的长凳上，右手放在自己的肚子上"和"一个老人站在蛋糕店的橱窗外，双眼紧紧盯着橱窗内的蛋糕，画外音配上肚子咕咕叫"等多种表达方式。在这种从文学语言转化成为电影语言的过程当中，就包括了导演对文本的"自我理解"和"自我创造"。这种语言与文学语言是不同的，文学语言经过千百年来的文化积累和经验总结，已经形成了一套比较完善的话语系统，从叙事到意境，从句子成分到修辞，都有相对来说比较"规矩"的表达和用法。电影语言本身就倚靠"视觉"和"听觉"令观众产生相应的联想，加之不断更新的技术手段和各种蒙太奇手法的使用，电影语言的表达方式和所要传递的思想主题会更为自由随性，充满浪漫主义的美好设想。同时，文学语言的准确性，会在一定程度上削减读者的想象空间，电影则反之，它凭借变化多端的镜头内容和剪辑，能够随意地切换时空，使观众拥有更为丰富的观赏体验。在这一点上，电影语言更加复杂和多元化。当然，从小说到电影改编的活动中，最重要的处理方式之一就是先准确把握文学语言所要显示的内涵，然后再将其以合适的、充满艺术化的镜头内容呈现给观众。令观众也能从"视听艺术"当中准确地理解各种主题,这也是电影语言的精髓所在。

第四,电影语言中的修辞与文学作品的修辞不同。与文学语言中有众多的修辞手法类似,比如常见的比喻、拟人、象征、排比以及对比和夸张等,这些在电影语言中同样存在。但是文学语言采用的是词语或者是短语来进行修辞,电影语言修辞的基本单位则是镜头内容。文学作品中的修辞往往是要表达被修辞对象的语义,且修辞多借助人物的内心活动以及事物本身的特点。这在中国的古诗词中十分常见,比如"姑苏城外寒山寺,夜半钟声到客船"描述的是落榜考生归乡的途中辗转反侧难以入眠,而寒山寺以及夜里的钟声和客船都是典型的意象用来暗示作者落榜时那种复杂落寞的心理。至于表达作者情感寄予作者意象的典型元素有很多,上文提到的"落花""长亭"等都有其相对准确的修辞能指。经典文学作品中经常通过这种意象来表达作者的思想与志向。电影的"修辞"实际上就是蒙太奇的使用方式。当中不论是具体意象的使用(例如下雨、惊雷一般形容人内心的苦痛),还是抽象思维的表达(例如镜子一般反应角色内心的变化状态),电影始终保持一种更为开阔和自由的修辞使用。包括电影是"视听艺术","听"也是为电影主题服务的。镜头中出现的音乐、环境音效等,也都是电影的"修辞"之一。最后还包括摄影机本身的运动方式,不论是推拉摇移,还是拍摄当中的角度、距离、各种长短焦距之间的切换,都可以达到电影语言中修辞的目的。

从上述角度来看文学语言与电影语言所实现的修辞方式虽然互

通，但是其客观表达方式是存在差异的。文学语言主要是通过语言中的元素本身来实现修辞，而电影语言中的修辞多是借助电影镜头当中已包含的元素（如上面列举到的镜头的各种组合与变换）来最终实现修辞。

在小说改编的过程中，文学语言逐步演变为电影语言。在将小说的文学语言转化为电影语言的过程中务必要注意电影语言本身的特点，导演和编剧要确保其逻辑合理性与通顺性，要通过电影语言元素的合理组接让叙事表达得清楚，令人物形象塑造得鲜明准确，在创作的过程中合理地运用修辞手段来实现文学语言到电影语言的无缝过渡，如一味地依赖特效手段或者是为了追求某种"写意化"的表达方式拼命堆积"蒙太奇"，其后果只能是"赔了夫人又折兵"。

第三节　从小说到电影改编中文学语言的融合

小说到电影改编的过程实际上也是文学语言向电影语言转化的过程，是文学语言不断地融合于电影语言的过程。而文学语言到电影语言的转变是将小说原著的叙事、人物塑造、环境与场景描述等从文学式的描摹转化为电影镜头的展示。从载体来看，笔者将文学语言向电影语言的转换分为两个方面：一个是文学语言向声音的转换，包括与电影画面相配合的一切声音；而另外一个方面是文学语言向画面的转换，包括画面的主题、构图、色彩以及画面与画面之间的时间与空间的关系等。笔者就文学语言向电影语言转化为例，具体讨论文学语言融合的技巧与应该注意的方面。

文学语言向声音的转换。考虑到小说改编电影主要是为了叙事、人物塑造以及场景和环境描述，因而声音的设置也是为了叙事、人物塑造以及场景和环境描述的需要。这其中最为首要的就是画面中人物的台词，而人物的台词对于上述三者都具有十分重要的作用。例如前文提到过《陆犯焉识》与《归来》的比较，在小说当中有非常多人物角色的内心独白，这些如果需要转化到电影当中，也有不同的改编方式。一种就是直接以电影中的人物角色的旁白配音进行还原，另一种则是类似于《归来》对小说原著的修改一样，直接弱化人物角色的"内心独白"，转向以直接的角色对话交代剧情。不论选择哪一种，都能够看出，从文学语言向"声音"的转换当中，一定要注意情境和思想的把握，不能一味地"画蛇添足"。

文学语言向电影画面的转换。从人的视觉感官结合电影中的叙事与人物塑造以及环境和场景的描述来看，画面是将文学语言融入电影语言最为重要的方式之一。首先从叙事的角度来看，文学作品中小说的叙事一般是以文字为载体，按照时间以及故事情节的发展来进行叙事。而电影这种艺术形式其叙事的载体是一个个镜头以及镜头与镜头之间按照时空顺序的组接，并且以带有一定修辞性的组合来完成整个叙事过程。镜头的排列与组合一方面考虑到时间与空间的因素；一方面也考虑到故事情节发展的需要；再一方面也是考虑到修辞的必要性。绝大多数电影的叙事一般按照故事情节发展的时间与空间顺序来组合镜头，这在很多电影中都可以看出。比如《让子弹飞》《白鹿原》《大红灯笼高高挂》等，都是按照故事情节的发展以各个镜头之间的切换来推动故事情节的发展。以电影《让子弹飞》为例，首先场景是"火车内县长马邦德、县长夫人与师爷一起吃着火锅唱着歌"，然后切换到远景"以张麻子为首的麻匪埋伏在山上，预谋对即将上任的县长马邦德进行抢劫"，然后镜头切到近景"马邦德为了逃脱杀身之祸假扮师爷，而张麻子在抢劫无果之后决定到鹅城上任"。接着场景切换到"黄四爷安排侍女花姐带领一群女侍击鼓迎接县长"，由于篇幅所限不再继续展现电影中的场景。但是从这几幅场景可以十分清晰地看到镜头之间的切换非常自然地交代了故事情节的发展。

除了叙事，电影语言中画面还有一个重要作用就是对角色形象的塑造。画面对于角色形象的塑造既有静态刻画，也有动态描述。还可以通过以画面为基础元素的多种修辞来塑造人物的形象。相对于电影中人物角色的塑造方式，小说中人物形象的塑造手段则是通过使用文学语言的描述功能来实现的。而从小说到电影改编则存在人物形象从语言文字向画面转化的过程。这个过程不仅复杂且涉及的因素较多，具体包括小说中人物演员的选择，人物外形的塑造比如头发、衣服、鞋子以及佩剑、装饰甚至是胡须等，这些大多为静态的描述。动态的刻画主要是通过角色的语言和行为来塑造其形象。由于角色行为往往涉及镜头之间的切换，因而这种动态的角色形象的塑造往往需要和电影叙事（即故事情节）的发展联系在一起。此外导演往往还会通过设计各种以"蒙太奇"段落为基础元素的修辞来展现角色的形象。

接下来以须一瓜长篇小说《太阳黑子》所改编的电影《烈日灼

心》为例，分析文学语言与电影语言在改编行为当中的体现。从叙事方面来看，小说《太阳黑子》采用的是一种倒叙的方式，从三兄弟现在的生活开始说起，一步步留下相关的线索，最后故事回溯到几年前，当年的疑团才真相大白。我们可以从小说中的细节描述来廓清整个故事的脉络。小说的开头如下：

"高高的海岸线上，环岛路蜿蜒。三个男人闯过红胶质的人行道，拉开刚停在黑色车道上一辆的士车门。车里交通电台还在报告新闻：……一周以来，全省交巡警部门加强卡口盘查堵控，'猎鹰'追逃行动取得显著成效。8 月 17 日上午，闽东交巡警在高峰卡口设卡检查时，当场抓获闽西籍爆炸杀人的网上通缉在逃人员杨建国。8 月 8 日下午……

赤膊眼镜的一把匕首，一下扎在他右小臂上。的哥也没有觉得痛，但是血流出来了。两辆三菱吉普已经别住了他们的车。三个乘客目瞪口呆，还算反应快，他们立刻松绳收刀，帮的哥帽子复位。的哥一睁眼就看到，四名穿雨衣的人跳下吉普，他们手上的强光手电在黑浑的雨雾中雪亮得像白棒子。有人开了车门，一声大喝：警察！怎么回事?! 的哥把棒球帽捂在流血的小臂上，对着警察微笑：没事，找不开钱呢。车前的两名雨衣人，都狐疑地转着脑袋，看看左右身后地界，显然，这怎么也不像是个下车的地方。

三个人立刻拉开车门，他们躲雨似的拔足狂奔。"①

　　小说开头先是通过描写的哥被劫持，然后路上碰到了警察，在警察将被劫车辆拦下的情况下，三名歹徒收起了刀具司机在没有安全危险的情况下竟然没有选择报警，这不得不令读者心生怀疑。

　　接着是三个男人给一个小女孩过生日的场景：

　　"尾巴最近老是喘气——高个男人换了话题，稍微一动就蹲下，要人背，你说，她怎么生日就刚好是这一天呢？花白头男人说，问你姐姐去。生辰就写在包她的小童毯子里，你又不是没看到！高个男人不易觉察地叹了口气，说，每年这一天，我都觉得很诡异。昨天又是一夜难眠，鱼排底下往上吹的风，特别阴冷，刀似的，根本不是这八月的风。

　　三个男人，只有花白头男人有轻微的笑意，另外两个都没有表情。落座后，高个男人蹲下去给小女孩重系了松散的鞋带。一个戴着戴胜鸟头饰的迎宾女生说，等妈妈来再放生日快乐，是吗？她指着高个男人说，这位是爸爸吧？高个男人做了个模糊的表情，小女孩大声说，他是老陈！这个是道爸爸，这是我小爸爸！"②

---

①　须一瓜. 太阳黑子［M］. 重庆：重庆出版社，2016：87.
②　须一瓜. 太阳黑子［M］. 重庆：重庆出版社，2016：158－159.

　　小说中的描述又一次引起了读者的好奇，首先是小女孩的生日，小说中说到了一个男人对天气的敏感，这和读者默认的男性心理是有所不同的。不过这种描述实际上已经展现出这三个男人担惊受怕的生活状态和心理动向。自然而然地，读者对接下来的故事抱有了极高的心理预期。同样，针对给尾巴过生日的片段，小说里也非常戏剧化且简洁地用寥寥几句交代出来。看来小女孩的生日似乎暗藏着一个惊天的秘密，小说中对花白头发以及高个子男人的描述来看，"诡异""根本不像是八月的风"似乎在暗示着之前所发生的不好的事情。从电影来看其叙事结构大致与小说相似，但是电影在开头就通过大量的镜头快速切换以及旁白的方式，将三人犯下的滔天大罪以及小女孩的来历等以闪回的方式展现出来（从开始的女人的裸体尸首的画面，到三个人争吵要不要回到事发现场救孩子的场面，再到现在和他们几个在一起的小姑娘"尾巴"的画面），在观众心中留下一个疑问：这几个人是如何在一起的？开头的凶杀案又是什么？相对于小说的倒叙，反倒是电影当中的叙述方式更加引人入胜。

　　再来看围绕伊谷春对辛小丰的仔细观察，小说中是这样描述的：

　　　　"这一干就是七八年。现在，伊谷春来了。在大家看来，辛小丰的目光澄明清亮，可是，奇怪的是，伊谷春有时在它的忽闪之间，却感到阴霾漫过，他定神看它，阴霾又立刻消散了，快得让人以为是错觉。但伊谷春知道，这不是错觉。"①

　　小说在此又引起了读者的好奇：似乎辛小丰有问题。从伊谷春对他的观察当中，辛小丰目光是有所躲闪的。即便其他的同事看不出来，但伊谷春是什么人，他看过了多少罪恶的眼神，他敏锐地察觉到辛小丰是一个有故事的人，他来当协警的目的并不单纯。还有辛小丰在抽烟的时候总是把发红的烟头，在左手指头上直接捻灭。然后，连着发烫的烟头烟丝，在手指间，慢慢地拧磨着，直到烟头成为粉末。伊谷春觉得辛小丰的内心不像他的外表那么的清俊，于是他一步步地将辛小丰兄弟三人隐秘的往事发掘出来。在电影中，伊谷春上任途中碰到三兄弟中的一人，后来他在警察局看到正在抽烟的辛小丰。这些交错的段落由时间线性的交叉改编产生了比较清晰的效果。通过电影场景中伊谷春劫停的哥，他细致入微地观察车内的几个人，实际上那个时候他就已经敏锐地感觉到了这几个人的不一般。这些片段式的刻画不仅将其较高的办案能力体现了出来，也在后面对伊谷春心思缜密的性格有了较为完善的交代。伊谷春觉得有事之后，凡是有事都尽量和辛小丰一起外出，在其带辛小丰回浮排车上掐灭燃烧着通红的烟头的举动，才真正开始引起了他的注意，最后一步步整个故事情节明了起来。其中文学语言采用的人物行为描写、内心活动描写来塑造角色形象，是按照故事发展过程进行描述，进而串联整个故事情节。电影则是通过镜头中的人物形象

---

① 须一瓜．太阳黑子［M］．重庆：重庆出版社，2016：184.

包括外表、行动以及神态描写来塑造人物角色形象，是通过镜头与镜头之间的组接来推动故事情节的发展，这正是文学语言与电影语言融合的过程。

文学语言到电影语言之间的转换除了叙事、人物形象塑造，还有场景的描述。环境与场景的塑造往往采取选景与拍摄画面的形式来实现，通过镜头不同的拍摄视角如采用近景或者远景的方式将文学语言中的环境和场景展现出来，是一种将文学语言描述的抽象环境向具象画面转换的过程。此外，除了文学语言向电影语言本身转换以外，隐含在文字中间其实还有一种转换，那就是文学修辞到电影语言修辞之间的转换。由于在之前已经阐述过文学作品中的修辞并举过相应的例子，本部分不再赘述。不管是采用何种转换方式，其最终目的是共同的：为了在电影镜头当中尽可能真实地再现小说中的思想主题。

第四节　小说到电影改编中两种"语言"的案例分析

接下来本小节将通过具体的小说改编电影实例来探究两种语言上的变化。

从上一小节中的论述中我们已经知道，从小说到电影改编过程中的两种语言分别是文学语言与电影语言，二者在小说文本与改编的电影作品中有着激烈的碰撞，这种冲突源自文学语言与电影语言二者之间的跨度。虽然文学作品作为"白纸黑字"已经定型，从马克思主义哲学的角度来看这是客观存在的，但是大众对其的理解是多元且私密化的。中国汉语文化博大精深，从字到词再到句子可以幻化出千奇百怪与光怪陆离的世界，演绎出风格迥异的作品，表达多种的思想、志趣与情感。所以导演在对小说文本进行重构与转化为电影语言的过程中就难免会出现矛盾。通过前面的论述我们也知道，电影语言相对于文学语言在结构、含义的确定性以及修辞的方式等多个方面均与文学语言有着很大的差异，在文学语言向电影语言转化的过程中这些问题不容忽视。接下来笔者将以具体的转化实例，对文学语言与电影语言的具体冲突、文学语言与电影语言由于各自差异所带给改编的困难、冲突的消解（也就是文学语言向电影语言转化的过程）等问题进行分析，借以探究中国小说改编电影的现状与存在的问题。

叙事不论是在小说创作还是在电影创作的过程中都占据着十分重要的地位，小说所要表现的主旨思想都是以故事情节作为支撑的。如果缺乏故事情节的填充，演员一味地用台词来接续故事，电影就会显得十分空洞。"叙事"主要是对故事中的角色、矛盾、环境进行交代。在小说中如果按照时间发展的顺序来进行描述则称为"正叙"，如果先是介绍较晚发生的故事情节而回过头来再进行线性叙事的方式则称为"倒叙"。在正叙的过程中，中断叙事过程而插入其他相关的故事情节的过程可以称为是"插叙"。此外，还有介绍同一时间段内不同地点所发生的事件的叙事方式称为是"平叙"。这是小说最为基本的几种叙事的方式。而电影的叙事方式则与小说的叙事方式基本类似，分别对应为"线性叙事""倒叙""交叉蒙太奇"和"平行蒙太奇"。

2010 年以来，由小说改编的电影作品，其中豆瓣评分在 7 分以上的有：《归来》（张艺谋）、《一九四二》（冯小刚）、《万箭穿心》（王竞）、《天津闲人》（郑大圣）、《搜索》（张凯歌）、《杀生》（管虎）、《倭寇的踪迹》（徐浩峰）、《金陵十三钗》（张艺谋）、《失恋33 天》（滕浩峰）、《转山》（杜家毅）、《让子弹飞》（姜文）、《告诉他们，我乘白鹤去了》（李睿珺）、《此间少年》（胤祥）、《烈日灼心》（曹保平）等。其中对于豆瓣评分在 7 分以上的电影如《归来》《一九四二》《金陵十三钗》《让子弹飞》等，笔者已经在前面的环节中对电影与小说的异同进行了部分阐述，从小说文学语言到电影语言的转化中这些影片既有令人惊喜的地方，同时也存在着不足。由于本章节篇幅所限，仅以部分小说原文与电影情节为例，来分析文学语言与电影语言的碰撞。

以电影《一九四二》为例，在交代河南旱灾的时候小说是这样描述的：

> "三百万人是不错，但放在当时的历史环境中去考察，无非是小事一桩。在死三百万的同时，历史上还发生着这样一些事：宋美龄访美、甘地绝食、斯大林格勒大血战、丘吉尔感冒。这些事件中的任何一桩，放到一九四二年的世界环境中，都比三百万要重要。
>
> ……

这些富丽堂皇地方中的衣着干净、可以喝咖啡洗热水澡的少数人，将注定要决定世界上大多数人的命运。"①

　　而电影《一九四二》的开头对于当时旱灾的画面描述是这样的：开头蒋介石在广播中向全国讲述抗日战争以及中国战场在世界抗战中的重要意义。场面中蒋介石的讲话将中国对日战争问题放在世界反法西斯战争中，展现出此时蒋介石所面临的事情都是关乎世界的"大事"，这与后面的场景展开讽刺对比。就是在蒋介石这样的话语中，电影画面里出现了河南干旱的场面"房屋破败、大地龟裂"，草木变黄枯萎，镜头以一种灰色的色调呈现给观众。因而从小说与电影的对比来看，小说是以一种非常直接的方式将河南干旱饿死三百万人与国民党政府对待旱灾的态度将其呈现给观众，其中作者有非常强烈的对当时国民党政府的批判之意。死了三百万人，对国民党政府来说不过是小事中的小事，甚至都不如丘吉尔的感冒，其中小说与电影中的嘲讽之意溢于言表。

　　但是影片的开始却没有直接的灾祸描述，电影直接将镜头定格在了老地主范殿元家。其儿了以两升小米为要挟要和花枝发生关系而花枝则不从，争执期间就到了饥饿的灾民吃大户与老东家范殿元之间的对话。从老东家的话语中可以看出他本身是一个善良的人，而刺激那一伙灾民"暴动"也是由于饥饿而没有办法才出此下策。老东家让栓柱到城里搬救兵的败露，引起了灾民的反抗情绪对其进

---

　　① 刘震云.温故一九四二［M］.北京：人民文学出版社，2009：342.

行了"洗劫",东家一家不得已也走上逃难的过程。从改编中,电影
叙事结构严谨、逻辑清晰,且从角色形象塑造以及场景与环境的描
述上也非常用心,电影语言设计得非常巧妙,不失为一部好的改编
作品。但是由于刘震云小说的政治敏感性比较强烈,导演不得不将
原著思想用一种更加柔和隐晦的方式表现出来。从小说中对历史、
对政治的无情嘲讽以及揭露战争之下人性的丑恶阴暗,转为深切地
关注平民百姓的逃荒史,对他们的惨痛投以深刻的同情。

再来看由严歌苓同名小说《金陵十三钗》所改编的电影《金陵
十三钗》,其中有一个情节与原著一致:维持治安的日本军官长谷川
奉命要求教堂里所有女学生去参加日军占领南京的庆功会。对此小
说描述如下:

> "女孩子们听见了院子里的对话。她们见英格曼神父和
> 阿多那多走进大厅,全是满脸空白。这种魂飞魄散的空白
> 更让英格曼神父心痛。他说:'孩子们,只要我活着,谁也
> 不会伤害你们,祷告吧。'女孩们慢慢坐到前排椅子上,垂
> 下头,闭上眼。英格曼神父知道她们的静默是一片哭喊
> 求救。"①

而电影画面对于该故事情节的展现如下:约翰在听到要教堂的
学生去参加日军的庆祝会的时候,他沉默了一会说道:"很抱歉这些

---

① 曹文慧. 论中国当代新生代小说的影视改编［D］. 济南:山东师范大学,2013.

学生还都是些孩子，我有责任保护他们。"而这个时候长谷川则面无表情地说了一句，"这是军令，我是在执行命令"。接着约翰极力向长谷川求情，但是长谷川仍然面无表情，最后撂下了一句"请记住明天下午四点会有车过来接，我在执行军令。"然后匆匆离去。听到这个消息的时候有的女学生眼中已经含着泪水，当有学生问约翰日本人是不是真的只是让她们过去唱歌，约翰虽然强作镇静，但还是难以掩饰内心的悲伤说："是的孩子们，以前我参加过这种聚会，这种聚会非常的优雅。"

　　从上面一小段故事情节中，从文学语言与电影语言的对比来看，小说直接通过对人物心理、语言及行为的描写来进行叙事。比如"她们见英格曼神父和阿多那多走进大厅，全是满脸空白"，暗示着灾难的降临，表现了神父英格曼对女学生深深的忧虑。"这种魂飞魄散的空白更让英格曼神父心痛"，一方面体现的是神父英格曼在听到这个噩耗时候深深的忧虑，一方面也体现了英格曼神父对此的束手无策，而这正是让神父英格曼心痛之处：他无法保护这些女学生。最后一句"孩子们，只要我活着，谁也不会伤害你们，祷告吧。"展现了其宁死也要保护这些女学生的决心，但这也正是他的无奈之处，单凭自己的死亡就能保护这些女孩子吗？这显然是不可能的，神父英格曼内心非常地清楚这一点，这只是他最后的一丝幻想与自我麻痹。面对这个噩耗学生们谁都没有说话，她们坐到教堂前排椅子上，垂下头，闭上眼。小说用语言直接言明这种"沉默"不是语言的沉默而是一片来自无助内心的哭喊求救。小说将英格曼神父以及学生在听到这个噩耗之后的个人内心思想活动，通过他们的语言、行为、

刺激。在日本军人闯进教堂搜索中国军人的时候发现了女学生，他们发了疯似的追逐女学生、撕破她们的衣服想要强奸他们，约翰在这个时候虽然尽全力呵斥日本军人，甚至和日本军人发生肢体冲突，最后也不过被日本军人打晕在地。约翰仍然无法阻止他们对女学生的迫害，并且日本军人此时已经将教堂重重包围，他们没有任何的退路了。在电影中张艺谋导演采用这些场景作为角色心理的一种预设和铺垫，当约翰独自坐在灯下沉默的时候，就显得非常合理了。他不是不想去想办法，他深知日本军人的残酷与某些美国人的想要置身事外，因而此刻他显得是那么的无助。包括此时镜头当中教堂里是阴暗的，透过天花板侧面的彩色窗棂投射进来的光线柔和地披在约翰身上，这是一种来自导演的关怀，也是借以展现观众此时此刻对这个异乡人一种尊敬的善意。这个段落在电影当中的展现比较恰当，并且充满了艺术化的处理手法，引起了观众悲切和关注的共鸣。

小说当中在英格曼神父沉默的时候，玉墨等十二个姐妹走了进来，她们要替学生们参加日本军人的庆功会，小说中描述如下：

"天完全黑了。弥撒大厅里所有的烛火倾斜一下，晃了晃，又稳住。英格曼神父回过头，见玉墨和她十二个姐妹走进门。'神父，我们去吧。'玉墨说。阿多那多没好气地说：'去哪里？''他们不是要听唱诗吗？'玉墨在烛光里一笑。不是要俏皮的时候，可她俏皮得如此相宜。'白天就骗不过去了。反正是晚上，冒充女中学生恐怕还行。'玉墨又说。她身边十二个窑姐都不说话，红菱还在吸烟，吸一口，眉心使劲一挤，贪馋无比的样子。'她们天天唱，我们天天听，听会了。'喃呢说。'调子会，词不会，不过我们的嘴都不笨，依样画葫芦呗。'玉笙说。英格曼神父看看玉墨，又看看红菱。她们两人的发式已变了，梳成两根辫子，在耳后绾成女学生那样的圈圈，还系了丝绸的蝴蝶结。红菱把烟头扔在地上，脚狠狠捻灭火星。'没福气做女学生，装装样子，过过瘾。'"①

电影中的场景则与小说不同，张艺谋导演加入了很多新的细节补充。比如女学生爬上高高的塔楼，宁愿自杀也不愿意被日本人轮奸。玉墨等十几个姐妹和陈乔治以及约翰在发现女学生们想要自杀的时候，为了救下轻生的学生们，提出要替学生们参加日本军人的庆功宴的要求。而在这之前张艺谋导演还特地补充过一个细节片段：混进女学生中的小蚊子在听说要去参加日军庆功宴的时候当场哭闹了起来，她很显然知道去参加日军的庆功宴意味着什么，哭喊道："我不去，我不去，你们都知道日本军人每天都干些什么，杀人、抢劫、强奸。"其实每个人都知道意味着什么，当本不该自己去而又偏偏阴差阳错地必须去的时候，小蚊子精神几近崩溃。有豆蔻和香菱的前车之鉴，还有这么多天的见闻，她非常清楚去了那意味着什么。这彻底打破了前面约翰对学生所说的善意的谎言，同时也击破了学

---

① 严歌苓. 金陵十三钗［M］. 北京：中国工人出版社，2017：59.

生最后的一丝幻想。到这时，也就有了后来学生爬上塔楼想要跳楼的情节设计。也正是这个时候，玉墨和其他姐妹才下定决心替换学生去参加日本军人的庆功宴。电影对小说的复现是通过严谨有序的镜头及它们之间的理性逻辑，来展现玉墨及其姐妹做出选择时艰难的心理过程。放到当下社会，拿自己的命去换别人的命，有多少人敢做到这一点？张艺谋导演根据故事情节的发展用镜头将这群秦淮河女人坎坷的心路历程清晰生动地表现出来，不是一味地美化和虚构，而是在电影伊始就做了严谨的铺垫。在万分紧迫的局势压迫下，还有对玉墨姐妹内心激烈的思想斗争过程的细致描述，最终玉墨姐妹完成了从银幕内的具象客观体到银幕以外直指观众内心的角色升华。反观小说则没有对玉墨姐妹的选择心理进行过多的描写。

通过小说中文学语言与电影语言的对比，可以发现小说是通过描写人物的对话以及表情和行为来展现做出重大决定时秦淮河女人们的内心变化。而电影则是通过一幅幅的画面与严谨的剪辑逻辑来展现她们最终的视死如归，同时也通过他们姐妹之间的对话来表现他们内心激烈的思想变化。可以看到他们在是否牺牲自己的问题上有过犹豫，但更多的是坚定。比如电影画面中玉墨提道：

"只要日本人不过分，我们总还是能够活着回来，只要能够活着回来我们就能够凑合着活下去，我们都是干这个的什么样的男人没有见过，而那些小女娃则不同你让她们怎么去面对，即使她们能活着回来她们还能活得下去吗？"

而红菱说道"为她们不值，她们那样对我们，我们还要去护着她们"，玉墨又说到"如果不是那天女学生将地窖让给我们，你的屁股和脸还不知道往哪搁呢！"①

而在面对玉墨姐妹的这个决定的时候，小说中对阿多那多、英格曼神父等的描写如下：

> "阿多那多心里一阵释然：女孩们有救了。但他同时又觉得自己的释然太歹毒，太罪过。尽管是些下九流的贱命，也绝不该做替罪羔羊。'你们来这里，原本是避难的。'英格曼神父说。'多谢神父，当时收留我们。不然我们这样的女人，现在不知给祸害成什么了。'玉墨说，'我们活着，反正就是给人祸害，也祸害别人。'玉墨又是那样俏皮，给两个神父飞一眼。她腰板挺得过分僵直，只有窑姐们知道，她贴身内衣里藏了那把小剪刀。"②

电影中将画面定格在了玉墨与约翰的对话上，约翰相对于小说中的阿多那多以及英格曼神父来讲有着很大的不同。他没有对妓女与生俱来的偏见，他认为人人平等，每个人都是独立的生命个体。这从约翰与玉墨之间的对话中也可以看出，并且在这里体现出约翰对玉墨还有些许爱慕和欣赏。而反观小说中的描述，其中阿多那多

---

① 严歌苓. 金陵十三钗［M］. 北京：中国工人出版社，2017：169.
② 同上。

态度与约翰有着不同，比如"他心里一阵释然"，然而他又觉得自己的释然太歹毒、太罪过。而神父也觉得不妥，比如他说"你们原本是来避难的！"而此时的玉墨姐妹都已经有了必死的决心说道："我们活着，反正就是给人祸害，也祸害别人。"而细节描写中"她腰板挺得过分僵直，只有窑姐们知道，她贴身内衣里藏了那把小剪刀"，将其必死的决心展现了出来，这是为了女学生而慷慨赴死，没有丝毫的犹豫。

小说中的玉墨姐妹们抱着必死的决心精心打扮，同时也将各种暗器带在身上，下定决心要让日本军人做陪葬。在电影中，张艺谋导演将玉墨姐妹的准备改编为：他们裁剪窗帘改衣服以及相互的打闹嬉戏，更像是最后的狂欢。这些女人们扯下了教堂的窗帘，把长长的布裹在身上，压平了酥胸，藏起了肥臀。他们剪去了精心修饰过的卷发，洗去了粉黛，一个个回归成年少时烂漫的少女。面对着同样不修边幅的女学生，她们仿佛看到了幻想当中的自己，一种充满勇气与力量的年轻肌体在隐隐发光。张艺谋又加了几个小的片段作为修饰。一个是这群女人登上了日本兵的卡车，"小蚊子"还是精神失常了片刻。她哆嗦着叫道"我不是女学生，我不去，我不去啊"，约翰情急之下朝她的手里塞了一个日本的吉祥物——招财猫。这也是前文的一种象征，小蚊子正是因为抓猫心切，才将自己暴露在日本兵的视野当中。另外是玉墨最后一个踏入卡车，她面对约翰眼神泛着波澜。这十几位伟大的女性最终出现在银幕当中的时候，是一起坐在了漆黑的卡车里。卡车的帆布慢慢合拢，仿佛一场华丽的戏剧在此落幕，每一位佳人在致谢之后悄然消失在了幽深的后台。

这种极具震撼力的镜头处理方式也是张艺谋的强项，就像他为这些女人安排了一场想象中的表演一样，她们在女学生书娟的眼里再次唱了一首《秦淮景》。镜头的四周烛光朦胧，十四位（加入了死去的豆蔻和香菱）风姿绰约的女人款款向镜前走来，彩色玻璃投射出耀眼的色彩。这是导演对这些女人无声的赞美，也深深地影响了观众的观看心理。相比较文学语言的直接，在这个场景当中，电影语言发挥了它卓越的想象力和超凡脱俗的美化功能。

　　通过小说到电影改编过程中两种语言的案例分析，如果要较好地实现从小说到电影作品的改编，必须要明确两种语言的不同。综合来看，文学文本的描述具有直观化和客观化的基本功能。指向功能比较清晰，定为精准，所引起的阅读联想空间较为有限。电影语言是自由开放的，由于技术革新和蒙太奇手段的不断丰富，镜头的内涵越来越丰富，对于电影的传播力及感染力都有所加强。但是电影语言的革新也是一把双刃剑，镜头语义的丰富也容易产生一些歧义。因此，掌握电影语言的基本构成要素并能够合理地运用这些要素，才能较完美地完成小说中文学语言向电影语言的过渡，从而实现两种语言之间的融合。

后 记

消费时代是一个充满诱惑力的时代。当下文学作品所反映和表达的思想主题从最初的单一化到现在的纷繁复杂，这是一种时代的进步，也是一种极为危险的挑战。同样反映在由多姿多彩的文学作品改编而成的电影当中，这种"在刀尖上行走"的尝试非常鲜明地体现出大众文化变化多端的前进脚步。

文字的魅力在于它不仅可以细致地描绘出"人和事"，更重要的是它像一位犹抱琵琶半遮面的美人一样，展露风情万种又给人留有一丝遐想。文字的组合展现出无数可能的想象空间，这些空间是每一位读者非常私密化的自我体验。电影与由文字构成的小说有亲密的关系，也有无法跨越的鸿沟。它一方面能够解除文字对人的领悟力的约束，一方面也会对再现小说当中的一切而力不从心。电影是开阔的也是局促的，通过各种特效的设置、各种镜头的组接，可以传递出精彩绝伦的视觉效果和感官体验，但同样，"时间"在电影当中是最为吃力的短板，小说所能涵盖辽阔的时间长河，在电影中注定要被压缩。但不管如何，在当下，文学与影视的"联姻"之路越走越广，也注定越走越远。

为何消费时代之下仍有无数的导演尝试将文学作品改编为影视作品？这些作品在中国电影的改编道路上也无可避免地遭受了来自"欲望"与"消费"的重大冲击。经济的发展、时代的进步、大众审美的更替、日新月异的视听技术，这些都是小说文本到影视作品的改编中无法回避的挑战。生活的快节奏削减了大众的耐性，相较于严肃文学或者我们称之为"文艺片"的作品，快餐式的娱乐体验才是大众更为喜欢并且容易"上手"的消费习惯。

同时，中国的电影产业发展起步较晚，其间经历了各个特殊历史时段和外来文化的冲击考量，就像牙牙学语的孩童还没把母语说流利，就被强迫学起了外语。在"电影改编"之路上，中国电影产业整体呈现出了一种仓促的态势。21 世纪是一个充满多元化追求和极度开放自由的世纪，中国市场经济非凡的生命力无时无刻不在更改人们对大众文化艺术的需求。精英文化因其严肃刻板、高雅传统的艺术建构在日趋辽阔的消费时代当中越来越显现出曲高和寡的尴尬情境，经典的文本若要保持一方净土，要解决的问题还有很多。到底是继续坚守精英主义的冷峰，还是委身于大众文化的狂潮，其中需要平衡和调和的问题还有很多。但我们也应该充满希望地看到，从文学作品到影视作品的改编当中，虽然总是"山重水复"，但还是有"柳暗花明"的可能性的。随着大众审美的不断修正和提高，人们能够在"高雅"和"通俗"的领域当中找出一种交集，开辟一方精英主义与大众文化所结合的"中间地带"。随着中间地带的不断开阔，将会有更多的人在"消费"的森林中寻找到"经典"的果实。

经典文本依旧可以借助影视的平台扩大自己的教育功能，电影亦可以借助"改编"文学名著等小说文本体现自己的艺术价值。但不论如何，"改编"是需要遵循艺术规律和市场规律的，特别是在日趋商业化的现代社会中，如何不流于媚俗、不倚靠低级趣味而立足于高雅文化当中，才是我们应该深思的。